Gabriele Fritsch

Kastanien Blüte

Eine verborgene Liebe

Gabriele Fritsch

Kastanien Blüte

Eine verborgene Liebe

Badischer Landwirtschafts-Verlag GmbH
Freiburg im Breisgau

1. Auflage 2021

Merzhauser Straße 111, 79100 Freiburg im Breisgau
www.badische-bauern-zeitung.de

Covergestaltung: Karin Gutmann, Freiburg

Umschlagabbildungen: Adobe Stock, Fotolia,
Hermann Hüger, privat

Autorinnenfoto: Dietmar Seiler-Fritsch

Abbildung Stammbaum: alhontess – stock.adobe.com

Satz: BZ.medien, Freiburg

Lektorat: Martin Uhlenbrock

Herstellung, Druck und Bindung: Pustet, Regensburg

ISBN 978-3-9822988-0-1

Gabriele Fritsch, in der Ortenau geboren, ist mit drei älteren Schwestern in einer Großfamilie auf einem Bauernhof aufgewachsen. Sie hat an der Universität Bamberg Betriebswirtschaft studiert. Seit 1998 berät und unterstützt sie Unternehmen, Bildungseinrichtungen und Privatpersonen bei Veränderungsprozessen. Zuletzt hat sie Artikel und Gedichte in badischer Mundart veröffentlicht. Mit »Badischen Geschichten« ist sie in ihrer Heimat mehrfach aufgetreten. »Kastanienblüte, eine verborgene Liebe« ist ihr erstes Buch.

www.zeitfrei-web.de

Vorwort

Dieser Roman ist angelehnt an die Erzählungen meines Großvaters Ludwig, genannt »Lui«, und gleichzeitig fiktional. Er beschreibt die bittersüße Liebes- und Lebensgeschichte von Lui und Klara, seiner großen Jugendliebe. Die Geschichte beginnt nach dem 1. Weltkrieg in einem kleinen Dorf in der Ortenau am Fuße des Schwarzwaldes. Verschiedene Ereignisse, die Religion, die Konventionen der damaligen Zeit sowie familiäre Tragödien lassen diese Liebe aussichtslos erscheinen. Nach einigen Schicksalsschlägen ersteigert Lui die Gastwirtschaft »Zum Goldenen Hirsch«. Er heiratet und lebt dort mit seiner Familie. Sein ganzes Leben wird er mit Klara als Nachbarin verbringen.

Die Grundlagen dieses Romans wurden am Küchentisch im ehemaligen Goldenen Hirsch gelegt. Dort verbrachte ich als Kind ganze Abende mit meinem Großvater und löcherte ihn mit Fragen. »Opa, verzähl mir ebs von früher.« Er hat mir nie etwas von einer Jugendliebe erzählt. Aber ich spürte früh, dass da etwas Besonderes und Geheimnisvolles war.

Mein Großvater hat durch den Kauf des Goldenen Hirschs den Grundstein für den Familiensitz gelegt. Der Gasthof wurde seither nicht mehr betrieben. Aber bis heute lebt dort ein Teil seiner Nachkommen. Im weitesten Sinne auch ich.

Anmerkung: Auch wenn der ehemalige Goldene Hirsch als Handlungsort und Lui als Protagonist gewählt wurde, sind alle weiteren Figuren und Beziehungen dieses Romans frei erfunden. Der Roman spielt im letzten Jahrhundert. Alle Ähnlichkeiten mit Lebenden und Verstorbenen sind rein zufällig und nicht beabsichtigt. Aus Erzählungen meines Großvaters weiß ich aber, dass diese Geschichte so oder anders hätte sein können.

Gabriele Fritsch, im August 2021

»Konn i des au?«
»Worum nid. Probier's halt, dann weisch's.«

(Dialog mit meinem Großvater Ludwig)

– In dankbarer Erinnerung an meine Großeltern und Eltern –

9. Mai 1919

I.

Im Goldenen Hirsch brannte noch Licht. Lui schaute durch eines der Fenster, die nun nicht mehr verdunkelt werden mussten, seit dieser unsägliche Krieg endlich vorbei war. Da stand sie, Klara, seine Jugendliebe. Es war das erste Mal seit seiner Rückkehr, dass er den Weg zum Goldenen Hirsch fand. Die letzten Tage hatte er immer einen Bogen um den Dorfgasthof gemacht. Die ganze Kriegszeit hindurch hatte er sich ein Wiedersehen mit Klara herbeigesehnt. Und jetzt stand er hier und konnte es kaum glauben. So lange lag der Streit mit Klara schon zurück. Unwirklich und kindisch kam ihm das im Rückblick vor.

Nur ein paar Meter entfernt von ihm stand Klara hinter der Theke und befüllte Bierkrüge. Sie war ganz in ihre Arbeit vertieft und sah ihn nicht. So konnte Lui sie unbemerkt durch das Wirtshausfenster betrachten. Ihr Gesicht mit den lustigen Sommersprossen, ihren schönen, warmen braunen Augen und dem schönen geschwungenen Mund hatte er nie vergessen. »Ich Hornochs'«, dachte er, als er sie durch das Fenster beobachtete. Er spürte ein starkes Ziehen im Magen, als er Klara lächeln sah, als sie den Kopf anhob, um einem Gast etwas zuzurufen. Wie hatte er dieses Lächeln vermisst. Lui spürte, wie sein Herz immer schneller klopfte und er sich gleichzeitig leicht fühlte wie schon lange nicht mehr. Wie oft hatte er in all den Jahren davon geträumt, Klara wiederzusehen. Beinahe jede Nacht, wenn er einsam auf einer Pritsche oder im Schützengraben lag. Seine Erinnerungen, wie er und Klara sich ineinander verliebt hatten, der erste Kuss, das erste zarte Berühren, all das hatte ihm Kraft gegeben. Nur so hatte er die Kälte, den Hunger, das Heimweh und vor allem die Angst überleben können. Klara war der Grund, warum er sich immer wieder aufgerappelt hatte. Auch wenn er schon vor einiger Zeit erfahren hatte, dass Klara inzwischen verheiratet war.

»Was stehe ich noch hier herum wie ein Esel«, dachte Lui. Obwohl er im Innersten wusste, was ihn zögern ließ. Seine Eifersucht, sein Dickschädel, sein Stolz waren schuld daran, dass Klara ihn damals weggeschickt hatte. Sie hatten alle Gelegenheiten verpasst, sich auszusprechen oder Missverständnisse zu klären. Dann kam der Krieg. Jetzt, da sie beide ein paar Jahre älter waren und inzwischen so viel geschehen war, wusste er nicht, was er zu Klara sagen sollte. So stand er immer noch wie gelähmt vor der Tür.

Lui holte noch einmal tief Luft und drückte dann entschlossen die Klinke nieder. Die Tür des Goldenen Hirsch quietschte noch immer. Zumindest das hatte sich nicht verändert. Als er eintrat, schaute Klara kurz hoch, um den Neuankömmling zu begrüßen. Er ging langsam Richtung Schanktheke auf Klara zu. Er sah, wie ihre Wangen gerötet waren, aus ihrem Haarkranz hatten sich ein paar Strähnen gelöst, und wie hypnotisiert schaute er sie an.

Klara bemerkte ihn zunächst nicht. Als sie jedoch sah, wer da vor ihr stand, setzte sie langsam und wie betäubt den halbvollen Bierkrug ab. Sie hielt sich eine Hand vor den Mund und murmelte kaum hörbar: »Lui, sag' Lui, bist du es wirklich?« Sie blieb wie angewurzelt stehen und schaute ihm in die Augen. Auch Lui konnte den Blick nicht von ihr abwenden. Er hatte noch keinen Ton gesagt. Schmerz, Trauer, Hoffnung und Wiedersehensfreude konnten sie in den Augen des anderen sehen. Für einen Moment vergaßen sie alles um sich herum. Als würde die Welt stillstehen. »Klara, grüß' dich«, sagte Lui endlich nach einer ganzen Weile. Ohne sie aus den Augen zu lassen, ging er langsam um die Theke herum auf sie zu und stand nun dicht vor ihr.

Klara konnte kaum atmen. Sie bemerkte, wie ihre Wangen sich röteten. Schon seit gestern vermehrten sich die Gerüchte, Lui sei zurück, aber sie hatte es nicht glauben wollen. Langsam kam sie hinter der Theke hervor. »Gott sei Dank, Lui, du lebst«, rief sie und wollte ihm am liebsten um den Hals fallen. Im selben Moment besann sie sich, sie war schließlich noch immer eine verheiratete, wenn wahrscheinlich auch verwitwete Frau. Aus den Augenwinkeln bemerkte sie, wie sie bereits von ein paar Gästen beobachtet wurden. Stattdessen ergriff sie Luis Hand und schüttelte sie immer wieder und wieder.

»Lui, ich freu' mich wirklich sehr, dich zu sehen. Seit wann bist du zurück? Wie geht es dir?«, sprudelte es aus Klara heraus. Dabei schüttelte sie ihm die Hand in einem fort. Müde sah er aus, dünner, stellte sie fest. Aber nicht invalide.

Er konnte seinen Blick immer noch nicht von ihrem Gesicht lösen. Lui versuchte, ihr zu antworten. Aber er bekam kein weiteres Wort über seine Lippen als »Klara«.

»Gott sei Dank, Klara, bist du auch wohlauf.« Dann schwiegen beide, ohne den Blick vom anderen zu lösen. Sie hielten immer noch die Hand des anderen.

Klara bemerkte, wie einige der Gäste in der Wirtsstube sich inzwischen beinahe die Köpfe verrenkten, um zu sehen, was da am Ausschank vor sich ging.

Es war nicht viel los heute Abend. Am Stammtisch saßen nur noch drei Altbauern, die große Reden schwangen. Am Tisch daneben noch ein paar Durchreisende.

»Lui, komm, setz dich doch, was willst du trinken?«, fragte ihn Klara, ohne den Blick von ihm abzuwenden. Lui ließ ihre Hand endlich los. »Ein Bier hätte ich gerne,

Klara«, erwiderte Lui. »Ich bring' es dir gleich. In einer Stunde ist Sperrstunde, dann habe ich Zeit, und du musst mir erzählen, wie es dir ergangen ist«, entgegnete Klara.

Auf der Suche nach einem Platz grüßte er die neugierig gewordenen Altbauern. »N'abend zusammen.« – »Ja ich werd' verrückt, du bist doch der Sohn vom Wilhelm, der Lui?«, fragte einer der Bauern vom Stammtisch. »Ich habe schon etwas munkeln hören, dass du wieder da bist, seit wann genau bist du wieder daheim?«, fragte ein anderer. Lui war ein Sohn des Dorfes, und insofern war das eine große Neuigkeit, dass er aus dem Krieg zurückgekehrt war. »Komm, setz dich her und erzähl«, forderten sie ihn auf. Eigentlich würde er lieber für sich sitzen, irgendwo weiter abseits, wo er Klara in Ruhe beobachten konnte. Trotzdem setzte er sich an den Stammtisch. Während er auf sein Bier wartete, versuchte er, auf die Fragen der Alten zu antworten.

»Lui, wie ist es dir denn ergangen? Willst du noch ein Bier?«

So ging es in einem fort. Lui beantwortete alle ihre Fragen. Insgeheim hoffte er jedoch, dass Klara bald die Sperrstunde einläuten würde.

Klara war jetzt die Wirtin im Goldenen Hirsch. Immer wieder schaute sie hinüber zum Stammtisch und beobachtete Lui. »Er ist noch schlaksiger geworden, beinahe hager«, dachte sie, und »Irgendetwas stimmt mit seinem linken Arm nicht.« Hin und wieder erwiderte Lui ihr Lächeln. Aber die Altbauern nahmen ihn ziemlich in Beschlag. Klara dachte auch an Theo, ihren Mann. Seit dem Gemetzel an der Westfront hatte sie nichts mehr von ihm gehört. Sie wartete lange auf ein Lebenszeichen. Dann, vor zweieinhalb Jahren, erhielt sie die Nachricht, dass Theo seit dem Angriff auf Verdun offiziell als vermisst galt. Danach fühlte sie sich tagelang wie betäubt. Ihr Schwiegervater Franz, der Altwirt des Goldenen Hirsch, verstarb ein paar Tage darauf an einem plötzlichen Herztod. Frieda, Theos Mutter, war für Klara seither keine große Hilfe mehr. Seit der Vermisstennachricht ihres einzigen Kindes und dem Tod ihres Mannes verbrachte sie die meiste Zeit in der Kirche nebenan.

»Wie soll das Leben jetzt weitergehen? Was wird aus dem Goldenen Hirsch, was aus mir und Frieda?«, fragte sich Klara anfangs jeden Tag. Klara antwortete nach dem ersten Schock jedem, der sie bedauerte, beinahe trotzig: »Der Theo ist nicht tot, der kommt wieder, ihr werdet schon sehen.« Jetzt, nach all der Zeit, zweifelte sie immer öfter, ob Theo tatsächlich noch einmal zu ihnen zurückkehren würde. Aber diese Gedanken behielt sie lieber für sich. Frieda betete beinahe Tag und Nacht um Gottes Gnade. »Er kann mir doch nicht auch noch meinen einzigen Sohn nehmen, Klara.« Frieda mit ihrer Verzweiflung und Trauer war Klara in den letzten Jahren wirklich keine Stütze gewesen. All diese Gedanken gingen ihr durch den Kopf, während sie weiter Bierkrüge befüllte.

Der Goldene Hirsch war der größte Gasthof im Dorf. Mittendrin, umgeben von der stattlichen Dorfkirche, dem alten Schulhaus, dem Krämerladen und dem Pfarrhaus bildete er das Zentrum des Dorfgeschehens. Groß und mit Badehaus, Kegelbahn und Tanzboden war er kein typischer Dorfgasthof. Vor dem Krieg war er auch von Gästen außerhalb der Gemarkung sehr gut besucht gewesen. Die fast herrschaftliche Einfahrt wurde rechts und links durch Kastanienbäume flankiert. Diese spendeten im Sommer den Gästen im Biergarten angenehmen Schatten. Obwohl in der Dorfmitte, lag er wie auf einer Landzunge – mittendrin, aber doch etwas für sich. Die Jugend liebte vor allem den Tanzboden über dem Stall und die Kegelbahn. Klara mochte vor allem den schönen Biergarten mit den mächtigen Kastanienbäumen. Im Frühling freute sie sich jeden Morgen, wenn sie die Fensterläden öffnete, wie schön die Bäume weiß und rosa blühten und wie gut sie dufteten. Trotz immer noch großer Knappheit kamen seit Kriegsende wieder mehr Gäste.

Nachdem Klara die Sperrstunde eingeläutet hatte, verließen die Bauern die Gaststube nacheinander. Ein

Durchreisender, einer der letzten Gäste, fragte nach seinem Zimmer. Klara bat ihre Schwester Fine, ihm seine Schlafkammer zu zeigen. Ohne Fine, ihre vier Jahre ältere Schwester, hätte sie es in den zurückliegenden Jahren nicht geschafft, alles irgendwie am Laufen zu halten. Nachdem ihr Schwiegervater verstorben war und Theo weiterhin als vermisst galt, hatte Klara sie und ihren Sohn gebeten, zu ihr und Frieda in den Goldenen Hirsch zu ziehen. Platz war genug. Fine war froh aus Offenburg wegziehen zu können. Dort führte sie ihrer launischen Großtante den Haushalt. Diese versuchte, das Schuhgeschäft ihres verstorbenen Mannes weiter am Laufen zu halten.

Aber es gab damals keine andere Lösung für Fine. Kurz nach dem frühen Tod der Mutter musste sie aus ihrem Heimatdorf im Hotzenwald wegziehen. Es durfte nicht bekannt werden, dass sie, erst siebzehn und ledig, ein Kind erwartete. Der Kindsvater, ein reicher Bauernsohn aus einem Nachbardorf, wollte plötzlich nichts mehr mit ihr und dem noch ungeborenen Kind zu tun haben. Er unterstellte ihr sogar, der Bastard sei sicher nicht von ihm. Eine werdende Mutter wie sie musste sich glücklich schätzen, unter diesen unglückseligen Umständen einen Platz für sich und ihr Kind gefunden zu haben. Anton kam am 31. August 1910 in Offenburg auf die Welt. Fine war sehr froh, dem

Regiment der Großtante und den Fliegerangriffen in Offenburg entfliehen zu können. In den Hotzenwald kehrte sie nur selten zurück. Ihre Schwägerin, die neue Bäuerin auf dem heimatlichen Hof, gab ihr jedes Mal zu verstehen, dass sie nicht willkommen, sondern eine Schande sei. So fuhren sie und Anton nur hin und wieder in ihr Heimatdorf, um ihren Vater und ihre beiden Brüder zu sehen.

Die Küchentür ging mit einem Schwung auf. »Alles in Ordnung, Klara? Ich höre seit einer Weile gar nichts mehr von dir«, sagte Fine und gesellte sich zu ihr hinter die Theke. Sie hatte schon den Spüllappen in der Hand, um die inzwischen frei gewordenen Tische abzuwischen. Klara bemerkte sie zuerst gar nicht, so sehr war sie in ihre Gedanken und ins Spülen der Krüge vertieft.

»Klara, hörst du mir zu?«, sagte sie und zupfte ihre Schwester dabei sachte am Ärmel.

»Fine«, erwiderte Klara. »Stell dir vor, der Lui ist zurück.«

»Der Lui?«, fragte Fine und schaute Klara von der Seite an. »Meinst du deinen Lui, den kleinen Bruder vom Frieder?«

»Ja, genau der, er sitzt dort drüben am Stammtisch«, erwiderte Klara mit geröteten Wangen. »Komm, bring du ihm das letzte Bier, danach machen wir Feierabend.«

Fine nahm das Bier und schaute Klara auf ihre ganz spezielle und unergründliche Art an. Klara war so froh, dass sie da war. Fine, wie Klara ihre ältere Schwester Josefine nannte, war nicht nur ihre große Stütze, sondern auch ihre Vertraute.

»Grüß dich, Lui. Das freut mich aber, dich gesund wiederzusehen. Da werden deine Leute aber froh sein.« Fine stellte das Bier mit einem Schwung auf den Tisch, so dass es spritzte.

»Hast du noch so viel Kraft heute Abend?«, neckte sie einer der Altbauern.

»Ja, obwohl jetzt wieder mehr Leute kommen, war es heute recht ruhig. Man merkt, dass zurzeit alle müde sind vom Futtermachen«, erwiderte sie ihm.

»Ja, da sagst du was. Ich sollte schon längst daheim sein«, meinte der Bauer vom Sesterhof, hob seinen Krug und trank ihn aus.

»Lui, lass es dir schmecken«, sagte Fine und schaute in die Runde. »Wir machen demnächst Feierabend«, richtete sie das Wort an den Dorfmetzger. »Ihr wisst schon, wegen der Sperrstunde«, sagte Fine und war schon wieder Richtung Ausschank unterwegs.

Nachdem der letzte Bauer den Stammtisch verlassen hatte, blieb Lui noch sitzen, um sein Bier auszutrinken. Es war ihm etwas schwindelig. Vielleicht hatte er ein Bier zu viel getrunken. Er beobachtete Klara und überlegte, wann er sich in sie verliebt hatte und wie es wegen dieses kindischen Streites zu ihrer Trennung hatte kommen können. Dabei bemerkte er nicht, wie sich der Gastraum weiter leerte und er plötzlich alleine da saß. Er blickte auf und sah Klara, wie sie den Ausschank putzte. Er konnte nicht aufhören, sie zu beobachten, wie sie anmutig und flink ihre Arbeit erledigte. Lui betrachtete ihr herzförmiges Gesicht mit den sanften braunen Augen. Ein paar ihrer goldblonden Haare hatten sich aus ihrem Haarkranz gelöst und umschmeichelten ihr Gesicht. Ihre Wangen waren gerötet. Sie hatte eine liebenswürdige, fröhliche, aber auch neckische Art. »Was für ein Glück ich hatte, dass sie mich auch mochte, mein Gott, wie oft habe ich in den letzten Jahren von ihr geträumt und gehofft, dass ich sie wiedersehen werde«, dachte Lui, als er vor sich hin sinnierte. Die vermaledeite Armverletzung hatte ihm wohl sein Leben gerettet. Er hatte sie sich an der Westfront in Frankreich bei der Schlacht an der Marne zugezogen. Dass er damals viel Glück gehabt hatte, wusste Lui. Er konnte den Arm nur behalten, da ihn Kameraden schnell zur Versorgungsstation gebracht hatten. Trotzdem war er oft ungeduldig – manches ging einfach nicht mehr so schnell wie zuvor. Ein leichtes Zittern und eine Kraftlosigkeit waren geblieben. Die ganze Zeit hatte er damals an daheim gedacht. Dies alles ging ihm durch den Kopf, so dass er nicht bemerkte als sich Klara ihm gegenüber auf der Bank niederließ. Sie hatte die Schürze abgelegt und zwei Gläser Most in der Hand.

»So, Lui, lass uns jetzt erstmal auf deine Rückkehr anstoßen«, sagte Klara. »Wie ist es dir ergangen?«, fragte sie und schaute ihm dabei direkt in die Augen. »Ich habe immer mal wieder gehört, dass du lebst, aber sonst nichts.«

Lui prostete ihr zu. »Klara, zum Glück haben wir beide irgendwie überlebt, das ist das Wichtigste. Lass uns heute Abend nicht über den unglückseligen Krieg reden. Er ist Gott sei Dank vorbei. Sag mir lieber, wie geht es dir?«, wich er ihrer Frage aus.

»Gut soweit, wir mussten zum Glück nicht wirklich Hunger leiden«, erwiderte Klara. »Aber du hast sicher gehört, dass Theo seit der Schlacht in Verdun als vermisst gilt. Wir haben bis heute keine anderen Neuigkeiten und wissen nicht, ob er noch lebt«, sagte sie und senkte betrübt den Kopf. »Alle sagen, das sei unwahrscheinlich.«

»Klara, es gibt immer wieder Wunder, und manche Kriegsvermissten tauchen nach Jahren wieder auf. Lass die Leute reden«, ermutigte sie Lui. Beide schwiegen einen Moment. »Was glaubst du denn?«, fragte er dann und sah sie dabei lange aus seinen tiefliegenden Augen ernst und mitfühlend an. Er wollte sich nicht anmerken lassen, wie sehr ihn die Nachricht von Klaras Hochzeit mit Theo verletzt hatte. Inzwischen gab er sich vor allem selbst Schuld daran. Er war unbegründet eifersüchtig und stur gewesen und hatte Klara wenig Hoffnung auf eine Versöhnung gelassen. Ihr Streit lag so lange zurück, dass es ihm vorkam wie aus einem anderen Leben. Lui schaute seine Jugendfreundin aufmunternd an.

»Weißt du, anfänglich war ich mir sicher, dass er noch lebt. Aber inzwischen ist so viel Zeit vergangen, wir haben keine Nachrichten mehr erhalten. Ach Lui, wenn ich es nur wüsste«, antwortete sie leise und bedeckte ihr Gesicht mit ihren Händen. Ihre Augen und ihr Lächeln waren es gewesen, in die er sich gleich verliebt hatte. Sie konnten weder Glück noch Wut oder Trauer verbergen. Ihre Augen waren für ihn wie ein offenes Buch. Es gefiel ihm nicht, sie so betrübt zu sehen.

»Bewirtest du den Gasthof mit Fine seither ganz alleine?«, versuchte Lui, das Gespräch auf ein anderes Thema zu lenken. »Nein, am Anfang haben meine Schwiegerleut' noch mitgeholfen. Aber seit Theo vermisst wird und mein Schwiegervater tot ist, hat Frieda ihren Lebensmut verloren.«

»Das war sicher für dich nicht einfach, euch und den Gasthof durchzubringen?«, fragte Lui und sah Klara dabei unverwandt an.

»Ja schon, aber es hat mich auch abgelenkt, so viel zu grübeln«, erwiderte sie. »Zum Glück ist dann Fine mit Anton zu uns gezogen. Nach der Schule hilft er schon mit, wo er kann. Er erinnert Frieda an Theo und ich hoffte, das könnte ihr wieder mehr Lebensmut geben. Du weißt ja, dass Fine auch schwere Zeiten hinter sich hat. Damals, als sie so jung schwanger sitzengelassen worden ist. Aber sie hat sich nie unterkriegen lassen und kann anpacken. Sie war und ist mir eine große Hilfe«, beendete Klara ihren Satz und strich sich dabei die Haare aus dem Gesicht.

»Ja, ich weiß«, antwortete er.

»Vorletzten Winter mussten wir den Goldenen Hirsch dann für einige Zeit schließen. Es kamen kaum mehr Gäste. Den großen Saal, den Nebenraum, den Tanzboden, die Kammern, die Kegelbahn – das alles konnten wir nicht mehr bewirtschaften«, fuhr sie fort. »Aber jetzt wird es langsam besser«, sagte sie hoffnungsvoll.

»Klara, der Krieg ist Gott sei Dank vorbei, jetzt müssen wir alle nach vorne schauen. Du wirst schon sehen, es geht bald bergauf«, versuchte Lui, ihr Mut zuzusprechen.

»Entschuldige, ich wollte nicht jammern, sondern eigentlich wissen, wie es dir geht. Was hast du jetzt vor?« Sie schaute ihn aufmerksam an.

»Du jammerst nicht und ich habe dich doch gefragt«. Lui war schon immer ein guter Zuhörer gewesen. Er hatte noch nie gerne über sich selbst geredet. Beide schwiegen, und Lui erwiderte ihren Blick. Er fühlte, wie sich eine angenehme Wärme in seinem ganzen Körper ausbreitete. Er hatte das Gefühl, Klara konnte tief in seine Seele schauen.

»Du bist ganz schön tapfer«, nahm er das Gespräch wieder auf. Dann sprachen sie noch eine Weile über gemeinsame Freunde und sonstige Neuigkeiten im Dorf. Es tat Klara gut, sich nach so langer Zeit wieder mit ihrem alten Freund – und ja, ihrer ersten großen Liebe zu unterhalten. Sie fühlte sich wohl und verstanden wie schon lange nicht mehr. Klara spürte eine vertraute Nähe, die sie auch nach so langer Zeit noch immer mit Lui verband. Irgendetwas zog sie zueinander hin, wie ein magisches Band.

»Lui, es tut so gut, mit dir zu reden, und es ist schön, dass du wieder hier bist«, erwiderte sie. Dann schwiegen beide erneut und schauten sich still an. Nach einer Weile erhob sich Klara langsam. Sie ging zum Nebentisch und nahm dort einen vergessenen Krug mit zurück zum Ausschank.

Auch Lui erhob sich langsam und fast widerwillig. Er hätte hier mit Klara noch stundenlang sitzen können. Lui genoss es sehr, mit ihr alleine zu sein.

»Klara, du bist sicher müde. Ich zahl' dann mal noch das letzte Bier und den Most«, sagte er, während er ihr zum Ausschank folgte. »Lui, lass gut sein, das geht heute auf mich. Ich habe mich so gefreut, dich lebend wiederzusehen.«

»Auf keinen Fall, ihr habt es auch schwer in diesen Zeiten.« Er legte ein paar Münzen auf die Theke. »Also dann«, sagte er und wollte sich verabschieden. Als er seine Jacke vom Haken nehmen wollte, sah er, wie sich Klara mit einem Bierfass abmühte.

»Soll ich dir noch helfen?« fragte er.

»Ach, es geht schon«, erwiderte Klara. »Wobei … vielleicht doch.«

»Wenn du schon fragst – du könntest mir das hier mal kurz halten, ich muss einen neuen Bierhahn holen.«

Sie waren mittlerweile alleine, Fine hatte sich auch bereits verabschiedet. Lui eilte hinter die Theke und legte seine rechte Hand auf das Fass, damit es nicht wegrollte. Dabei berührten seine langen, schlanken Finger ganz leicht Klaras kleine, aber kräftige Hand. Wie ein Blitzschlag durchzuckte es ihn. Auch Klara blieb einen Moment lang regungslos stehen. Beide verstummten. Als Klara aufschaute und in Luis dunkle Augen blickte, hielt sie die Luft an. Sie konnte in seinen Augen wie in einem Buch lesen. Sie sah alles.

»Klara«, flüsterte Lui.

»Ich muss schnell in den Keller«, unterbrach sie ihn, drehte sich um und rannte fluchtartig davon.

»Was war das gerade?«, dachte sie im Keller angekommen. Sie musste sich erst einmal setzen. Einerseits sehnte sie sich nach Nähe und genoss die Vertrautheit, andererseits war sie sehr verwirrt. »Das darf doch nicht sein. Das mit Lui ist lange her und ich bin ja immer noch Theos Frau«, redete sie sich selbst gut zu.

Klara musste an Theo denken. Sie hatte ihn von Anfang an gemocht. Obwohl er ganz anders war als Lui, ihre erste Liebe. Theo war fröhlich und lustig und im Herzen eigentlich ein Poet. Anstatt Wirt wäre er viel lieber Musiker oder Dichter geworden. Das hätte ihm gefallen. Aber sein Vater Franz war dagegen. »Mein einziger Sohn übernimmt den Gasthof, basta.« Und Theo traute sich nicht, sich seinem dominanten Vater zu widersetzen. Eigene Wünsche und Lebensvorstellungen standen nicht zur Debatte. Theo war sensibel und feinfühlig, aber der Krieg nahm darauf keine Rücksicht. Wahrscheinlich wollte er seinem Vater auch beweisen, dass er kein Schwächling war, sondern ein richtiger Mann, auf den er stolz sein konnte. Auch er würde kämpfen für Vaterland und Ehre. Er fügte sich. Vielleicht hatte Franz deshalb der Herztod dahingerafft, kurz nachdem er erfahren hatte, dass sein einziger Sohn als vermisst galt. Vielleicht war es der Schock, ein schlechtes Gewissen oder Schuldgefühle gewesen, dachte Klara manchmal. Sie erinnerte sich wehmütig, wie Theo früher oft mit seiner Ziehharmonika aufgespielt hatte. Er hatte eine wunderschöne Tenorstimme. Am besten gefiel ihr, wenn er das Lied »Ännchen von Tharau« anstimmte. Oft wandelte er den Text ab und ersetzte Ännchen dann durch Klärchen. Dann bildete sie sich ein, er sang es nur für sie. Aber Musiker oder Musiklehrer – das war für Theos Vater Franz nichts Gescheites. Nein, sein einziger Sohn sollte Bierbrauer lernen wie er selbst.

Franz, der Bierbraumeister aus Kork, hatte in den Gasthof von Frieda eingeheiratet. Er bestand darauf, dass auch Theo das Bierbrauen und das Branntweinherstellen erlernte. »Da gibt's nichts zu debattieren«, sagte er oft, wenn Frieda zu vermitteln versuchte. Franz fand, dass Frieda Theo zu sehr verwöhnte und verweichlichte. Seiner Mutter wäre es egal gewesen, ob er Musiker oder Lehrer geworden wäre. Aber gegen Franz vermochte auch sie sich nicht durchzusetzen. Obwohl er in ihren Gasthof eingeheiratet hatte. Er war der Mann im Haus und bestimmte, wie die Dinge gemacht wurden.

Dann, irgendwann, war aus ihrer Freundschaft mit Theo mehr geworden. »Warum muss ich gerade jetzt an Theo denken?«, fragte sich Klara. »Lui wartet oben sicher schon auf mich.« Trotz der Kälte hier unten konnte sie spüren, wie rot ihre Wangen waren. Sie hasste das. Immerzu wurde sie rot, wenn sie nervös wurde.

Mit Lui war es von Anfang an anders gewesen. Irgendwie ernster. Er war drei Jahre älter als sie. Aber bereits als Zwölfjährige hatte sie zu ihm aufgeschaut. Obwohl er sie damals bestimmt nur als eine junge, vorwitzige Göre wahrgenommen hatte. Sie lächelte, als sie zurückdachte, wie aus ihrer Vertrautheit, ihren Scherzen plötzlich eine große Verliebtheit geworden war. Sie erinnerte sich noch genau an den Abend, an dem sie sich näher gekommen waren. Lui hatte ausgeharrt, bis sie mit der Arbeit fertig gewesen war, und sie nach Hause gebracht. Er war kein großer Tänzer. Aber den ganzen Abend hatten sie die gegenseitige Nähe gesucht, sich nicht aus den Augen gelassen. Lui hatte, was für ihn ungewöhnlich war, einen kleinen Schwips.

Als sie so nebeneinander her gingen, nahm er unvermittelt ihre Hand und zog sie kurz nach dem Dorfplatz hinter Kaspers Hühnerstall. Hier konnte sie keiner sehen. Er nahm ihr Gesicht in seine Hände und küsste sie unvermittelt auf den Mund. »So, Klara, das wollte ich schon lange tun«, sagte er und küsste sie gleich noch einmal und diesmal länger und leidenschaftlich. Klara war damals etwas überrumpelt, aber es gefiel ihr, und sie erwiderte seinen Kuss mit gleicher Inbrunst. Dann schmiegte sie sich in seinen Arm und schaute ihm in die Augen. So verharrten sie eine ganze Weile. Damit war es besiegelt. Von da an holte sie Lui regelmäßig vom Goldenen Hirsch ab. Je öfter sie sich nun heimlich hinter dem Hühnerstall küssten, umso mehr verliebten sie sich ineinander.

Klara lächelte, dann stand sie auf und schaute sich um. »Ich muss einen klaren Kopf bekommen.« Luis Nähe hatte sie aus der Fassung gebracht. Sie atmete tief durch und überlegte, was sie eigentlich hier unten wollte, außer vor Lui zu fliehen. Jetzt fiel es ihr wieder ein. Sie blickte sich nach einem Zapfhahn um. »Ach Lui«, dachte sie. Schon als ganz junger Kerl war er etwas Besonderes gewesen. Anders als die anderen jungen Männer.

Traurig erinnerte sie sich an den frühen Tod ihrer Mutter und den Skandal um Fine. Damals, mit zwölf Jahren, war sie vom Südschwarzwald in die Ortenau geschickt worden. Lui hatte ihr beim Einleben im Dorf geholfen. Sie erinnerte sich, wie sie damals, als sie zu dem kinderlosen Bruder ihrer Mutter und dessen Frau gezogen war, anfänglich als Fremde von vielen skeptisch beäugt wurde. Obwohl sie bei ihrem Onkel, einem hier Geborenen, lebte. Es war ihr damals nicht leichtgefallen, vom Hotzenwald, dem Ort ihrer Kindheit, wegzugehen. Aber seit das mit Fine passiert war, wollte die Frau ihres Bruders, die Jungbäuerin, noch so eine Schande unbedingt vermeiden. Ihr Vater war nach dem schnellen und frühen Tod seiner Frau wie erstarrt in seinem Schmerz und froh, dass die Jungbäuerin die Zügel in die Hand genommen hatte. Gleich zu Beginn hatte Lui sie mit seiner hilfsbereiten und gleichzeitig zurückhaltenden, freundlichen Art eingenommen. »Schade, dass alles anders gekommen ist«, dachte sie wehmütig. »Was waren wir nur für Kindsköpfe. Wäre er nicht so eifersüchtig und dickköpfig gewesen, wären wir heute vielleicht verheiratet.« Als Lui damals kurz nach ihrem Streit für ein halbes Jahr nach Bühl gegangen war, hatte sie ihn kaum gesehen oder sie waren sich aus dem Weg gegangen. Und dann war dieser vermaledeite Krieg und alles anders gekommen.

»Klara, ist alles in Ordnung?«, hörte sie Lui von oben rufen.

»Ich komm' gleich«, antwortete Klara und strich sich mit beiden Händen die Haare zurück, die sich hier unten in der Feuchtigkeit des Kellers immer sofort zu kräuseln begannen. Sie atmete tief durch und stieg die Kellertreppe hinauf. Nebenbei schnappte sie sich einen Bierhahn, der seitlich an der Treppe lag – schließlich war sie ja deshalb hier unten.

Lui hielt derweil immer noch das Fass fest, damit es nicht umkippte. Sein Herz klopfte immer noch zu schnell. Was hatte er erwartet? Er wusste ja, dass Klara kurz vor dem Krieg Theo geheiratet hatte. »War es doch keine gute Idee, heute Abend überhaupt herzukommen? Vielleicht sollte ich einfach gehen«, dachte er. Aber das wäre feige.

Während er wartete, sah er sich in der Gaststube um. Der Goldene Hirsch war der größte Gasthof in der ganzen näheren Umgebung. Die Dorfjugend traf sich vor dem Krieg an Samstagabenden oder sonntagnachmittags gerne auf dem Tanzboden im ersten Stock oder der angrenzenden Kegelbahn. Er selbst machte sich nicht so viel aus Musik und Tanz, er war lieber in der Natur. Aber seine Kameraden forderten ihn immer wieder auf mitzukommen. Er aber ging eigentlich nur wegen Klara hin. Sie wusste es nicht, aber er hatte sich schon recht früh in sie verliebt.

Lui musste lachen, wenn er an ihre erste Begegnung zurückdachte. Ganz zu Anfang war sie ihm im Dorf begegnet und hatte ihn gefragt, ob er wisse, wo es in den Schüttelswald ging. Sie dachte, das wäre ein Wald. Dabei war es lediglich der Name einer Gemarkung mit Reblosen. Sie, die aus einem kleinen Dorf im Südschwarzwald kam, von wo aus sie auf die Alpen schauen konnte, stellte sich unter Wald etwas ganz anderes vor als die hiesigen, eher kleinen Waldlichtungen. Zudem sprach sie einen lustigen, etwas krächzenden, aber schönen Dialekt. Er musste zweimal hinhören. Auch sie verstand ihn nicht auf Anhieb. Beide mussten lachen, und so war das erste Eis gebrochen. Über die Jahre entwickelte sich eine Freundschaft. Sie zogen sich gegenseitig auf und scherzten miteinander. Es entstand zwischen ihnen eine zunehmende Vertrautheit. Wenn sich andere über sie lustig machten, verteidigte er sie immer. Als Klara dann begann, im Goldenen Hirsch auszuhelfen, ging er auch öfters hin. So kam eines zum anderen.

Bis zu jenem Abend. Klara war mit ihren inzwischen sechzehn Jahren zu einem bildhübschen Mädchen herangereift. Viele der Dorfjungen, die sie früher wegen ihres auswärtigen Dialektes aufgezogen hatten, wollten jetzt gerne mit ihr tanzen. Und Theo drehte viele Runden mit ihr auf dem Tanzboden. Das gefiel Lui gar nicht.

Er erinnerte sich, wie er sich eines Abends Mut angetrunken und Klara, wie so oft schon, nach Hause begleitet hatte. An jenem Abend nahm er allen Mut zusammen und küsste sie stürmisch. Seit diesem Abend war für ihn klar, dass sie zusammengehörten. Natürlich war auch er mit seinen damals neunzehn Jahren noch jung, aber es war ihm sofort klar. Klara sollte die Seine werden. Obwohl außer ein paar verstohlenen Küssen und Händchenhalten damals nichts passiert war.

Fortan wachte er mit Argusaugen darüber, dass keiner seiner Klara zu nahe kam. Und dann, beinahe ein Jahr nach ihrem ersten Kuss, kam es zu diesem unglückseligen Abend. Daran erinnerte er sich noch ganz genau. Wie sie in Theos Arm leicht und unbeschwert durch den Saal tanzte und dabei ein Lächeln auf den Lippen hatte. Er sah, wie Theo Klara immer stärker herumwirbelte und dabei irgendwas in ihr Ohr flüsterte. Er selbst war eher ein unbegabter Tänzer, ein wenig steif und ungelenk. Da er den Mädchen nicht gerne auf den Füßen herumtreten wollte, hielt er sich im Allgemeinen zurück.

Noch heute konnte er spüren, wie eifersüchtig er damals gewesen war und hatte Klara vorgeworfen, sie würde mit anderen jungen Männern herumtändeln.

Aber Klara behauptete, Theo sei wie ein großer Bruder für sie. Sie würden sich gut verstehen, aber mehr nicht. Ihr Herz gehöre nur ihm. Er jedoch mit seiner Eifersucht – das sah er heute ein – hatte einen großen Streit vom Zaun gebrochen. Stolz wie sie war, hatte Klara ihn danach einfach stehengelassen und war gegangen. Danach hatte er es nicht geschafft, sich mit ihr zu versöhnen. Hin und wieder begegneten sie sich und er konnte dann kaum seinen Blick von Klara lassen. Aber er war zu stolz, zu jung, zu dumm. Klara ging ihm damals aus dem Weg, und wenn sie sich doch trafen, funkelte sie ihn aus wütendenden Augen an. Als er dann für ein halbes Jahr nach Bühl zu seinem Patenonkel ging, um ihm nach seinem Unfall zu helfen, da sahen sie sich kaum mehr. Und dann kam der Krieg.

Lui hörte ein Poltern aus dem Flur und wischte sich mit der freien Hand übers Gesicht, als wolle er damit die Gedanken an die Vergangenheit löschen. Er bemerkte erst jetzt, wie müde er war. Erst seit wenigen Tagen war er zurück und hatte sich noch nicht wirklich von den Strapazen erholt. Aber er war hier, bei Klara. »Gott, waren wir Kindsköpfe damals«, kam es ihm in den Sinn. Er schüttelte seinen Kopf. Vorhin, als er zufällig ihre Hand berührt hatte, waren alle Gefühle für sie sofort wieder da gewesen, als hätte ihn ein Blitz durchfahren. Stärker denn je. Sie waren nie weg, gestand er sich ein.

»Danke Lui, dass du gewartet hast«, sagte Klara, als sie mit dem Zapfhahn in der Hand zurückkam. Dabei versuchte sie, seinem durchdringenden Blick auszuweichen. »Aber jetzt komm' ich zurecht, du bist sicher auch müde.«

»Ja, du hast recht. Ich bin das Bier auch nicht mehr gewohnt«, antwortete er, obwohl er gerne noch länger in Klaras warme Augen geschaut hätte. Stattdessen sagte er: »Wenn ich dir nichts mehr helfen kann, dann gehe ich jetzt auch heim. Schlaf gut, und mach dir nicht so viele Sorgen.«

»Du auch. Und Lui …«

»Ja?«, fragte er erwartungsvoll.

»Ich bin wirklich froh, dass du wieder hier bist«, beendete sie ihren Satz und schaute ihn noch ein letztes Mal an, bevor er seine Jacke vom Haken nahm und ging. Dann schloss sie die Tür hinter ihm zu. Es war spät geworden. Sie ging die Treppe hinauf in ihre Schlafkammer und war zum ersten Mal seit langer Zeit zuversichtlich.

Lui schlenderte, an den duftenden Kastanienbäumen vorbei, die Dorfstraße entlang, nach Hause. Wie schön es hier doch ist, dachte er. Er liebte die hiesige sanfte Vorgebirgslandschaft, die Wiesen mit den großen Kirschbäumen, die Rebhänge, die von Kastanienwäldern umschlossen waren. Und weiter oben die majestätischen Tannenwälder des Schwarzwaldes. Er atmete tief ein und füllte seine Lungen mit der frischen Luft. Endlich bin ich wieder daheim bei meinen Leuten und in der Nähe von Klara. Ruhig und friedlich lag sein Zuhause am anderen Ende des Dorfes auf einer kleinen Anhöhe. Bald würde es vorbei sein mit der Schonfrist daheim, das war ihm klar. Morgen früh würde er zum ersten Mal wieder mit dem Vater zum Mähen gehen. Zuhause war alles dunkel, und er ging direkt in seine Schlafkammer. Auf seiner Bettstatt liegend konnte er jedoch nicht gleich einschlafen. Immer wieder sah er Klaras Gesicht, ihre Sommersprossen, ihre strahlenden Augen und ihr einladendes Lächeln vor sich. Irgendwann musste er dann doch in einen tiefen Schlaf wie schon lange nicht mehr gefallen sein. Er erwachte erst, als er seinen Namen hörte. »Lui, wach auf.« Seine Mutter rüttelte sachte an seiner Schulter.

II.

Klara hatte in den letzten Tagen versucht, sich mit Arbeit abzulenken, was ihr nicht sehr gut gelang. Immer wieder kehrten ihre Gedanken zu Lui zurück. Sie ging ihm so weit wie möglich aus dem Weg. Das war nicht so einfach in einem kleinen Dorf. Jetzt freute sie sich auf die bevorstehenden Tage. Obwohl sie sich gut mit ihrer Schwiegermutter verstand, gefiel ihr die Aussicht auf etwas Ruhe. Frieda fuhr seit dem Tod ihres Mannes zwischen Christi Himmelfahrt und Pfingsten immer für eine Weile zu ihrer alleinstehenden Schwester nach Karlsruhe. Dort wollte sie in der nahegelegenen St. Stephanskirche für Franz und Theo eine Messe lesen lassen und für jeden eine Kerze anzünden. Sie hatte schon die letzten Tage begonnen, die Gastwirtschaft mit Fine gründlich durchzuputzen. Wenn noch Zeit blieb, wollte sie oben im Wald nach Maiglöckchen suchen. Vielleicht hatte sie Glück und fand noch welche, und womöglich blühte auch schon der Holunder. Fine wollte am Samstag auch die Gelegenheit nutzen und mit Anton für ein paar Tage ihren Vater besuchen. Denn im Sommer blieb dafür keine Zeit mehr.

Während Klara die Gaststube kehrte, fiel ihr Blick auf Theos Harmonika, die immer noch am selben Platz hing. Es machte sie traurig, wenn sie daran dachte, wie gerne

Theo damit Musik gemacht hatte. Hier im Goldenen Hirsch hatte sie ihn näher kennengelernt. Die Frau ihres Onkels war mit Frieda gut bekannt. Sie hatte ihr dazu verholfen, dass sie schon früh bei Hochzeiten und anderen Festlichkeiten im Goldenen Hirsch in der Küche und später beim Servieren aushelfen durfte.

Klara dachte gerne an die prächtigen Hochzeiten und Feste zurück, die dort gefeiert wurden. Als sie älter war, half sie auch an den Tanzabenden aus. An diesen Abenden traf sich die Dorfjugend, manchmal kamen auch junge Leute aus den umliegenden Dörfern. Als *»Reingeschmeckte«* wurde sie nur langsam akzeptiert. Wenn es an diesen Abenden gegen Schluss ging, alle Gäste versorgt waren, schwang sie auch hin und wieder das Tanzbein, vor allem mit Theo. Er hatte es ihr beigebracht. Sie verstand sich zunehmend gut mit ihm. Es war zunächst nur eine unschuldige und unbeschwerte Freundschaft. Und es erstaunte sie, wie es dann doch so schnell zur Hochzeit mit ihm gekommen war.

Nach dem Streit mit Lui damals, beim Tanz in den Mai, hatte Theo sie zunächst getröstet: »Der wird sich schon wieder beruhigen.« Aber Lui und sie waren beide Sturköpfe und verloren sich zunehmend aus den Augen. Dann wurde er eingezogen. Es kam zu keiner Aussprache mehr zwischen ihnen. Klara wurde zu einer wichtigen Stütze im Goldenen Hirschen und war gar nicht mehr wegzudenken. Und als Theo einige Zeit später auch in den Krieg zog, entstand die Idee, dass er vorher noch heiraten sollte. Für alle Fälle. Theos Eltern, aber auch ihr Onkel und seine Frau hatten ihr zugeredet. Sie kam gut mit Theo und seinen Eltern aus, und alle waren der Ansicht, sie gäbe eine gute Wirtin ab. Ihre Tante sagte ihr: »Klara, das ist mehr, als du erwarten kannst als nicht Hiesige. Alles andere kommt dann, mit Gottes Wille, von alleine. Theo ist als einziges Kind und künftiger Erbe des Goldenen Hirsch eine sehr gute Partie.« Ihr Onkel, der ja die Verantwortung für sie übernommen hatte, seine Frau, aber auch ihr Vater – alle waren froh, dass Klara damit Schicksal und Makel ihrer Schwester Fine erspart bleiben würden. Theo war damit auch schnell einverstanden.

In seltenen, ruhigen Momenten dachte Klara: »Vielleicht sollte ich mich wirklich damit abfinden, dass mein Mann nicht zurückkommt.« Eigentlich hatten sie und Theo nach dem Krieg eine Familie gründen wollen. Und jetzt war alles anders. Möglicherweise war sie mit ihren zweiundzwanzig Jahren bereits Kriegswitwe. »Wie soll mein Leben jetzt weitergehen?«, fragte sie sich oft selbst. Seit Lui zurück war, fühlte sich ihr Leben plötzlich anders an, irgendwie hoffnungsvoller. Als er vor zwei Wochen zum ersten Mal wieder in den Goldenen Hirsch gekommen war, hatte dies viele Gefühle und Erinnerungen bei ihr aufgewühlt. Danach war er noch ein, zwei Mal im

Gasthof gewesen, aber nie alleine. Klara war ganz schön aus dem Gleichgewicht. Auch jetzt beschleunigte sich ihr Herzschlag, wenn sie nur an ihn dachte. Wohin sollte das nur führen?

Auf der großen Wiese hinterm Stall hatte Lui bereits gestern versucht, Gras zu mähen. Es ging einigermaßen. Aber seit seiner Kriegsverletzung zitterte sein linker Arm manchmal unkontrolliert, was ihn oft wütend und ungeduldig werden ließ. Irgendetwas zerrte an ihm.

»Lui, komm, wach jetzt auf, hast du den Vater nicht gehört, er hat nach dir gerufen. Ihr wolltet doch heute Morgen zusammen raus auf die Finkebünd. Ich hab' gesagt, er soll dich noch schlafen lassen. Er ist schon fort, du sollst nachkommen. Deine Sense hat er schon mitgenommen.«

»Was, ist es schon so spät, Mutter? So gut habe ich schon lange nicht mehr geschlafen seit dem Krieg«, antwortete Lui. »Ich zieh' mich an und geh' gleich.«

»Die Morgensuppe steht noch auf dem Herd, iss erst noch schnell etwas, damit du wieder zu Kräften kommst, du kannst es vertragen«, erwiderte seine Mutter und sah ihn dabei liebevoll an. Aber Lui rannte schon die Treppe hinunter zum Brunnen. Sie hörte, wie er sich Wasser ins Gesicht schaufelte und laut prustete. Danach rannte er in die Küche. Er schöpfte sich einen Teller Milchsuppe, den er ansetzte und in ein paar kräftigen Schlucken austrank. Er wollte keine Zeit verlieren.

»Ich bin dann fort«, rief er seiner Mutter zu und rannte schon zur Tür hinaus.

»Heilige Maria Mutter Gottes, danke, dass du mir meinen Ludwig wieder einigermaßen unversehrt zurückgebracht hast«, betete Dorothea, Luis Mutter, vor sich hin. Während sie sein Bettzeug aus dem Fenster schüttelte, schaute sie ihm zufrieden hinterher.

Von seinem Elternhaus war es keine Viertelstunde zu Fuß bis zum Feld. Lui ging in schnellem Schritt. Er mochte die Arbeit draußen. »Lui, da bist du ja endlich«, rief ihm sein Vater zu, als er ihn erblickte. »Hast du gestern Abend zu tief in den Krug geschaut im Goldenen Hirsch?«, fragte er scherzhaft. Lui wusste, auch sein Vater war froh, dass er wieder daheim war. Deshalb war er ihm heute wegen seines Verschlafens nicht böse.

»Wilhelm«, hatte seine Frau heute Morgen zu ihm gesagt, »gell, lass dem Lui noch etwas Zeit, er muss sich doch erst mal wieder hier zurechtfinden.« Aber das sah er etwas anders. Je schneller Lui seinen Platz kannte, ein Ziel hatte, umso einfacher würde es für ihn sein, im normalen Leben wieder Fuß zu fassen, davon war Wilhelm überzeugt. Heute war eine günstige Gelegenheit, mit seinem Sohn unter vier Augen zu sprechen. Sie sensten eine Weile und der Vater beobachtete aus den Augenwinkeln, wie Lui trotz seiner Einschränkung versuchte, mit ihm mitzuhalten.

»Komm, lass uns etwas trinken, bevor wir aufladen und heimfahren«, sagte er zu seinem Sohn. Die Arbeit war trotz der noch frühen Stunde sehr schweißtreibend. Beide legten die Sensen ab und suchten unter einem mächtigen Kirschbaum etwas Schatten. Der Vater holte die Korbflasche mit dem kühlen Apfelmost und setzte zu einem kräftigen Schluck an, bevor er sie an Lui weiterreichte.

»Wir sind froh, dass du wieder da bist. Das weißt du«, begann sein Vater. Er neigte nicht zu großen Reden.

»Jetzt, wo der Krieg vorbei ist, hast du dir schon überlegt, wie es weitergehen soll, Ludwig?«

Seine Eltern waren die Einzigen, die ihn hin und wieder noch so nannten. Das war er gar nicht mehr gewohnt. Sein Vater schien keine Antwort zu erwarten und fuhr fort:

»Du weißt, ich hätte dich vor dem Krieg gerne weiter auf die Schule geschickt. Ich weiß, dass dir das Lernen leichtfällt. Der Pfarrer und der Lehrer waren deshalb ja auch immer mal da.«

Lui schaute ihn lediglich erwartungsvoll an.

»Junge, aber du hast sicher eingesehen, dass ich dir nicht auch noch ein Studium in Freiburg oder Karlsruhe habe zahlen können. Jetzt, wo der Karl schon auf Schullehrer studiert hat. So viel Geld konnte ich nicht nochmal aufbringen. Das gab unser Hof nicht her. Und dann war ja der Krieg.«

»Ja ja Vater, das ist mir schon alles klar«, antwortete Lui. »Ich habe auch gar nicht mehr damit gerechnet.«

»Ludwig, du weißt auch, ich kann nur einem von euch den Hof geben. Und der Frieder ist halt der Älteste und wird den Hof übernehmen. Jetzt, wo der Krieg vorbei ist, wird er nach dem Herbst die Lisbeth heiraten. Deine Mutter und ich wissen aber, dass du auch ein guter Bauer wärst. Es fehlt dir halt nur ein Hof.«

So viele Sätze an einem Stück, das war Lui von seinem Vater sonst gar nicht gewohnt. Dafür war sonst eher seine Mutter zuständig.

»Deshalb wäre es gut, du suchst dir bald eine Frau, am besten eine mit einem Hof, wo du einheiraten kannst. Weißt du, jetzt, wo viele Söhne und Hoferben im Krieg geblieben sind, findest du sicher eine gute Partie. Wir müssen jetzt alle nach vorne schauen. Also guck dich mal nach einer Braut um.«

Jetzt war es raus, sein Vater sah ihm nun direkt in die Augen, als er seinen letzten Satz beendete. Damit hatte Lui heute Morgen nun gar nicht gerechnet. Der Tag hatte so vielversprechend begonnen, aber jetzt war seine gute Laune dahin. Er stand auf, nahm den Rechen und begann, wütend das Gras zusammenzuharken und aufzuladen. Bis sie zu Hause waren, sprach Lui kein Wort mehr mit seinem Vater. Was sollte er ihm auch sagen – dass er Klara liebte und keine andere wollte?

Fine stand unter der mächtigen Kastanie, die jetzt im Frühling wieder so schön blühte und duftete, und wischte über die Tische des Biergartens. Im Dorf spielte der Goldene Hirsch eine zentrale Rolle. Die Auswärtigen kamen vor allem wegen dem über das Dorf hinaus bekannten schönen Biergarten. Die Einheimischen feierten an diesem Ort vor allem ihre Hochzeiten und fanden zu Beerdigungen zusammen. Die jungen Leute kamen an den Wochenenden und die Männer am Sonntag nach dem Gottesdienst. So war es vor dem Krieg. Erst gestern hatte sie mit Klara darüber gesprochen, ob sie den während des Krieges weitgehend stillgelegten zweiten Wirtsraum im ersten Stock mit Tanzboden sowie die drei Gästezimmer nicht wieder öffnen sollten. Trotz immer noch großer Knappheit zog der Goldene Hirsch wieder mehr und mehr Gäste an. Fine bewunderte Klara dafür, wie diese sich den Herausforderungen stellte.

Fine hatte das Gerede mancher Dorfbewohner von wegen »Wir müssen an der Heimatfront bestehen« noch nie hören können. Dieser Krieg brachte nichts als Unglück und Leid über die Menschen. Dass dies die Herren Politiker nicht sahen. Aber die mussten in der Regel auch nicht ihren Kopf hinhalten. Ihr Vater sagte immer: »Die Großen hecken die Kriege aus und die Kleinen müssen sie bezahlen.« Und nicht wenige mit ihrem Leben, dachte Fine. Mit einem Schwung nahm sie den Eimer vom Tisch und ging Richtung Badehaus, um dort nach dem Rechten zu sehen. Dann musste sie schauen, dass sie das Mittagessen auf den Tisch brachte, bis Anton aus der Schule kam. Er wuchs und hatte immer *Kohldampf*. Die Lebensmittel waren zwar noch rationiert und die Speisekarte gab nicht viel her, aber hungern mussten sie zum Glück nicht.

Lui spazierte an diesem Sonntagmittag, wie so oft, wenn es seine Zeit zuließ, auf die Schwend, in der Nähe gab es einen schönen Berggasthof. Dort kehrt er gerne auf einen Schoppen Wein oder ein Glas Apfelmost ein. Heute war er gleich nach dem Essen aufgebrochen. Er musste das Gespräch mit seinem Vater verdauen und war froh, alleine unterwegs zu sein. Das Laufen durch den Wald hatte ihm gutgetan. Im Krieg war er weit herumgekommen und hatte unterwegs schöne Landschaften gesehen. Aber nichts liebte er mehr als die sanften Hügel des Renchtals, die sonnigen Reblose, die Obstwiesen, den schönen Mischwald. Er freute sich über jedes Reh oder andere Tier, das ihm im Wald begegnete. Er wusste, es gab höhere Berge, weitere Täler, aber nichts kam ihm so schön vor wie die Landschaft seiner Heimat. Jetzt, nach dem Krieg, war es ihm noch bewusster, wie viel Glück er hatte, an diesem von der Natur so reich gesegneten Ort zu leben.

Die Menschen hatten es in dieser Gegend auch zu einem gewissen Auskommen gebracht. Nur hier konnte er sich ein Leben vorstellen, auch in der Zukunft. Als er auf dem Rückweg aus dem Wald trat, konnte er schon die Weinberge um sein Heimatdorf erkennen. Er blickte gen Himmel und fragte sich, ob er es noch trocken nach Hause schaffen würde. Lui erhöhte sein Tempo, denn er sah, wie sich ein schweres Gewitter zusammenbraute. Er hatte sich zu lange mit der Wirtin unterhalten. Es donnerte schon gewaltig. Das Gewitter kam schneller näher, als er gedacht hatte. Über Ringelbach blitzte es bereits. Der Himmel verfärbte sich dunkelgrau, er beschleunigte noch einmal seinen Schritt. Kurz vor Thiergarten sah er vor sich eine Gestalt rennen, eine Frau, wie er schemenhaft erkennen konnte. »Höchste Zeit, sich in Sicherheit zu bringen«, dachte er noch, da es inzwischen plötzlich zu hageln begonnen hatte. Diese Frühjahrsgewitter kamen schnell. Er rannte und hatte die Frau beinahe eingeholt. Da erkannte er, dass es sich um Klara handelte, die versuchte, vor dem Unwetter davonzurennen.

Seit dem aufwühlenden Gespräch mit seinem Vater war er Klara erst recht aus dem Weg gegangen. Er musste sich erst einmal selbst innerlich sortieren. Aber kaum ein Tag und keine Nacht, in der er nicht an sie dachte. Er träumte von Dingen, die nicht sein durften.

»Klara«, rief Lui, »bist du das? Was um Himmels willen machst du bei dem Gewitter hier oben?«

»Lui, Gott sei Dank, du bist es. Ich habe Holunder gesammelt und Maiglöckchen gesucht und dabei die Zeit vergessen. Und als ich wieder aus dem Wald kam, war es schon ganz schwarz.«

Lui wusste, dass sich Klara schon immer vor Gewittern gefürchtet hatte. Sie stand jetzt ganz starr unter einem großen Kastanienbaum.

»Lauf los, so schnell du kannst, wir müssen versuchen, Schneiders Rebhäuschen zu erreichen. Dort sind wir erst mal sicher und trocken. Komm, gib mir deinen Korb.« Das Grollen des Donners war jetzt genau über ihnen. »Hoffentlich nimmt der Hagel nicht zu«, dachte Lui noch, das würden die zarten Rebtriebe und Blüten nicht überstehen.

Inzwischen schlugen Blitze nicht weit vor ihnen ein. Er nahm Klaras Korb und beide rannten, so schnell sie konnten. Lui erreichte als erster das Rebhäuschen, das der einzige trockene Unterstand in der Nähe war. Die Tür war, wie üblich, nicht verschlossen, und sie traten ein.

»Gott sei Dank«, sagte Klara. »Das war jetzt wirklich in letzter Minute.«

Sie nahm ihr Tuch von den Schultern und schlug das Wasser ab. Lui zog ebenfalls seinen nassen Sonntagsjanker aus.

»Warst du auf der Schwend?«, nahm Klara nach einem Moment des Schweigens als Erste das Gespräch auf.

»Ja, und ich hätte früher aufbrechen sollen, dann wäre ich noch trocken ins Dorf gekommen.«

Wieder entstand eine längere Gesprächspause, in der beide versuchten, dem Blick des anderen auszuweichen.

»Wie lange, glaubst du, dauert das noch?«, fragte Klara.

»Im Moment sieht es über dem Achertal noch ziemlich düster aus«, antwortete Lui. »Da kommt noch was.«

Klara versuchte, die Situation mit einem Scherz zu überspielen. Aber es gelang ihr nur halbwegs. Beide konnten die Spannung, die da zwischen ihnen in der Luft lag, körperlich spüren. Sie setzten sich so weit wie möglich voneinander entfernt auf die Holzbank, um abzuwarten, dass das Gewitter sich verzog. »Wie …«, wollten beide gleichzeitig beginnen.

»Du zuerst«, sagte Klara.

»Nein du, was wolltest du fragen?«

»Ich wollte wissen, ob du dich inzwischen wieder gut eingelebt hast zu Hause«, erwiderte Klara.

»Ja doch«, antwortete Lui etwas kurz angebunden, »und bei dir, gibt es etwas Neues?«

»Na ja, ich versuche, so gut es geht mit Fine den Goldenen Hirschen am Laufen zu halten und weiterzumachen ... irgendwie«, fügte sie leise hinzu, so dass er es kaum hören konnte.

Lui blickte auf und sah ihr sorgenvolles Gesicht. So kannte er sie gar nicht, so mutlos.

»Ja, das ist sicher nicht leicht für euch Frauen«, antwortete er. »Hör zu, Klara, wenn ich dir helfen kann, musst du es mir sagen.«

»Ach, wie soll das nur gehen, du hast doch selbst auch viel zu tun bei euch auf dem Hof.«

»Na ja«, antwortete Lui, »jetzt, wo der Frieder heiraten und den Hof übernehmen wird, muss ich mich über kurz oder lang sowieso auf eigene Füße stellen.« Nach einer kleinen Pause fuhr er etwas verbittert fort: »Vor ein paar Tagen sagte mir mein Vater klipp und klar, was er von mir erwartet.«

Klara schaute ihn erstaunt an. »Ja, ich habe schon gehört, dass der Frieder nach der Ernte heiraten will«, erwiderte sie.

»Lui, was ist eigentlich mit deinem Arm?«, fragte sie ihn und schaute ihm dabei zum ersten Mal wieder in die Augen. »Ach, geht schon, kann man nichts machen«, antwortete er und hielt dabei ihren Blick fest. Keiner sagte mehr etwas. Da machte es einen dumpfen tiefen Schlag und es zischte. Klara schrie auf. »Gott im Himmel, was war denn das?« Sie rückte instinktiv näher an Lui heran.

»Da hat wohl irgendwo in der Nähe der Blitz eingeschlagen. Keine Angst, hier sind wir sicher.«, versuchte Lui, sie zu beruhigen.

Sie saßen inzwischen dicht nebeneinander. Er konnte ihre Wärme spüren, und der intensive Duft der Maiglöckchen in ihrem Korb machte ihn beinahe schwindelig. Klara atmete tief durch. Ein tiefes Gefühl der Wärme und Ruhe breitete sich in ihr aus. Sie fühlte sich wie immer wohl und sicher in Luis Gegenwart. Seine ruhige, besonnene Art war das Gegenteil ihres impulsiven, manchmal leichtsinnigen Gemütes. Erneut schwiegen sie. Diesmal nahm Lui das Gespräch wieder auf.

»Gibt es Neuigkeiten von Theo?«

»Nein, alle Nachfragen haben nichts Neues ergeben. Der Briefbote meinte kürzlich, ich sollte ihn für tot erklären lassen, denn nach so langer Zeit sei es unwahrscheinlich, dass er noch am Leben sei, wahrscheinlich sei er in Verdun gefallen.«

Draußen war es inzwischen stockduster geworden. Bei jedem weiteren Blitz zuckte Klara zusammen und rückte noch ein Stückchen näher an Lui heran. Als ein besonders lautes Krachen von draußen zu ihnen hereindrang, riss Klara erschrocken die Augen auf und fing ganz leise an zu weinen.

»Klara, pscht, hier passiert dir nichts«, versuchte Lui, sie zu beruhigen. Aber sie ließ sich nicht besänftigen. Ihr Weinen wurde immer stärker und lauter. Tränen liefen über ihre Wangen und sie schluchzte laut auf.

»Es tut mir leid, Lui«, stammelte Klara zwischen einzelnen tiefen Schluchzern, die aus dem Innersten ihrer Seele kamen und wohl noch eine andere Ursache hatten als ihre Angst vor Gewittern.

Da legte Lui beruhigend seine Hand auf die ihre. Er sagte nichts. So saßen sie lange da. Luis Hand auf Klaras Hand. Sie sprachen nicht. Allein ihre Hände fingen an, miteinander zu reden.

Lui strich nach einer Weile behutsam und zärtlich mit dem Daumen seiner großen, schlanken, aber starken Hand über Klaras kleine, weiche, aber erstaunlich kräftige Finger. Klara erwiderte den Druck und verflocht ihre Finger mit den seinen. Blitz und Donner ließen langsam nach, dafür schüttete es inzwischen wie aus Kübeln. Beide rührten sich nicht und ließen nur ihre Hände sprechen.

»Ach Klara«, sagte Lui in die Stille. »Was war ich doch für ein eifersüchtiger Trottel damals. Könnte ich nur die Zeit zurückdrehen.« Klara blickte zu ihm herüber, in ihren Augen schimmerten noch immer Tränen, aber sie weinte nicht mehr.

»Ja, das warst du, grundlos eifersüchtig. Ich war wirklich nur in dich verliebt, von ganzem Herzen. Allerdings, womöglich war ich auch nicht ganz unschuldig an unserem Streit«, gestand Klara ein. »Ich war trotzig und eitel. Vielleicht wollte ich dich an dem Abend auch ein bisschen eifersüchtig machen, das war kindisch.«

»Na ja, wir waren beide noch recht jung«, räumte Lui ein.

»Weißt du, ich habe Theo immer gemocht in seiner fröhlichen Art. Aber mit dir war das etwas ganz anderes, und dann warst du plötzlich weg.«

Lui hatte Klaras Hand losgelassen und vorsichtig den Arm um ihre Schulter gelegt. Sie drehte sich zu ihm um und schaute ihn an. Seine Augen streichelten langsam über ihre Haare, ihre Augen und Augenbrauen, ihre Nase mit den Sommersprossen und ihren so schön geschwungenen Mund. »Ach Klara«, kam es ihm leise über die Lippen. In diesem Moment konnte er nicht anders und beugte sich zu ihr hinüber, ohne sie aus den Augen zu lassen. Er umfasste mit seiner rechten Hand ihren Hinterkopf und zog sie fast grob zu sich her. Dann küsste er sie voller Leidenschaft auf den Mund. Wie oft hatte er davon geträumt und in wie vielen einsamen Nächten sich nach ihr gesehnt. All sein Begehren, seine Gefühle für Klara verriet er ihr mit diesem Kuss.

Klara wehrte sich nicht. Sie hielt die Augen geschlossen und erwiderte seinen ersten Kuss erst zart, dann voller Leidenschaft. In diesem Moment waren sie ganz eins. Sie bemerkten nicht mehr, was um sie herum geschah. Sie klammerten sich so fest aneinander, dass sie kaum mehr atmen konnten. Die Küsse wurden zärtlicher, aber nicht weniger begehrlich.

»Klara, ich habe jeden Tag an dich gedacht und nur mit deinem Bild im Kopf habe ich die Schützengräben, den Hunger, die Kälte überlebt.«

»Pscht«, beruhigte ihn jetzt Klara. »Lui, das alles ist vorbei, und du hast es überlebt. Ich habe auch sehr oft an dich gedacht und oft für dich gebetet.«

»Wie soll ich nur ohne dich weiterleben, Klara?«, platzte es aus Lui heraus, während er aufstand und Klara zu sich hoch zog. Er legte beide Arme um sie und zog sie noch näher an sich heran. Dann hob er sie hoch und küsste sie auf ihre Nase, ihren Hals und versank erneut mit ihr in einem leidenschaftlichen, langen Kuss.

Als er die Augen öffnete, schaute ihn Klara mit ihren großen Augen an.

»Ach Lui, was soll nur aus uns werden«, sagte sie. Eigentlich dürfte ich nicht hier sein, dachte sie. In ihrem Kopf drehte es sich, ihr Herz klopfte so laut, dass sie dachte, Lui müsste es hören. Gleichzeitig fühlte sie, zum ersten Mal seit Kriegsbeginn, wie ihr ein großer Stein vom Herzen fiel. Ein Felsbrocken. Immer hatte sie in den letzten Jahren die Zuversichtliche spielen müssen, die Starke, die Fröhliche. Auch als Theo noch da war. Aber jetzt wollte sie sich für diesen Moment ein einziges Mal anlehnen und loslassen. Sie schmiegte sich noch enger in Luis Arme und gab sich diesem tiefen, starken Gefühl und der körperlichen, fast magischen Anziehung hin, die sie nur mit ihm erlebt hatte.

»Lui, lass uns nicht zurückblicken, lass uns diesen Moment genießen, küss mich«, sagte Klara. Lui verriegelte die klapprige Tür von innen und zog Klara auf seinen Schoß. So verbrachten sie sicher noch eine Stunde mit geflüsterten Zärtlichkeiten, Küssen und Berührungen. Sie vergaßen die Welt um sich herum. Irgendwann hörten sie die Glocken der Kirchturmuhr sechs schlagen, und es kam ihnen vor, als ob sie aus einem Traum erwachten. Was war passiert? Sie schauten sich liebevoll an. Ihre Augen verschmolzen ineinander und es fiel beiden schwer, sich voneinander zu lösen.

»Du bist noch schöner geworden in all den Jahren«, sagte Lui. Klara lächelte ihn an, strich ihm zärtlich über die Wangen und erwiderte: »Ich glaube, der Regen hat nachgelassen.«

»Ich möchte eigentlich am liebsten für immer mit dir hier drin bleiben, aber ich muss heim zum Melken und Füttern. Der Frieder ist heute bei seinen künftigen

Schwiegereltern und der Vater wird schon auf mich warten.«

»Ja, lass uns gehen«, erwiderte Klara, auch wenn es ihr ebenfalls schwerfiel. »Nicht, dass uns noch jemand hier drinnen findet.«

Mit schwerem Herzen lösten sie sich voneinander. Es hatten sich ein paar Haarsträhnen aus Klaras Haarkranz gelöst. Sie versuchte, sie wieder festzustecken. Da war es wieder, ihr schelmisches, freches Lächeln, das Lui wie magisch anzog. Klara stellte sich auf die Zehenspitzen und küsste ihn ein letztes Mal auf den Mund. »Komm, lass uns gehen.«

Lui schlüpfte in seinen Janker, gab Klara ihr Schultertuch und nahm ihren Korb. Er entriegelte und öffnete die Tür und blickte hinaus. Kein Mensch weit und breit. Das Gewitter hatte sich inzwischen verzogen. Zurück blieb eine wie gewaschene, klare und saubere Luft. Er konnte bis nach Straßburg sehen, so klar war die Sicht. Aber es war merklich kühler geworden und Klara zog ihr immer noch feuchtes Schultertuch näher an sich heran. Sie liefen nebeneinander durch die Weinberge Richtung Dorf. Bis zum ersten Haus trafen sie auf keinen Menschen. Am ersten Bauernhof schaute der Altbauer gerade aus dem Stall.

»Lui, bist aber spät dran mit dem Melken.«

»Ja, wir sind beide vom Gewitter überrascht worden.«

»Der Hagel hat sicher einigen Schäden angerichtet«, meinte der Altbauer noch und war schon wieder verschwunden.

»Jeder wird es mir ansehen«, dachte Klara und hielt deshalb mehr Abstand von Lui, als es die Konvention vorsah oder es ihr lieb war. So gingen sie weiter bis zum Goldenen Hirsch.

»Ich bring' dir den Korb noch rein«, sagte Lui und wartete ihre Antwort gar nicht erst ab. Sie schloss die Tür des Gasthofs auf und dankte Gott, dass heute keiner hier war. Lui trat ein und trug ihren Korb in die Küche. Es war erstaunlich, wie selbstverständlich sich das anfühlte. Ohne es auszusprechen, wussten beide, dass sie jetzt so nicht auseinandergehen konnten. Lui suchte Klaras Blick und sagte:

»Klara, ich gehe jetzt nach Hause zum Füttern, und dann komme ich wieder. Ich möchte heute bei dir sein, wenigstens heute.«

Klara erwiderte nichts, aber ihre Augen drückten mehr aus, als alle Worte es hätten tun können. Lui strich ihr zart über die Haare, bevor er sich umdrehte und fast zur Tür hinausrannte.

III.

»Was tue ich da nur«, fragte sich Klara, nachdem Lui gegangen war. Aber gleichzeitig wusste sie, dass sie nicht anders konnte, heute. Diese Nacht gehörte ihnen beiden. Noch nie hatte sie sich nach etwas so sehr gesehnt. Sie, eine junge Frau, wahrscheinlich Witwe, sehnte sich einfach nach Liebe, Verständnis und Zärtlichkeit.

Klara nahm einen Krug und stellte die Maiglöckchen ins Wasser. Was für einen herrlichen Duft sie doch ausströmten. Sie hatte auch tatsächlich schon Holunderblüten gefunden. Daraus wollte sie später Sirup und Gelee kochen. Klara lief wie innerlich getrieben hin und her. Sie bereitete ein schnelles Vesper zu. Dann ging sie in ihre Stube. »Ich muss unbedingt aus den nassen Kleidern raus, sonst verkühle ich mich noch.« Klara wusch sich und benutzte dabei die Lavendelseife, die ihr ein Reisender gegen ein Mittagessen eingetauscht hatte. Sie öffnete ihren Zopf, den sie als Haarkranz festgesteckt hatte. Dann bürstete sie ihre langen blonden Haare, bis sie glänzten. Anschließend band sie diese wieder zusammen und steckte sie am Hinterkopf fest.

Draußen war es inzwischen dunkel geworden. Sie ging hinunter in die Küche. Kurze Zeit später klopfte es an die Küchentür. Sie sah auf und fühlte, wie sich ihr Puls beschleunigte. Sie ging zur Tür und öffnete.

»Klara, ich hatte Angst, ob du mir vielleicht doch nicht aufmachst«, sagte Lui ganz atemlos. »Ich habe mich beeilt, aber dann kam noch der Köhler Toni vorbei und wollte etwas wissen. Bis ich den wieder los war, hat es etwas gedauert.«

Er schüttelte sich ein wenig, und ein paar Regentropfen liefen über sein Gesicht und seinen Hals.

»Jetzt bist du ja da«, sagte Klara.

Beide waren etwas verlegen, aber irgendwie auch sehr vertraut. Klara machte schnell die Fensterläden zu. Sie war froh, dass sie die Fenster nicht mehr zusätzlich verdunkeln musste seit Kriegsende.

»Komm, Lui, lass uns was vespern. Ich habe hinten am Ofen schon was hingestellt. Da kannst du auch deine Jacke trocknen.«

Es fühlte sich alles so natürlich an, so ganz selbstverständlich, als er ihr folgte. Klara zündete eine *Schondel* an, obwohl es im Goldenen Hirsch bereits elektrisches Licht gab, mochte sie lieber das weiche Kerzenlicht.

»Komm, du hast sicher Hunger«, sagte sie und setzte sich.

Lui sah den Speck, ein Stück Rahmkäse und Brot und Butter auf dem Tisch. Es kam ihm nicht falsch vor, hier alleine mit Klara beisammenzusitzen. Wie ein richtiges Ehepaar. Dieses Bild hatte er schon unzählige Male vor

Augen gehabt. Sie saßen sich gegenüber und schauten sich an.

»Willst du ein Bier oder lieber ein Glas Wein?«, fragte Klara und sprang dabei auf.

»Ein Wein, wenn du einen da hast, wäre mir recht, komm, gib mir das Messer, ich schneide den Speck«, sagte Lui.

Als er ihr das Messer aus der Hand nahm, fühlte er wieder Klaras Wärme. Er atmete ihren nach Lavendel riechenden Duft ein. Gleichzeitig spürte er seinen eigenen Pulsschlag. Er legte das Messer auf den Tisch und sah zu Klara auf, die ihn mit ihren runden, glänzenden Augen anschaute. Augen wie zwei Haselnüsse, die immer einen leicht belustigten Ausdruck hatten und ihn gleichzeitig warm und tief umfingen. Er konnte nicht sitzen bleiben und stand auf. Dann nahm er ihren Kopf in seine Hände, beugte sich zu ihr hinunter und küsste sie auf den Mund.

Klara lehnte sich an ihn und erwiderte seine Küsse mit der gleichen Hingabe wie schon am Nachmittag in der Rebhütte. Ihre anfänglich zärtlichen Liebkosungen wurden inniger und leidenschaftlicher. Sie vergaßen alles um sich herum. Das Vesper blieb unberührt auf dem Tisch stehen. Nur ihre Augen, Lippen und Hände sprachen miteinander. Dicht aneinandergepresst standen sie an die Wand gelehnt.

»Ach Klara, du kannst dir nicht vorstellen, wie du mir gefehlt hast.«

Klara erwiderte nichts, schaute ihn an und nahm daraufhin langsam Luis Hand.

»Komm«, sie zog ihn in den Hausflur. Dort verharrten sie wieder eine Weile in leidenschaftlichen Küssen. So etwas hatte Klara noch nie erlebt. So eine Tiefe, eine Sehnsucht, und ja, sie wollte ihn auch. Egal was morgen sein würde, diese Nacht sollte ihnen beiden gehören. Einmal zumindest wollte sie ihrem Verlangen nachgeben, mit Lui zu verschmelzen. Sie führte ihn an ihrer Schlafkammer vorbei zu einem der Fremdenzimmer. Dieses war von der Straße aus nicht zu sehen.

Als Klara die Tür öffnete, hob er sie hoch und trug sie zur Schlafstatt, die sich unter einer Dachluke befand. Dort setzte er sie ab, er konnte sein Begehren nicht mehr verleugnen. Ohne etwas zu sagen, betrachtete er sie eine Weile. Dann zog er seine Weste aus und warf sie über den Stuhl, der neben einem kleinen Tisch stand. Währenddessen zog Klara ihre Strickjacke aus und streifte die Holzpantinen ab. Er nahm sie erneut in den Arm und entfernte ein paar Haarnadeln, so dass ihr der Zopf über die Schulter fiel. Dann löste er ihr Haar und breitete es um sie aus. Wunderschön sah sie aus. Während er das tat, öffnete sie sein Hemd und streifte es hastig über seine Schultern. Sie kannten sich schon so lange, aber hatten sich noch nie ganz nackt gesehen.

Klara und Lui ließen sich Zeit. Ein Kleidungsstück nach dem anderen fiel zu Boden. Sie lächelten sich an und ließen sich dabei nicht aus den Augen. Jeder spiegelte sich in den Augen des anderen. Lui konnte sich nicht vorstellen, dass es zu diesem Zeitpunkt glücklichere Menschen gab als sie beide. Als Klara schließlich nur noch in ihrem Unterhemd vor ihm stand, sagte er: »Klara, mach dir keine Sorgen, ich werde aufpassen.«

Sie schlüpfte ins Bett. Lui legte sich neben sie.

»Mein Gott, bist du schön«, entfuhr es ihm bei ihrem Anblick. »Halt mich fest, Lui«, erwiderte Klara mit einer Ernsthaftigkeit, die ihm einen Schauer über den Rücken jagte. Er streifte Klara das Hemd über den Kopf und schaute sie einfach nur an. Klara ließ es zu, weil sie sicher war, dass er sie von ganzem Herzen liebte und sie seelenverwandt waren, immer schon.

Sie fuhr mit ihrem Zeigefinger von seiner Brust über seinen schlanken aber muskulösen Bauch und zog ihn über sich. Und dann liebten sie sich leidenschaftlich und wie Ertrinkende klammerten sie sich aneinander. Jetzt sprachen nur noch ihre Lippen, ihre Hände, die Augen, ihr Körper und alle anderen Sinne, die ihnen zur Verfügung standen.

Die ganze Nacht liebten sie sich. Ihre Leidenschaft verwandelte sich bis zum Morgengrauen in immer größere Zärtlichkeit. Sie wollten und konnten nicht schlafen, keine dieser kostbaren Minuten wollten sie verschenken.

Weit nach Mitternacht lag Klara in Luis Arm, und sie redeten leise miteinander. Obwohl sie ganz alleine waren heute Nacht. Sie erzählten sich ihr Leben. So vergingen die Stunden.

Klara nickte irgendwann in Luis Arm ein. Aber er war hellwach und konnte die ganze Nacht nicht schlafen. So gegen vier Uhr, die Sonne war noch nicht aufgegangen, löste er sich langsam von ihr. Er betrachtete noch eine Weile ihr schlafendes Gesicht, und ein warmes Gefühl des Glückes breitete sich in seinem ganzen Körper aus.

Um sie nicht zu wecken, stand er ganz leise auf. Da schlug sie die Augen auf. Sie sagten beide nichts, sondern gaben sich einen langen und innigen Kuss.

»Klara, ich geh' jetzt nach Hause, aber ich komme heute Abend wieder, wenn es dir recht ist.« – »Ja, das wäre schön, Lui.« Er zog sich schnell seine Kleider an und machte sich auf den Nachhauseweg. Obwohl er nicht geschlafen hatte, fühlte er sich erfrischt und voller Elan.

Klara drehte sich noch einmal um und schlief, bis sie von der Kirchturmuhr geweckt wurde. Nicht einmal den Hahn hatte sie heute Morgen krähen gehört. Es schlug acht Uhr, als sie aufwachte. Sie konnte sich nicht erinnern, wann sie in den letzten Jahren einmal so lange geschlafen hatte. Als sie aufstand und in den Spiegel auf ihrer Kommode schaute, bemerkte sie, wie ihr ein ganz anderes Antlitz entgegenblickte. Sie strahlte wie von innen beleuchtet.

Als Klara in die Küche ging, um die Reste vom gestrigen Abend wegzuräumen, hüpfte ihr Herz, als sie an Lui dachte. »Vielleicht ist es Zeit, dass ich nach vorne schaue.« Sie dachte an Theo und an Lui. Noch nie hatte sie so etwas erlebt wie letzte Nacht. Sie fühlte, wie ihr die Röte in das Gesicht stieg, wenn sie daran zurückdachte. So würde sie gerne leben wollen. Aber wie könnte das gehen? Wie sollte sie Frieda unter die Augen treten, wie das alles mit ihrem Gewissen vereinbaren? Mit Gott, da war sie sich sicher, da würde sie sprechen können, sich ihm anvertrauen. Und den Pfarrer, den ging das nichts an.

Während sie sich einseifte und wusch, freute sie sich schon, Lui später wiedersehen zu können. Sie vermisste ihn jetzt schon. Als sie die Fensterläden öffnete, schaute sie sich vorsichtig um. Keiner war in der Nähe, dank der geschützten Lage des Gasthofes konnte man das Küchenfenster nicht einsehen.

Im Laufe des Vormittags verrichtete sie die üblichen Arbeiten. Sie fütterte die Hühner im Auslauf, holte die Eier ein. Den Rest des Tages ging ihr die Arbeit so leicht von der Hand wie lange nicht mehr. Sie ertappte sich dabei, dass sie vor sich hin trällerte. Nein, sie wollte sich heute nicht allzu viele Gedanken machen oder ein schlechtes Gewissen haben. Sie wollte nach vorne schauen. Endlich, nach drei Jahren des Wartens, der Ungewissheit, des Traurigseins.

Als Lui in aller Herrgottsfrühe nach Hause lief, traf er auf keine Menschenseele. Alle schliefen zum Glück noch, so dass er unbeobachtet in seine Kammer schleichen konnte. Aber er wollte sich nicht mehr hinlegen. Er zog sich gleich um für die Stallarbeit. Denn er befürchtete einzuschlafen, wenn er sich jetzt noch ins Bett legen würde. Zudem hielt ihn die Erinnerung an die letzte Nacht wach. Er war sehr glücklich. Die Gedanken daran, wie es weitergehen konnte, und an das Gespräch mit seinem Vater – das alles schob er heute zur Seite. Er dachte nur an Klara und daran, dass er sie bald wiedersehen würde.

Nachdem er sich umgezogen hatte, ging er in die Küche und suchte sich dort etwas zu essen. Kurz danach kam seine Mutter und war erstaunt, dass er schon wach war.

»Hoppla, Lui, was ist denn mit dir passiert, dass du schon hier unten bist?«, wunderte sie sich. »Sonst bist du immer einer der letzten, die am Morgen hier auftauchen.«

»Der Hunger hat mich heute geweckt, deshalb bin ich schon auf«, flunkerte Lui.

»Ja, du warst gestern Abend so schnell weg nach dem Stall und gar nicht da zum Nachtessen«, antwortete seine Mutter und schaute ihm dabei direkt in die Augen. Lui wollte seine Mutter nicht anlügen, deshalb schnappte er sich ein Stück Brot und ging kauend davon.

»Ich fang' schon mal an«, erwiderte er und ging direkt in den Stall.

Seine Mutter schaute ihm kopfschüttelnd nach. Sie stand allen ihren Kindern nahe. Aber zu Lui hatte sie eine besondere Verbindung. Sie wusste vom Gespräch ihres Mannes mit Lui und kannte ihren Sohn gut genug, um zu merken, dass ihn etwas umtrieb. Vielleicht war er deshalb gestern Abend so schnell weg. Nun ja, Lui war alt genug und Wilhelm hatte recht. Er war im heiratsfähigen Alter.

Ein Lächeln umspielte Klaras Lippen, als sie an die letzte Nacht dachte. Auch mit Theo hatte sie einige schöne und zärtliche Momente gehabt. Aber so eine Innigkeit und ein Verlangen hatte sie nicht für möglich gehalten. Sie konnte es kaum erwarten, Lui wiederzusehen. Da klopfte es leise ans hintere Küchenfenster. Das konnte nur Lui sein. Sie öffnete ihm die Tür.

IV.

»Klara, ich konnte den ganzen Tag an nichts anderes denken, als dich wiederzusehen«, stieß Lui atemlos hervor, als er eintrat.

»Schön, dass du wieder da bist«, antwortete Klara und fiel ihm stürmisch um den Hals. Lui lächelte und zog sie dicht an sich. Sie küssten sich ungestüm, und als beide kurz Luft holten, nahm Klara Luis Hand und zog ihn hinter sich her. Immer wieder blieben sie stehen, um sich zu liebkosen. Dann setzten sie in der Kammer fort, was sie am frühen Morgen dort beendet hatten. Irgendwann lösten sie sich voneinander, glücklich, aber erschöpft.

»Klara, ich komme wieder, sobald ich kann.«

Sie trennten sich schweren Herzens, aber beseelt und erfüllt von dieser Nacht. So vergingen die nächsten Tage. Fast jeden Abend fand Lui die Gelegenheit und schaute, zumindest auf einen Sprung, einen verstohlenen Blick, einen Kuss oder mehr bei Klara vorbei. Sie wurden erfinderisch und liebten sich zwischendurch im *Heuschopf*, im Badehaus, nur nicht in Klaras Stube. Lui wusste, dass er hier bald nicht mehr so einfach ein und aus gehen können würde.

»Sind Fine und Anton schon zurück?«, fragte er, als er sich eines Abends vorsichtig in der Küche umschaute.

»Ja, aber sie schlafen schon, sie waren müde von der Reise. Übrigens, ich konnte Fine nicht verheimlichen, was passiert ist, sie weiß Bescheid.«

»Und, was hat sie gesagt?«, fragte Lui, während er sie in seine Arme zog.

»Nicht viel, aber sie verurteilt uns nicht«, erwiderte Klara. Sie zog ihn in die Waschküche, da waren sie weit entfernt von Fines und Antons Schlafkammer. Dort lagen Vorleger, die sie in den nächsten Tagen ausklopfen wollten, bevor sie den Goldenen Hirsch wieder öffneten. Hin und wieder traf Lui in den nächsten Tagen auch auf Fine. Sie sprachen miteinander wie immer, aber sie ging an diesen Abenden oft erstaunlich früh zu Bett. So hätte es ewig weitergehen können. Bis sich langsam immer mehr Klaras schlechtes Gewissen meldete.

»Lui, was tun wir da?« – »Hoffentlich hast du gut aufgepasst und es geht mir nicht wie Fine?« Lui war da zuversichtlicher. »Es wird schon alles gutgehen« – »Klara, wir lieben uns, das ist nichts Böses, ich bin nicht verheiratet und du bist wahrscheinlich Witwe.« Aber so ganz wohl war ihm auch nicht dabei. Es klang, als spräche er nicht nur Klara, sondern vor allem auch sich selbst Mut zu. Er musste mit seinem Vater reden. Unbedingt. Er wollte ihm sagen, dass er nur Klara heiraten würde, und irgendwann würde es doch hoffentlich Klarheit geben, ob Theo noch lebte. Was werden sollte, wenn nicht, darüber wollte er sich jetzt keine unnötigen Gedanken machen.

In den Tagen bis zu Friedas Rückkehr ging beiden die Arbeit leicht von der Hand. Wenn sie sich sahen und sich unbeobachtet wähnten, wechselten sie verliebte Blicke oder küssten sich heimlich. Klara fühlte sich immer stärker mit Lui verbunden, aber gleichzeitig machte ihr die Ungewissheit Angst. Sie fühlte sich mit ihren zweiundzwanzig Jahren noch zu jung, um ihr Leben als Witwe zu verbringen, und träumte von einer Familie.

»Klara, ich werde erst sechsundzwanzig, ich warte auf dich, bis du frei bist«, sagte Lui an diesem Abend, bevor er nach Hause ging. Das war sein Plan. Den würde er seinem Vater gegenüber verteidigen. Komme, was wolle. Klara oder keine.

Frieda war am Nachmittag zurückgekommen. Klara, Fine und Anton hatten den Goldenen Hirsch während ihrer Abwesenheit auf den Kopf gestellt. Frieda, die sich immer auch eine Tochter gewünscht hatte, kam gut mit den beiden Frauen aus und freute sich sehr, dass alles blitzblank war. Vor allem aber war sie froh, Anton wiederzusehen. Er war wie ein Enkel für sie. Natürlich hatte sie ihm etwas aus Karlsruhe mitgebracht. Er freute sich wie verrückt über das kleine Blechspielzeug.

Frieda hatte, wie jedes Mal, eine Wallfahrt mit ihrer Schwester unternommen. Solange sie keine endgültige Todesnachricht erhalten hatte und sie nicht wusste, ob sich ihr Theo in Gefangenschaft befand oder sich irgendwo versteckt hielt, so lange war sie nicht bereit, ihn aufzugeben.

Frieda wollte noch über den Friedhof gehen und dann in der Küche nach dem Rechten sehen. Es war schon Anfang Juni und Zeit, auch den Biergarten herzurichten. Sie nahm sich vor, Klara und Fine wieder mehr unter die Arme zu greifen. Es gab viel zu tun. Sie wusste, dass sie Klara in letzter Zeit keine große Hilfe gewesen war. Aber jetzt nahm sie sich ganz fest vor, das zu ändern.

Lui ging seiner Arbeit im Weinberg nach. In ein paar Gassen musste er noch Triebe ausbrechen. Eine Arbeit, die er liebte. Dabei konnte er seinen Gedanken nachhängen, und vom oberen Reblos im Spring hatte er einen Rundumblick über sein Heimatdorf und darüber hinaus. Er konnte bis hinüber nach Bottenau sehen. Dazwischen die Obstfelder, die Wiesen, die Rebstöcke, der Wald und die Rench – das war seine Heimat, hier wollte er nicht mehr weg. Im Vergleich zu den großen Städten ging es ihnen hier allen noch gut. Keiner aus seiner Familie war bisher an der Spanischen Grippe gestorben, was fast einem Wunder glich. Jetzt, wo er wieder mit Klara zusammengefunden hatte, war er sehr glücklich. Seine zwei Jahre jüngere Schwester Bertha, mit der er sich am besten vertrug, zog ihn schon die ganze Zeit damit auf, ob er in den Abendstunden auf Brautschau sei. Sie ahnte wohl etwas. Seine Mutter wahrscheinlich auch. Aber wer das war, wussten sie nicht.

Noch hatte er keine Gelegenheit gefunden, mit seinem Vater zu reden. Aber morgen wollten sie zusammen hoch zur Waldwiese. Dort musste die Lichtung gemäht werden. Frieder, der künftige Hoferbe, hatte eine andere Arbeit zu erledigen. Vielleicht ergab sich dann eine gute Gelegenheit, ungestört ein paar Worte mit dem Vater zu wechseln. In ein paar Monaten wollte sein Bruder Lisbeth heiraten, und vorher sollte alles besprochen sein, hatte der Vater gesagt. Lui hatte nicht vor, als Knecht auf dem Hof seines Bruders zu verbleiben. Deshalb musste er sich bald etwas einfallen lassen.

Am Dienstagnachmittag nach Pfingsten nahm Klara auf der oberen Wiese, zwischen den Mirabellenbäumen, die Wäsche ab. Anton half ihr dabei. In Gedanken war sie bei Lui. Sie freute sich schon, ihn am Abend wiederzusehen. Plötzlich hörte sie einen grellen Schrei. Der schien vom Gasthof zu kommen und hörte sich nach Frieda an. Was war da los? Anton, der den Lärm auch gehört hatte, rannte schon die Wiese hinunter und nahm die Stufen zum Gasthof in ein, zwei Sprüngen. Klara versuchte, ihm mit dem Wäschekorb unter dem Arm zu folgen.

Als sie beim Gasthof ankam und durch den Hintereingang eintreten wollte, der direkt in die Küche führte, erblickte sie durchs Küchenfenster Frieda und einen bärtigen Mann, der auf der Küchenbank saß. Was hatte das zu bedeuten? Jetzt sah sie auch Anton, der sich hinter Frieda versteckte. Mit einer Hand öffnete sie die Tür.

»Klara, schau doch, es ist ein Wunder geschehen!«, hörte sie Friedas Stimme rufen. Da drehte sich der bärtige Mann um. »Oh mein Gott«, entfuhr es ihr. Sie ließ den Wäschekorb fallen und schlug sich beide Hände vors Gesicht. Sie konnte nicht glauben, was sie sah.

»Theo, bist du das?«, wandte sie sich an den recht zerlumpt aussehenden, hageren Mann.

»Ja, ich bin's, Klara.«

»Ein Wunder ist geschehen«, schrie Frieda abermals mit schriller Stimme, sich immer wieder bekreuzigend. »Gott hat mich erhört und mir meinen Sohn zurückgebracht und dir deinen Mann.« Aber Klara schaute ihren Mann nur fassungslos an.

»Theo, ich kann es nicht glauben. Du lebst. Wo warst du denn all die Jahre, und wie geht es dir?«, platzte es aus ihr heraus.

Theo saß immer noch regungslos auf der Küchenbank und schaute sie aus müden Augen an. Klara ging auf ihn zu und legte ihm vorsichtig den Arm um die Schultern. Da konnte er nicht mehr an sich halten und brach in einen Weinkrampf aus. Klara spürte seine Erschöpfung und Erleichterung. Als sie bemerkte, dass Anton sich noch immer hinter Frieda versteckte, sagte sie mit ruhiger und gefasster Stimme: »Bub, hol deine Mutter. Sie muss oben in den Gästezimmern sein. Sie soll im Badehaus anfeuern und ein Bad vorbereiten. Und sag ihr, Theo ist zurück.«

In den ersten beiden Jahren hatte sie sich immer vorgestellt, wie es sein würde, wenn Theo zurückkäme. Wie sie ihm lachend und freudig entgegenrennen, er sie hochnehmen und herumwirbeln würde. Aber jetzt war alles ganz anders. Er lag weinend in ihren Armen, und Frieda kniete inzwischen betend im Herrgottswinkel. Klara war froh, dass Theo lebte. Der Gedanke an Lui blitzte kurz auf, aber sofort schob sie ihn zur Seite. Jetzt gab es Wichtigeres.

Klara funktionierte wie immer. Sie traf Entscheidungen, wie sie es die letzten Jahre bereits gelernt hatte. Eins nach dem anderen. Erst sollte Theo baden, er sah recht verwahrlost aus. Davor sollte er etwas essen und sich danach ausruhen. Wo auch immer er herkam, wie lange er unterwegs gewesen war, er sah sehr müde aus.

»Mensch Theo, du musst doch Hunger haben. Komm, ich brat' dir schnell ein paar Eier mit Speck, das mochtest du doch immer so gerne. Und wir haben frisches Brot.«

»Ja, Junge, du musst was essen«, sagte nun auch Frieda, die wieder aufgestanden war und sich mit der Schürze ein paar Tränen abtrocknete. »Ein Wunder, ein Wunder«, murmelte sie dabei immer wieder. »Wo bleibt Anton? Der soll zum Pfarrer rennen und ausrichten, dass unser Theo wieder da ist. Dann muss ich in die Kirche und eine Kerze anzünden.«

Fine kam in die Küche gestürmt. »Ich wollte es gar nicht glauben, Theo, du bist tatsächlich wieder da!« Sie ging auf ihn zu und wollte ihm die Hand schütteln. Aber als sie sah, dass Theo ganz versunken auf der Bank saß, sagte sie mit einem kurzen Seitenblick zu Klara: »Ich heize gleich ein und bereite alles vor, dann kannst du nachher baden.«

»Danke«, antwortete Klara. »Wir kommen gleich.« Und zu Theo gewandt: »Nach dem Baden mache ich dir ein Bier warm, dann kannst du dich erst mal ausschlafen.«

Fine wunderte sich, wie nüchtern und sachlich Klara reagierte. Denn sie ahnte, welchen inneren Sturm Theos Rückkehr tatsächlich in ihr ausgelöst haben mochte. Gerade jetzt, nachdem sie und Lui sich wiedergefunden hatten.

Während Frieda sich zu Theo auf die Bank setzte, seine Hände in die ihren nahm und ihm vom Tod seines Vaters erzählte, bereitete Klara ein schnelles Essen für ihn zu. Dabei kam ihr erneut Lui in den Sinn. Aber sie verdrängte sofort wieder jeden Gedanken an ihn. Hier ging es jetzt nur um Theo.

Als sie das Essen auf den Tisch stellte, lächelte sie Theo zum ersten Mal schwach an. Theo, der Essen und Trinken immer sehr genossen hatte, aß jetzt ganz langsam und vorsichtig.

Bald darauf stand Fine in der Tür und berichtete, im Badehaus sei alles vorbereitet. Klara sah, dass Theo sich mühte und nur ihr und seiner Mutter zuliebe noch aß. »Komm, wir gehen rüber, ich helfe dir«, sagte Klara zu ihm. »Du kannst ja später fertigessen.«

Theo stand auf und folgte ihr fast wie ein Kind, das man zum Baden schickte. Alles war hergerichtet, sogar ein Nachthemd hatte Fine ihm schon hingelegt. »Komm, ich helf' dir«, flüsterte Klara leise. Theo schaute sie an, als sähe er sie jetzt zum ersten Mal, und stieß einen tiefen Seufzer aus, der wie von einem verletzten Tier klang. Dann ließ er sich helfen, und Klara schälte ihn vorsichtig aus seinen zerlöcherten und schmutzigen Kleidern.

Als Theo nackt vor ihr stand, sah sie, wie stark er abgenommen hatte. Seine Rippen waren deutlich zu erkennen. Aber auf den ersten Blick hatte er keine sichtbaren Verletzungen, Gott sei Dank, dachte sie. Dann half sie ihm in die warme Wanne. Theo seufzte. Diesmal klang es jedoch wie ein wohliges Aufstöhnen.

»Ach, Klara, wie gut das tut«, sagte er.

»Bleib ruhig eine Weile liegen, ich komme gleich wieder und helfe dir«, erwiderte Klara. Sie las das dreckige, wahrscheinlich verlauste Kleiderbündel vom Boden auf. »Ich bring' das mal schnell rüber in die Waschküche.« Vielleicht befand sich ja noch etwas in den Taschen, sie wollte erst nachschauen, bevor sie es verbrannte. Als sie vor die Tür trat, wurde ihr einen Moment schwindelig. Sie atmete durch. Sie brauchte etwas Abstand, um ihre Gedanken zu sortieren. Dann brachte sie die verschmutzten Sachen weg.

Auf dem Rückweg begegnete ihr Fine. »Oh je, Klara, was soll …« Als Fine in das entschlossene Gesicht ihrer Schwester blickte, brach sie mitten im Satz ab und fuhr stattdessen fort: »… Also Anton und ich füttern schon mal die Viecher. Dann kannst du bei Theo bleiben.«

Klara nickte ihr nur dankbar zu und verschwand wieder im Badehaus. Als sie eintraf, hatte ihr Mann den Kopf unter Wasser. Sie erschrak und dachte, er wäre vielleicht eingeschlafen. Aber da tauchte er wieder auf und schüttelte seinen Kopf, dass die Wassertropfen überall herumflogen.

»*Alla*, ich wasche und schneide dir die Haare, dann schrubbe ich dir den Rücken«, sagte Klara. Theo hatte sie nicht kommen hören und drehte sich zu ihr um. Dann lehnte er sich nach vorne und ließ es geschehen. Als Klara sich über die Wanne beugte und Theo ganz nah kam, packte er sie plötzlich am Arm und zog sie zu sich hinunter. Sie sahen sich zum ersten Mal, seit er hier war, direkt in die Augen.

»Klara, ich lebe noch, hättest du das gedacht nach so langer Zeit?«

»Ja, ich habe immer daran geglaubt.«

»Freust du dich also, dass ich zurück bin?«, erwiderte Theo und musterte sie dabei mit festem Blick.

»Natürlich freuen wir uns, dass du wieder hier bist und dir, soweit ich sehe, nichts fehlt, außer dass du sehr dünn geworden bist.«

»Ja, aber du, freust du dich auch?«

Klara schaute ihn einen Moment verwundert an, und als Theo sie so durchdringend anschaute, bemerkte sie, wie ihre Wangen sich röteten.

»Aber natürlich bin ich froh, dass du lebst und wieder hier bist«, erwiderte Klara. Wie um sich selbst zu beweisen, dass alles gut war, umarmte sie ihn. »So, Theo, deine Haare haben's nötig«, versuchte sie einen Scherz. Dann griff sie zum Haarwaschpulver und wusch ihm den Kopf. »Wir müssen uns etwas beeilen, das Wasser wird langsam kalt«, sagte sie und begann seine Haare einzuseifen und ihm anschließend mit einem Lappen sanft den Rücken zu waschen. Dann schnitt sie ihm seine verfilzten Haare ab.

Klaras Herz klopfte wie wild. Sie war hin- und hergerissen zwischen ehrlicher Freude darüber, dass Theo lebendig zurückgekommen war – vielleicht würde jetzt alles wieder gut werden und so, wie es sein sollte. Im nächsten Moment jedoch sah sie wieder Luis Augen vor sich, wie er sie letzte Nacht noch geküsst und geliebt hatte. Dann meinte sie, ihr Herz müsste zerspringen.

»Ich bin müde«, riss sie Theo aus ihren Gedanken. »So müde.«

»Wart', ich helf' dir.« Sie reichte ihm das Handtuch und dann das Nachthemd. »Willst du ein warmes Bier oder gleich schlafen gehen?« »Klara, ich geh' gleich ins Bett, kommst du auch?«

»Ja, ich komm' auch bald, ich häng' nur noch die nassen Sachen auf«, erwiderte sie.

»Ich rasier' mich noch und wart' auf dich«, sagte Theo. Er sah so verletzlich aus, kleiner, als sie ihn in Erinnerung hatte. Es wurde ihr ganz schwer und warm ums Herz. Was mochte er alles erlebt haben? Als sie zurückkam und ihn so vor sich stehen sah, streckte sie sich und zog Theos Kopf zu sich runter und küsste ihn auf den Mund. »Theo, ich bring' dich hoch«, sagte sie und nahm ihn an der Hand.

Fine wusste, dass Klara sich mit Lui im Rebhaus hatte treffen wollen. Es war noch früh genug. »Anton, lauf zum Fritz und sag seinem Onkel Hannes, dass Theo zurück ist«, wies sie ihren Sohn an. Hannes war Theos bester

Freund und wohnte nur zwei Häuser von Lui entfernt. So würde sich die Nachricht von Theos unerwarteter Rückkehr wie ein Lauffeuer im Dorf verbreiten. Sie hoffte, dass Lui es rechtzeitig erfahren würde. Anton war verwundert, denn das abendliche Angelusläuten war bereits vorbei, und da musste er gewöhnlich zu Hause sein. Aber er freute sich, dass es heute anders war. Es war ein ereignisreicher und aufregender Tag gewesen. Alle rannten wie die Hühner durcheinander. Besonders Tante Frieda. So kannte er sie gar nicht. Er hatte vorhin mit ihr wieder den Engel des Herrn beten müssen, und heute hatte sie noch mehrere Dankgebete drangehängt, so dass er gefürchtet hatte, es würde gar nicht mehr aufhören. Und alles nur wegen des zerrupften Mannes. Theo. Er konnte sich kaum an ihn erinnern. Aber so hatte er ihn sich nicht vorgestellt. Eher stolz und in Uniform.

Froh, möglichen weiteren Gebetssalven zu entgehen, rief Anton: »Ist recht Mutter, ich geh' gleich, die werden Augen machen, wenn sie das hören.« Er rannte zum Hof hinaus, den Dorfbuckel herunter und auf der gegenüberliegenden Seite wieder hinauf. Dort wohnte sein Freund. Fritz' Mutter kam gerade aus dem Kuhstall, als er ihr, etwas außer Atem, vor die Füße lief.

»Ja sag' mal, Anton, was hast du es gar so eilig?«, fragte sie. »Ich soll euch was ausrichten«, erwiderte er etwas kurzatmig.

»Aber es hat schon zu Abend geläutet«, blickte sie ihn streng an. »Ja, ich weiß, aber die Mutter schickt mich.«

»Was ist denn?«, schaute sie jetzt interessierter.

»Der Theo ist wieder da, soll ich sagen.«

»Von wem sprichst du denn, Anton?«

»Na, der Theo halt, der im Krieg war.«

»Um Himmels Willen, meinst du etwa den Sohn des Wirts vom Goldenen Hirsch, der so lange vermisst war?«

»Ja, genau der, der Mann von meiner Tante Klara.«

»Ich werd' verrückt, komm mal mit, der Hannes muss hier irgendwo hinterm Stall sein.«

Inzwischen waren auch Fritz, dessen Großeltern und der Onkel um ihn versammelt und fragten ihn aus. Anton genoss die ungewöhnliche Aufmerksamkeit. Aber er wusste ja selbst nicht viel, nur dass dieser Onkel Theo eben wieder da war und ziemlich verwildert aussah mit seinem langen Bart und den abstehenden Haaren. Sie fragten ihn, ob ihm ein Arm oder Bein fehlte und solche Sachen. Als sie ihn dann heimschickten, sah er, wie Fritz' Mutter zum Nachbarhof lief.

Lui wusch sich gerade am Brunnen, als die Nachbarin schnellen Schrittes in den Hof gelaufen kam. »Habt ihr schon von dem Wunder gehört?«, rief sie ihm zu.

»Was für ein Wunder?«, fragte er schmunzelnd, denn er kannte ihre Neigung zu Übertreibungen.

»Na von der Rückkehr des jungen Wirts vom Goldenen Hirsch.«

Lui hörte sie zwar, aber verstand nicht gleich. Dann fühlte er einen harten, plötzlichen Schlag in der Magengrube, ein Taubheitsgefühl überkam ihn und er musste sich am Brunnentrog festhalten.

»Hast du gehört, der Theo, der Sohn von Frieda, ist wieder zurück.«

Lui starrte sie wortlos an und konnte nicht antworten. Er beugte sich erneut übers Wasser und schaufelte sich unaufhörlich von dem klaren, kalten Wasser über den Kopf. Als er wieder auftauchte, sah er, wie die Nachbarin kopfschüttelnd und mit schnellem Schritt den Hof entlang Richtung Kuhstall ging, wo sie sicher seine Mutter oder sonst jemanden suchte, dem sie diese unglaubliche Geschichte erzählen konnte. Lui fühlte sich wie gelähmt. Er setzte sich auf den Brunnenrand und überlegte, was er jetzt tun sollte. Eigentlich wollte er sich später mit Klara im Rebhaus treffen, denn ab morgen sollte der Goldene Hirsch wieder öffnen, und dann konnte Klara nicht mehr einfach so weg. Aber sie konnte jetzt sicher nicht kommen. Was sollte er jetzt bloß tun? Da fiel im Fine ein. Sie wusste als Einzige Bescheid. Er musste sie abpassen und mit ihr reden, jetzt sofort.

Ohne sich richtig abzutrocknen, schlüpfte er in ein Hemd und lief die Anhöhe hinunter. Er bemerkte nicht, wie seine Mutter gerade aus dem Stall trat und ihm erstaunt nachsah. Es war noch taghell, als er an der Dorfkirche vorbei Richtung Goldener Hirsch lief. In der Einfahrt stoppte er abrupt, machte eine Kehrtwende und nahm die Hohlgasse zwischen Kirche und Pfarrhaus. Er rannte den Berg hoch. Nein, er konnte jetzt nicht in den Goldenen Hirsch. Was sollte er sagen? Er lief weiter durch die Reben und schlug instinktiv den Weg zu »ihrem« Rebhaus ein. Vielleicht kam Klara ja doch, hoffte er insgeheim.

Lui öffnete die Tür des Rebhäuschens und trat ein. Niemand war da. Es war ja auch noch zu früh. Lui dachte an sein letztes Zusammentreffen hier mit Klara. Und daran, wie glücklich und zuversichtlich er seither gewesen war. An die Schrecken seiner Kriegserlebnisse dachte er kaum noch. Er wollte lieber über die Zukunft nachdenken, über ein Leben mit Klara, so hatte er bis heute Abend noch gehofft. Alles war besser, seit sie wieder in seinem Leben war. Wirklich alles. Das konnte doch jetzt nicht einfach so vorbei sein.

Er schaute immer wieder zum Fenster hinaus, ob er jemanden den Hügel heraufkommen sah. Aber er sah nur die Dämmerung, die sich jetzt über das Tal legte, und hörte nichts außer dem Ruf eines Waldkauzes und den üblichen Waldgeräuschen. Die nächsten Stunden tobten in Lui die unterschiedlichsten Gefühle. Zuerst war er tieftraurig, dann wurde er wütend, dann wiederum wechselten sich Hoffnung und Verzweiflung ab.

Vielleicht hatte Fritz' Mutter etwas falsch verstanden und der Rückkehrer war gar nicht Theo. Dann war er wieder einen Moment zuversichtlich. Er konnte Klara unmöglich aufgeben. Dazu war er nicht bereit. Jetzt, wo sie sich endlich wiedergefunden hatten. Er stand auf und lief jetzt in der Dunkelheit vor dem Rebhaus auf und ab. Irgendwann wurde ihm jedoch klar, Klara würde heute nicht mehr kommen. Es war aussichtslos. Sein Leben war aussichtslos. Erschöpft ließ er sich auf der Holzbank im Häuschen nieder. Auf der Bank, auf der er sie vor kurzem zum ersten Mal wieder geküsst hatte. Auf einen Schlag wurde ihm bewusst, Klara und er konnten ihre Liebe nicht leben. Wie sollte das gehen? Sie war Theos Frau. Und er musste sich in sein Schicksal fügen. Er begehrte und liebte sie wie noch keinen Menschen zuvor in seinem Leben. Aber er musste eine Entscheidung treffen. Sie durften sich nicht mehr sehen. Es war vorbei. »Mir bleibt nur die Erinnerung«, dachte er, und dabei liefen ihm still die Tränen über seine stoppeligen Wangen. Hier im Dunkeln konnte ihn ja keiner sehen. Er ließ es zu und schämte sich auch nicht.

Klara war mit Theo in ihre Schlafkammer im ersten Stock gegangen. Erschöpft schlüpfte er ins Bett und bat sie, sich zu ihm zu legen. Er wollte nicht alleine sein. Klara deckte ihn zu. »Ich will noch schnell die Badewanne sauber machen«, sagte sie, »aber ich komme gleich zurück.«

»Ich warte auf dich«, erwiderte Theo. Als Klara im Badehaus ankam, traf sie dort auf Fine. Die hatte bereits das Wasser ausgeschöpft und schrubbte mit Inbrunst die Wanne. Sie sah auf, als sie ihre Schwester hereinkommen sah. In dem Moment verlor Klara ihre Fassung. Die ganze Zeit, seit dem Schock des Wiedersehens, hatte sie sich zusammengerissen. Jetzt erst bemerkte sie, wie viel Kraft sie dies die letzten Stunden gekostet hatte. Klara setzte sich auf einen Schemel, der neben der Wanne stand, und sackte kraftlos in sich zusammen. Sie hielt sich die Hände vor die Augen und ihr ganzer Körper bebte, als sie hemmungslos zu weinen begann.

Fine tat ihre jüngere Schwester leid. Sie legte den Lappen aus der Hand, trat neben sie und berührte sanft ihre Schulter. »Ja, weine nur, das braucht's manchmal«, weiter sagte sie nichts. Nach einer Weile drehte Klara sich zu ihrer Schwester um und schaute sie mit rotgeweinten Augen an.

»Was soll ich denn jetzt bloß tun? Wie soll jetzt alles weitergehen?« Fine schwieg, und nach einer Weile fuhr Klara fort: »Ich bin ja froh, dass Theo lebt. Aber was wird jetzt mit Lui und mir? Weißt du, Theo war mir immer ein guter Freund. Aber das mit Lui – das ist was ganz anderes. Wir sind tief im Herzen miteinander verbunden. Und wenn er mich berührt«, Klara schaute wieder auf den Boden, »das ist so schön«.

Fine ließ sie reden und unterbrach sie nicht. Sie hörte einfach zu und zog Klara an sich, als diese erneut von einem Weinkrampf geschüttelt wurde.

Nachdem sich Klara etwas beruhigt hatte, sagte sie zu ihrer großen Schwester und engsten Vertrauten: »Wie soll ich es bloß Lui sagen, Fine? Er weiß ja noch von nichts.« Sie stand auf. »Ich muss ihm sofort sagen, dass Theo zurück ist und dass wir uns nicht mehr treffen können. Aber ich kann ja jetzt nicht hier weg. Theo wartet auf mich. Was soll ich jetzt bloß tun?«

Fine legte ihr beide Arme um die Schultern. »Klara, hör mir zu, ich habe vorhin Anton weggeschickt, um die Nachricht in der Hubeneck zu verbreiten. Ganz bestimmt weiß Lui inzwischen davon.«

»Danke, zumindest wartet er dann nicht umsonst auf mich. Ach Fine, jetzt ist alles vorbei. Theo ist mein Ehemann. Da beißt die Maus keinen Faden ab. Das mit Lui muss aufhören. Sofort«, sagte sie jetzt eher zu sich selbst. »Lui und ich müssen uns wieder trennen.« Klara stand auf und putzte sich die Nase, wischte sich mit dem Handrücken übers Gesicht und strich ihre Schürze glatt. »Danke, dass du mir zugehört hast und immer zu mir stehst, was würde ich nur ohne dich tun? Ich gehe jetzt zu meinem

Mann und werde mit Lui ein anderes Mal reden.« Klara hatte sich wieder unter Kontrolle und ging.

Als Klara sich neben Theo legte, schlief der bereits. Allerdings wälzte er sich unruhig hin und her. Der Mond erhellte die Kammer, so dass sie Theos Gesicht gut sehen konnte. Es kam ihr alles so unwirklich vor. War das womöglich Gottes Plan? Bestraft er mich für mein Glück der letzten Tage? Wie soll ich mit Theo meinen ehelichen Pflichten nachkommen, ohne dabei an Lui zu denken? All diese Gedanken trieben sie um und verwehrten ihr den Schlaf. Sie sah die Ringe unter seinen Augen, die ihn viel älter erschienen ließen, als er tatsächlich war. Aber er war erschöpft und hatte sicher viel Schlimmes erlebt, dachte sie und verbannte alle Gedanken an Lui aus ihrem Kopf. Je früher sie sich mit der Tatsache abfand, dass das mit Lui nicht sein durfte, desto besser. »Ich muss jetzt zu Theo halten.« Mit diesem Gedanken im Kopf legte sie beruhigend ihre Hand auf seine Brust, als er sich unruhig hin und her warf. Sie lehnte sich an ihn, er wurde etwas ruhiger. Irgendwann schlief auch sie, erschöpft von diesem unglaublichen Tag.

V.

Irgendwann beruhigte sich Lui. Im Kopf ging er etliche Male alle Möglichkeiten durch. Theo war zurück und Klara war seine Frau. Vom Verstand her war ihm das alles klar. Aber sein Herz flüsterte ihm unaufhörlich etwas anderes zu. »Ich kann Klara nicht noch einmal verlieren. Mit ihr bin ich eins. Nur mit ihr kann ich glücklich werden. Das kann doch nicht vorbei sein auf einen Schlag. Es muss doch irgendeine Lösung geben.«

So saß er stundenlang im Rebhaus und zermarterte sich den Kopf. Aber er ahnte auch, wie schwer das alles erst für Klara sein musste. Sie war verheiratet. Er nicht. Er wollte sie auf keinen Fall quälen. Also musste er einen Ausweg finden, für sie beide. Als er sich wieder einigermaßen gefasst hatte, verließ er das Rebhäuschen und machte sich auf den Nachhauseweg. Inzwischen war es Nacht. Als er den Berg hinunterlief, sah er den Goldenen Hirsch vor sich liegen, ruhig und dunkel, nur vom Vollmond beleuchtet. Anscheinend schliefen schon alle. Erst jetzt bemerkte er, wie erschöpft er selbst war. Er musste dringend ins Bett. Morgen ging es wieder früh in die Reben.

Frieda war in der Früh die Erste in der Küche. Sie hatte schon die Morgensuppe aufgesetzt und war recht aufgekratzt. Sie wollte nachher unbedingt noch beim Pfarrer vorbei und anschließend drüben in der Kirche noch ein Dankgebet sprechen. Gestern, in all dem Trubel, war sie gar nicht mehr dazu gekommen. Am Nachmittag würden sie den Gasthof und den Biergarten wieder öffnen. Da würde sicher viel los sein. Kopfschüttelnd lächelte sie in sich hinein. Zum ersten Mal seit dem Tod ihres Mannes und den Jahren der Ungewissheit, ob Theo noch lebte, hatte sie am Morgen ihre schwarze Trauerkleidung abgelegt und trug jetzt eine hellgraue Schürze über ihrem blauen Alltagskleid. Sie fühlte sich wie verjüngt seit Theos Rückkehr. Hoffentlich hatte der Bub gut schlafen können nach der ganzen anstrengenden Zeit. Sie musste darauf achten, dass er tüchtig aß. Ganz dünn war er geworden, der Arme. Man konnte direkt seine Rippen fühlen. Frieda rührte noch einen Löffel Rahm unter die Suppe, damit sie gehaltvoller war. Gott sei Dank hatten sie wieder zwei Kühe und somit immer ausreichend Milch, Rahm und Butter und mussten keinen Hunger leiden. Sie wollte nachher gleich einen Rahmkäse machen. Den liebte Theo doch so sehr. Und sie hatte noch etwas Hefe. Damit wollte sie einen großen Hefekranz backen zur Feier des Tages.

Wenn das nur ihr Franz noch erlebt hätte. Er hatte sich am Ende Vorwürfe gemacht. Das wusste sie, auch wenn er es ihr gegenüber nie zugegeben hätte. Er wollte aus Theo immer einen richtigen Mann machen und fand, sie verwöhnte ihn zu sehr. Aber er war doch ihr einziges Kind, wie hätte sie anders gekonnt. Eine altbekannte Traurigkeit erfasste sie. Ja, sie hatten sich mehrere Kinder gewünscht. Aber es hatte halt nicht sein sollen. Jedes Mal bekam sie Blutungen, und mit jedem Mal war die Enttäuschung größer. Das hatte sie Franz angesehen. Und dann, als Theo endlich auf der Welt war, war er ihr größtes Glück.

Klara war an diesem Morgen etwas später dran als sonst. Aber sie hatte gehört, dass schon jemand in der Küche zugange war, und sich noch einmal umgedreht nach dieser unruhigen Nacht. Theo hatte sich die ganze Nacht im Bett umhergewälzt und sehr unruhig geschlafen, so dass sie mehrere Male wach geworden war. Jetzt endlich lag er still und atmete gleichmäßig. Sie wollte ihn nicht wecken und versuchte, sich so leise wie möglich anzuziehen, während sie Theo anschaute. Sie konnte es immer noch nicht glauben, wie ein einziger Tag ihrem Leben so eine Wendung gegeben hatte. Immer wieder, wenn sie in der letzten Nacht wach geworden war, hatte sie darüber gegrübelt, was und wie sie es Lui sagen sollte. Es würde ihm das Herz brechen, aber sie konnte nicht anders handeln. Sie hatte damals, kurz vor seinem Kriegseinsatz, ihrem Mann bei der Hochzeit versprochen: ‚In guten und in schlechten Zeiten'. Dazu muss und werde ich stehen, sagte sie sich immer wieder. Egal wie schmerzhaft es sein wird, Lui wieder aus meinem Leben gehen zu lassen. Es gibt keine andere Lösung, auch wenn es mir mein Herz zerreißt, ich werde mich in mein Schicksal fügen und es Lui sagen, sobald ich eine Gelegenheit dazu finde.

Mit diesen Gedanken im Kopf fühlte sie sich mit jeder Treppenstufe, die sie hinunterstieg in Richtung Küche, gefasster und entschlossener, Friedas Glückseligkeit mit Gleichmut zu ertragen. Sie verstand sich gut mit ihrer Schwiegermutter, was an sich schon ein großes Glück und eher selten war. Seit dem Tod ihrer Mutter hatte sie in Frieda eine Art Muttterersatz gesehen. Und Frieda sah in ihr nicht die Nebenbuhlerin um die Gunst ihres Sohnes, sondern behandelte sie eher wie eine Tochter. Neben ihrem Onkel und ihrer Tante, die sie damals als junges Mädchen in Obhut genommen hatten, war Frieda neben Fine in den letzten Kriegsjahren zu ihrer wichtigsten Bezugsperson geworden. Bei ihren Verwandten hatte sie es nicht schlecht gehabt, aber nie echte menschliche Nähe oder Wärme erhalten. Das hatte sie seit dem Tod ihrer geliebten Mutter erst wieder hier im Goldenen Hirsch erlebt. Deshalb hatte sie gerne und immer öfter im Gasthaus mitgeholfen, bis sie schließlich Theo heiratete. Auch wenn ihr Frieda in der letzten Zeit keine große Hilfe mehr gewesen war, sie hatte immer zu ihr gestanden und sie konnte ihre Schwiegermutter jetzt nicht enttäuschen.

Klara ging einigermaßen aufgeräumt den langen Gang entlang zur Küche. Anton saß auch bereits am Tisch und aß seine Milchsuppe. »Guten Morgen«, sagte Klara, als sie eintrat. Frieda drehte sich um und Klara glaubte, eine um Jahre jüngere Frau zu sehen. Sie hatte die Trauerkleidung abgelegt und strahlte über das ganze Gesicht.

»Klara, guten Morgen, komm, setz dich her. Fine ist schon im Stall. Schläft der Theo noch?«

»Ja, ich dachte, er soll sich mal richtig ausschlafen, das wird ihm guttun.«

»Da hast du recht, lassen wir ihn schlafen. Ich mach' nachher noch einen Hefekranz, den isst er doch so gerne.« Frieda schaute sie aufmerksam an. »Ist alles in Ordnung, Mädel, du bist heute Morgen etwas blass um die Nase.«

»Ja, schon, aber ich hab' nicht so gut geschlafen, der Theo war die ganze Nacht unruhig, hat wohl viel geträumt und muss sich erst wieder an sein Bett gewöhnen.«

Klara aß hastig ihre Suppe und ging dann nach draußen, um nach den Hühnern zu sehen und die Eier einzusammeln. Normalerweise war das Antons Arbeit, aber sie musste sich etwas Ablenkung verschaffen, um auf andere Gedanken zu kommen.

Als Lui sich nach wenig Schlaf morgens in der Küche einfand, warteten sein Vater und sein Bruder bereits auf ihn.

»Lui, du warst gestern Abend abermals nach dem Stall so schnell verschwunden«, zog ihn sein Vater auf. Frieder grinste Lui an und fügte hinzu: »Dafür warst du heute Nacht mal wieder spät dran.«

Lui sah beide wortlos an und ging nach draußen zum Brunnen. Energisch betätigte er den Handschwengel, um kaltes, frisches Wasser über seinen Schädel laufen zu lassen. Dann schüttelte er sich und ging wieder hinein. Er nahm sich einen Teller Graupensuppe und bröckelte einen alten Kanten Brot hinein. Vater und Bruder sahen ihn amüsiert an, sagten aber nichts mehr. Was wahrscheinlich auch daran lag, dass seine Schwester Bertha und seine Mutter vom Melken dazugekommen waren. Lui hatte den Eindruck, dass sie über ihn geredet hatten.

Seine Mutter packte für alle ein Vesper ein, das würde heute das Mittagessen ersetzen. Sie würden heute alle in den Ochsengrund gehen, um die überschüssigen Rebtriebe auszugeizen, damit sie dem Rebstock nicht unnötig Kraft entzogen. Seine Mutter wollte auch noch Bohnen in den Rebgassen aussäen.

»Heute bekommen wir noch ein Wetter, wir müssen bis zum frühen Nachmittag fertig werden«, sagte der Vater. Lui liebte die Arbeit in den Reben. Besonders wenn die Weinbergpfirsiche und Kirschbäume im März und April ihre rosa und weißen Blüten entfalteten, hing ein ganz besonderer Duft über dem Tal. An dem

Anblick des Blütenmeers konnte er sich jedes Mal kaum sattsehen. Dieses Jahr hatte er den Moment leider verpasst.

Nachdem sie in den Reben angekommen waren, stellten sie das Vesper und die Korbflaschen mit dem Apfelmost und dem Brunnenwasser in das kleine Rebhäuschen, das Schutz vor Sonne, Regen und Gewittern bot. Überall standen Rebhäuschen. Lui konnte an keinem mehr vorbeigehen, ohne dabei an Klara zu denken.

Während die Männer die dünnsten Triebe ausbrachen, hackten Bertha und ihre Mutter das Gras in den Gassen. Das war eine sehr schweißtreibende Arbeit, und die Junisonne brannte inzwischen vom Himmel. Lui warf hin und wieder einen Blick über die Rheinebene. Dort, auf der mittlerweile wieder französischen Seite, konnte man das Straßburger Münster heute gut sehen. Anstatt wie die letzten Tage bei der Arbeit fröhlich vor sich hin zu pfeifen, war Lui heute auffallend schweigsam. Seine Mutter und Schwester bemerkten das wohl.

Als die Sonne hoch stand und alle Hunger und noch mehr Durst hatten, setzten sich die Eltern auf die Bank vor dem Rebhaus. Lui und seine Geschwister ließen sich daneben auf dem Boden im Schatten des alten Pfirsichbaumes nieder. Sie aßen und tranken mit großem Appetit und es herrschte eine gelöste Stimmung. Vor allem sprachen sie über die bevorstehende Hochzeit von Frieder und Lisbeth sowie über die zu erwartende Ernte dieses Jahr.

Lui beteiligte sich kaum am Gespräch. Er hatte sich an den Stamm des Pfirsichbaums gelehnt und hing seinen eigenen Gedanken nach. Er musste aufpassen, dass ihm nicht die Augen zufielen. Schon seit einer Weile überlegte Lui, wann und wie er Klara endlich würde treffen können. Er musste dringend mit ihr reden. Sein Vater wollte sicher bald wissen, ob er sich inzwischen Gedanken um seine Zukunft gemacht hatte. Noch stand er unter dem wohlgesonnenen Schutz seiner Mutter. Er war seit Anfang Mai aus dem Krieg zurück und seine Gnadenfrist, sich hier wieder zurechtzufinden, lief langsam ab. Das war ihm sehr wohl bewusst.

Wenn Lui nur an Klara dachte, fing sein Herz an zu pochen, und er sehnte sich nach ihrer Nähe, ihrem Geruch, ihrer weichen Haut, nach allem. Aber er wollte ihr auf keinen Fall das Herz noch schwerer machen. Klara war in einer sehr verzwickten Situation, er hingegen war frei.

Mit Blick zum Himmel drängte sein Vater: »Kommt, machen wir weiter, damit wir fertig werden, bevor es losgeht.« Er befürchtete ein starkes Sommergewitter. Und meistens lag er richtig mit seinen Wettervorhersagen. Als Lui mit den anderen aufstand, um wieder an die Arbeit zu gehen, kam ihm plötzlich eine Idee. Er musste dringend mit seinem Vater darüber reden.

Wilhelm beobachtete seinen Sohn schon seit einer Weile. Er hatte gesehen, wie Lui in den letzten Wochen aufgeblüht war. Vielleicht hatte er sich ja das letzte Gespräch zu Herzen genommen und war auf Brautschau. Es wurde Zeit, denn er konnte sich seinen Sohn nicht als ledigen Knecht auf dem Hof von Frieder und Lisbeth vorstellen. Das kam nicht in Frage. Lui war schlau und ehrgeizig. Es tat ihm leid, dass er ihn nicht auch auf die weiterführende Schule und zum Studieren schicken konnte, so wie ihm der Pfarrer und der Dorflehrer vor dem Krieg immer schon in den Ohren gelegen hatten. Aber der Aufenthalt bei seinem Bruder Otto in Bühl hatte ihm derzeit nach der Schule gutgetan. Sein Bruder hatte dort in eine gutgehende Bäckerei eingeheiratet und betrieb daneben eine kleine Landwirtschaft, hauptsächlich Obstbäume. Otto war Luis Taufpate und hatte vier Mädchen, aber keinen Sohn. Als er sich damals eine Verletzung in der Backstube zugezogen hatte, war er dankbar um Luis Mithilfe gewesen. Wilhelm hatte gestaunt, wie bereitwillig sein Sohn seinerzeit nach Bühl gegangen war. Dorothea, seine Frau, hatte auch den Eindruck, dass bei Lui etwas im Busch war. Und sie behielt meistens Recht. Vor allem, wenn es um Lui ging.

»Gib dem Bub doch die Zeit, er muss sich doch erst mal wieder hier zurechtfinden«, hatte seine Frau auf ihn eingeredet.

»Von mir aus, bis zum Ende des Sommers bekommt er noch Schonfrist. Aber spätestens bis nach Frieders Hochzeit muss eine Lösung her.« Konnte der Junge Gedanken lesen, fragte sich Wilhelm. Auf dem Rückweg nach Hause kam Lui auf Otto zu sprechen.

»Neulich hat doch der Onkel Otto geschrieben, dass er mit der Arbeit kaum mehr nachkommt, und wollte wissen, wie es mir geht. Vater, was meinst du, ich könnte ja nächste Woche nach Bühl fahren und ihm mit den ersten Kirschen und dann im Hochsommer bei der Zwetschgenernte helfen?«

Wilhelm schaute seinen Sohn erstaunt von der Seite an.

»Na ja, Lui, wir brauchen dich schon auch hier zur Kirschenernte.«

»Ja, aber unsere Kirschen sind später dran. Ich könnte ja zwischendurch heimkommen, und jetzt, wo der Frieder den Hof übernimmt, kann er sich gleich daran gewöhnen.«

»Das stimmt schon. Ja, warum auch nicht. Es wird ja auch sicher wieder was für dich rausspringen, solange seine Frau davon nichts mitbekommt«, fügte Wilhelm hinzu und zog dabei fragend seine Augenbrauen in die Höhe.

»Ja, wie der Onkel die bloß heiraten konnte«, erwiderte Lui und verdrehte dabei seine Augen. Wilhelm zuckte die Achseln, schaute seinen Sohn immer noch etwas verwundert an und sagte: »Lui, ein Ratschlag. Wenn du dir die Alte genau anschaust, kannst du sehen, wie die Junge mal werden könnte.«

Lui schmunzelte. Schon beim letzten Mal hatte er, auch wegen seiner Tante, die Backstube gemieden und war viel lieber draußen auf den Feldern gewesen. Auf sich selbst gestellt hatte er die Obstbäume geschnitten oder körbeweise Bühler Zwetschgen gepflückt. Seine Tante hingegen mochte er nicht besonders. Sie redete ständig hinter deren Rücken über Kunden und Nachbarn. Zudem war sie ziemlich geizig und dazu noch bigott. Sein Onkel war nicht zu beneiden. Fast nie kam sie mit, wenn sein Onkel hin und wieder mit den Mädchen von Bühl zu Besuch kam. Sie hatte immer zu tun oder es war irgendetwas anderes. Allerdings vermisste sie hier auch keiner. Sein Vater sagte oft, dass sie seinen Bruder gefangen habe. Sicher hatte auch die Mitgift eine Rolle gespielt. Sie kam aus einer alteingesessenen Bühler Bäckerfamilie. Lui dachte jedoch gerne daran zurück, wie ihm sein Onkel Otto beim letzten Mal ein paar eigene Zwetschgenbäume geschenkt hatte. Stolz hatte er diese dann zuhause in Thiergarten eingepflanzt. Zudem durfte er die Körbe, die er am Sonntagnachmittag hinten im Garten erntete, wo es keiner sah, auf dem Wochenmarkt verkaufen und einen Teil des Geldes für sich behalten. Das war die Abmachung, neben der Unterkunft und der Verpflegung natürlich. Wilhelm musste dringend mit seiner Frau über Luis Pläne sprechen, vielleicht wusste die mehr über seinen plötzlichen Sinneswandel, wieder nach Bühl zu gehen. Ob da vielleicht ein Frauenzimmer dahintersteckte?

Als Theo aufwachte, brummte ihm der Schädel. Er war es nicht mehr gewohnt, so lange zu schlafen. Der Platz neben ihm war leer. Schwach konnte er sich noch daran erinnern, dass Klara sich irgendwann neben ihn gelegt hatte. Hoffentlich hatte er nicht wieder im Schlaf geschrien. Immer und immer wieder kamen ihm seit ein paar Monaten schreckliche Bilder in den Kopf. Er sah ständig die vielen toten Kameraden vor sich, hörte das leise Jammern, die unheimliche Stille, und roch diesen fürchterlichen, leicht süßlichen Gestank nach Verwesung. Seine Mutter hatte recht. Wie durch ein Wunder hatte er dieses sinnlose Gemetzel in Verdun überlebt. Er erinnerte sich an den schrecklichen Durst, den er und seine Kameraden gehabt hatten. Fast jede Nacht hatte er furchtbare Albträume. Von dem Tag, als das Feuergefecht nicht enden wollte und alle seine Kameraden umkamen und er sich unter dem Berg von Leichen versteckte. Noch immer konnte er kaum glauben, dass es ihm gelungen war, dieser Hölle zu entfliehen. Es war ihm bewusst, was hätte geschehen können, wenn man ihn entdeckt hätte. Aber alles war ihm besser erschienen, als sich weiter unter diesem Berg von Leichen zu verkriechen.

Er schlug sich viele Wochen lang in der Dunkelheit querfeldein durchs Land und orientierte sich dabei an den Flussläufen. Als er nach mehreren bitterkalten Nächten schon aufgeben wollte, fand er irgendwann, mehr tot als lebendig, einen Schafstall, in dem er sich verkroch. Dort entdeckte ihn am nächsten Tag ein Junge, der nach den wenigen Schafen sah. Theo wunderte sich, dass der Bub nicht schreiend davonlief. Dann fiel ihm ein, dass er noch seine Uniform anhatte. Der Bursche sprach einen oberelsässischen Dialekt. Ein paar Brocken konnte Theo verstehen. Er beschloss, vorerst nichts zu sagen und sich stumm zu stellen. Mit Gesten gab er dem Jungen zu verstehen, dass er verletzt war und Hilfe brauchte. Der schien zu verstehen und lief davon.

Theo fiel erneut in einen erschöpften Schlaf. Als er abermals aufwachte, sah er den Knaben mit einer alten und einer jungen Frau vor sich stehen. Die jüngere der beiden Frauen beugte sich über ihn und sprach ihn an. Er schüttelte den Kopf, um anzudeuten, dass er nicht sprechen konnte. Die beiden Frauen sahen sich an, wechselten ein paar Worte und entschieden letztendlich offenbar, dem anscheinend stummen deutschen Soldaten zu helfen. Theo wusste, dass sich im Laufe des Krieges immer mehr Elsässer vom Deutschen Reich abgewandt hatten. Er hatte mitbekommen, dass viele deshalb an die Ostfront geschickt worden waren. Daher traute er dem Frieden nicht.

Theo sah, wie sie den Jungen fortschickten. Kurz darauf kam dieser mit einer Art Leiterwagen wieder. Gemeinsam hievten sie Theo hinein und brachten ihn zu einem Stall. Dort legten sie ihn ins Stroh. Anschließend brachten sie ihm ein langes Brot und eine heiße Suppe. Ausgehungert schlang er beides hinunter. Die junge Frau brachte ihm noch etwas Stroh und eine alte Pferdedecke. Darin wickelte er sich nun ein und verfiel sogleich in einen tiefen Schlaf.

Als er am nächsten Tag aufwachte, holten ihn der Junge und die ältere Frau wieder mit dem Wagen und brachten ihn in eine Art Scheune. Dort stand eine alte Zinkwanne. Die Frau bedeutete ihm, er solle sich ausziehen und hineinsteigen. Theo konnte kaum auftreten, und als er versuchte, seine Stiefel auszuziehen, verzog er schmerzhaft das Gesicht. Seine Uniform warf er über einen Schemel, seine nach Blut, Schweiß und Dreck stinkenden Unterkleider auf den Boden. Die waren zu nichts mehr zu gebrauchen. Die Uniform war das Einzige, das ihn als Soldat ausgab, da er keinerlei Papiere oder sonst etwas besaß. Er musste sie dringend verstecken. Und sie musste gewaschen werden. Aber das wollte er selber machen. Dann stieg er in die Wanne mit dem verlockend warmen Wasser.

Nach einer Weile kam die jüngere Frau mit einem Kleiderbündel auf dem Arm herein. Dankbar nickte er ihr zu. Er fragte sich, was die drei wohl dachten. Vermutlich hielten sie ihn für einen desertierten Soldaten, der Unterschlupf suchte.

So vergingen die ersten Tage in der Abgeschiedenheit dieses lothringischen Bauernhofs, der immer noch zum Deutschen Reich gehörte. Anscheinend lebten die beiden Frauen mit dem Jungen alleine an diesem abgelegenen Ort. Viel besaßen sie nicht. Das konnte er sehen. Aber was sie hatten, waren sie bereit, mit ihm zu teilen. Warum auch immer. Und sie nahmen damit ein großes Risiko auf sich.

Nach ungefähr einer Woche konnte er wieder besser auftreten. Die Wunden an seinen Füßen begannen dank einer stinkenden Tinktur, die ihm die Alte gebracht hatte, abzuheilen. Er hatte sich mit den Kühen angefreundet und fand es im Vergleich zu den letzten Schlafstätten und Schützengräben recht warm und gemütlich im Stall. Als er wieder einigermaßen hergestellt war und die junge Frau, die von der Alten Margarethe gerufen wurde, eines Morgens zum Melken und Füttern hereinkam, nahm er ihr die Gabel aus der Hand und gab ihr ein Zeichen, dass er das Füttern und Ausmisten übernehmen konnte. Sie lächelte ihn zurückhaltend an und nahm sich den Melkhocker.

Nach und nach erledigte er immer mehr kleinere Arbeiten und freundete sich mit dem kleinen Pierre an. Nur die Großmutter des Jungen blieb ihm gegenüber reserviert, wenn auch nicht unfreundlich. So wurde er mit der Zeit eine Stütze für die beiden Frauen. Aber sobald jemand auf den Hof kam, versteckte er sich auf dem Heuschober in einer Luke. Dort musste er dann manchmal ganze Sonntage ausharren. Anfangs fragte er sich oft, warum die drei das Risiko eingingen, ihn zu verstecken. Aber die beiden Frauen waren alleine mit dem Jungen und vielleicht froh, dass er immer mehr mithelfen konnte. Vielleicht war das der Grund? Er wusste es nicht.

Wenn Theo, insbesondere an den Abenden, an seine Heimat, den Schwarzwald, dachte, dann erfasste ihn eine große Sehnsucht, dass ihm das Herz ganz schwer wurde. Eines Morgens erwachte er verschwitzt und fühlte eine kühle Hand auf seiner Stirn. Er verstand den hiesigen Dialekt inzwischen ganz gut. »Theo, wie geht's?«, hörte er eine leise Stimme fragen. Als er die Augen aufschlug, schaute er in die tiefgrünen Augen von Margarethe. Es war das erste Mal, dass sie ihn direkt mit seinem Vornamen ansprach. Er hatte ihn Pierre vor einiger Zeit in den Sand gemalt. Sie schauten sich an. Dann lächelte Margarethe.

»Keine Sorge, du bist hier sicher, wir verraten dich nicht.«

Theo lächelte zurück und schloss erschöpft und erleichtert seine Augen.

Trotzdem war er immer auf der Hut, unsichtbar zu bleiben. Der Bauernhof lag glücklicherweise so abseits, dass außer dem Postboten kaum jemand vorbeikam. Und wenn doch, dann konnte man es von der Anhöhe aus gut sehen, und ihm blieb genug Zeit, sich wieder im Stall zu verstecken.

So vergingen die ersten Monate, seine körperlichen Blessuren waren längst abgeheilt. Es war inzwischen Spätsommer geworden. Obwohl er nie ein leidenschaftlicher Bauer gewesen war, half ihm die körperliche Arbeit mehr als alles andere. Musik hatte er seit langem nicht mehr gemacht. Singen traute er sich nicht, nur hin und wieder, wenn er alleine war, summte er vor sich hin.

So kam es an einem Samstagabend im Spätsommer 1917, dass er mit Margarethe und Pierre abends etwas abseits vom Haus unter einem Mirabellenbaum saß. Margarete begann, ein Lied zu singen, er hatte es schon öfters gehört. Es klang irgendwie traurig, aber schön. Voller Sehnsucht und doch auch froh. Er hatte inzwischen, mitbekommen, dass sie nicht verheiratet war, dass sie den Sohn alleine mit der Hilfe ihrer Mutter aufzog. Es keinen »Papa« gab. Warum auch immer. Auch dass der Großvater tot war, hatte ihm Pierre inzwischen erzählt. Ob er ihm Krieg gestorben war, das wusste Theo nicht. Vielleicht verdankte er diesem Umstand das Glück, dass die Frauen ihn weiter auf dem Hof versteckten. Er war sich nicht sicher, ob sie wussten, dass er von der anderen Rheinseite kam.

Als Pierre an diesem Abend schlafen ging, saßen Margarethe und Theo noch eine Weile schweigend zusammen und sahen, wie die Dunkelheit langsam die Anhöhe erreichte. Es wurde kühl. Er spürte wie Margarethe näher an ihn heranrückte und nach einer Weile den Kopf auf seine Schulter legte. Auch er fühlte sich in diesem Moment sehr einsam und umfasste vorsichtig ihre Schulter. Eine ganze Weile blieben sie so sitzen und genossen schweigend die Nähe des anderen. »Gute Nacht«, sagte Margarethe nach einer Weile, stand langsam auf und ging Richtung Haus. Theo blickte ihr nach. Er fühlte sich unendlich verlassen an diesem wunderschönen Spätsommerabend. Er wollte nicht alleine bleiben in dieser Nacht. Kurzentschlossen sprang er auf und rannte so schnell er konnte hinter Margarethe her, um sie aufzuhalten. Nicht weit vor dem Haus holte er sie ein. Er stellte sich ihr in den Weg. Sie schaute ihn etwas erstaunt an und dann lächelte sie. Ganz langsam ging er auf Margarethe zu, nahm sie an der Hand und rannte dann mit ihr zurück Richtung Stall.

Kaum hatten sie die Tür hinter sich zugezogen, fielen sie übereinander her. »Wer bist du?«, fragte sie ihn in dieser Nacht. »Pssst …«, antwortete er ihr erstmals. Sie schaute ihn mit wissenden Augen an, lächelte und legte den Zeigefinger auf ihren Mund. Nachdem sie sich mehrfach geliebt hatten, flüsterten sie noch eine Weile im Stroh miteinander, auf Badisch und Elsässisch, und wenn sie mit Worten nicht weiterkamen, verständigten sie sich mit Gesten.

Von da an schlich sich Margarethe regelmäßig nachts zu ihm in den Stall. Aber draußen, da blieb er nach wie vor stumm. Zu groß war die Gefahr, als deutscher *Deserteur* entdeckt zu werden. Auch wegen dem Jungen. Die Stimmung im Elsass drehte sich zunehmend gegen das Deutsche Reich. Je weniger Pierre wusste, umso besser für alle. Margarethes Mutter blieb ihm gegenüber weiterhin reserviert, tolerierte ihn jedoch, da er mithalf, wo er konnte, und auch mit dem Jungen gut auskam.

So vergingen viele Monate, und Anfang November 1918 hörte er, wie Pierre aufgeregt nach ihm rief. Er war hinter der Scheune und gerade dabei, eine Leiter zu reparieren.

»*Le facteur était là. La guerre est finie, Théo. Les Français ont gagné*«, jubelte der Bub und sprang ganz aufgeregt um ihn herum wie ein kleiner Ziegenbock. Theo versuchte zu lächeln. Pierre glaubte nach wie vor, er wäre ein stummer elsässischer Soldat. »Gott sei Dank«, dachte Theo. Das bedeutete, der Wahnsinn war vorbei. Endlich. Vielleicht kann ich jetzt bald wieder nach Hause, hoffte er. Aber wie und wann, wusste er noch nicht. Die Uniform hatte er nach seiner Ankunft gewaschen und aufbewahrt. Vielleicht würde sie ihm noch gute Dienste leisten. Auf seiner Flucht hatte er sich an einem Fluss, der Meuse, orientiert und sich tagsüber in den Wäldern versteckt. Längst wusste er, dass er sich auf einem abgelegenen Hof zwischen Reims und Nancy befand. In einem von Pierres Schulbüchern hatte er gesehen, wie weit er noch von seiner Heimat entfernt war. Und er musste noch über die Vogesen. Doch jetzt im November lag hier bereits hoch Schnee. »Vielleicht sollte ich noch abwarten, bis er schmilzt, bevor ich mich auf die Heimreise mache«, dachte Theo. Er durfte nach wie vor keine Aufmerksamkeit erwecken, gerade jetzt, wo die Franzosen aus dem Krieg als Sieger hervorgegangen waren. Er wollte warten, bis sich die Lage beruhigt hatte. Andererseits, vielleicht bot ihm auch die Aufregung, das Durcheinander den besten Schutz. Er dachte an Klara und seine Eltern. Dazwischen schlichen sich auch immer wieder Gedanken an Margarethe und er wurde etwas wehmütig. Sie war es, die ihm in den letzten Monaten Hoffnung gegeben hatte, Nähe, Wärme und zu Essen. Er hatte ihr viel zu verdanken.

Über all das dachte er nach, als er Pierre zulächelte und ihm zu verstehen gab, dass er sich mit ihm freute. Letztendlich entschied sich Theo noch abzuwarten. Dann, an einem frühen Sonntagmorgen, am 6. April 1919, brach er schließlich auf Richtung Heimat. In der Nacht zuvor hatte er sich von Margarethe verabschiedet. Es fiel ihnen beiden nicht leicht und es flossen Tränen. Selbst ihre Mutter stand am Morgen parat, um ihm nachzuwinken. Pierre begleitete ihn noch ein Stück. Theo hatte ihm vermittelt, dass seine Familie irgendwo hinter den Vogesen lebte und auf ihn wartete. Auch er hatte sich an den Jungen gewöhnt und der Abschied fiel beiden schwer.

Fortan marschierte Theo immer frühmorgens und abends in der Dämmerung Richtung Vogesen. Von dort aus ging es weiter Richtung Straßburg. Er war in Alltagskleidung unterwegs, damit er nicht auffiel. Mal kam er zügig voran, dann musste er wieder mehrere Tage ausharren. Er schlug sich durch, wie er es im Krieg gelernt hatte. Der Rückweg war beschwerlich, da immer noch Schnee lag und gerade die Nächte noch sehr kalt waren. Wieder schlief er in Schafställen, in Heuschobern, im Wald, wusch sich in Bächen und war inzwischen gewieft darin, unterwegs Essen zu organisieren.

Auf seinem Heimweg traf er auf nur wenige Menschen. Seiner Strategie, die Stimme verloren zu haben, blieb er treu.

Inzwischen recht verwahrlost erreichte er Straßburg. Dort war bereits Frühling, und er trieb sich ein paar Tage am Hafen herum. In einer lauen Nacht gab es eine Möglichkeit und er versteckte sich in einem alten Kahn und ließ sich ein Stück den Rhein hinunter treiben. An einer schmalen Stelle schwamm er das letzte Stück durch den Fluss bis hinüber auf die deutsche Seite. Dort zog er wieder seine alte Uniform an, die er bis hierher mitgeschleppt hatte. Im flachen Hanauerland kam er schnell voran. Aber je mehr er sich dem Renchtal näherte, desto mehr freute er sich auf sein Zuhause.

Theo schüttelte sich und erhob sich langsam. Er öffnete die Fensterläden und schaute hinaus. Sein Blick fiel auf die Dächer der Nachbarhäuser, in der Schmiede nebenan hörte er die Hammerschläge. Alles wie immer, als wäre die Zeit stehengeblieben. Dahinter der Rebhang, der sich bis zu dem Kastanienwäldchen hochzog. Ein Gefühl von großer Dankbarkeit erfüllte ihn. Endlich wieder daheim, dachte er. Kurz kamen ihm Margarethe und ihre Familie in den Sinn. Wie es ihnen wohl gehen mochte? Er hatte Margarethe versprochen, ein Lebenszeichen zu schicken, sobald er zuhause sein würde.

Als sein Magen grummelte, merkte er, dass er großen Hunger hatte. Er atmete tief ein. Schon lange hatte er nicht mehr so bequem geschlafen. Theo streifte sein Nachthemd ab und zog die Sachen an, die Klara für ihn zurechtgelegt hatte.

In der Küche traf er auf seine Mutter, die sehr beschäftigt schien. »Morgen Mutter, wo sind denn alle anderen?«, fragte er.

»Heute Nachmittag machen wir den Biergarten wieder auf, und da richten sie alles her«, antwortete Frieda und war insgeheim froh, dass sie ihren geliebten Sohn einen Moment für sich alleine haben würde. Sie setzte ihm alles vor, was er gerne mochte. »Bub, du musst essen, damit du wieder zu Kräften kommst«, sagte sie mit einem Blick auf seine um ihn schlackernde Hose. »Komm, setz dich zu mir und erzähl mir, wie es dir ergangen ist und warum wir nie mehr etwas von dir gehört haben.«

»Mutter, lass mich erstmal zu mir kommen und was essen, ich habe heute einen Mordshunger.« Nachdem Theo von allem probiert und zwischendurch immer wieder Fragen seiner Mutter beantwortet hatte, erzählte diese mehr vom Tod seines Vaters, bis Klara in die Küche kam.

Er schaute auf und sah sie an. Erwachsen ist sie geworden, dachte er. Nicht mehr der Wildfang, den er geheiratet hatte, nein, zu einer bildschönen jungen Frau hat sie sich entwickelt. Regelrecht aufgeblüht schaute sie aus.

Wie er inzwischen von seiner Mutter wusste, war sie ihr nach dem Tod seines Vaters eine große Stütze gewesen. Nach seiner Flucht aus dem Schützengraben hatte er oft daran gedacht, was sein Vater wohl dazu gesagt hätte. Hätte er darin einen weiteren Beweis dafür gesehen, dass sein Sohn ein Schwächling war? Immer wieder hatte er überlegt, wie er Klara oder seinen Eltern eine Nachricht zukommen lassen könnte. Aber er fand keine Gelegenheit und vor allem nicht die richtigen Worte. Zudem war es riskant. Vielleicht hatte er auch Angst, dass ihn sein Vater verachten würde, wenn er von seiner Flucht erfuhr. Jetzt war er tot. Er musste ihn nicht mehr stolz machen. Das war die traurige Wahrheit.

Theo lächelte Klara an, sie lächelte zurück, fast ein wenig fremd, wie er fand. Na ja, das war gestern sicher ein Schock für sie gewesen, dass er nach so langer Zeit vor der Tür gestanden hatte. Er konnte sich glücklich schätzen, nach dem unseligen Krieg noch ein Zuhause zu haben, wo man auf ihn wartete.

Nachdem er fast alles aufgegessen hatte, begleitete er Klara hinaus in den Biergarten, wo sie auf Fine und Anton trafen, die beide geschäftig herumwuselten. Theo spazierte ein wenig umher und ging dann zurück in die Gaststube. Er schaute sich um und sah, dass neben dem Ausschank, noch an derselben Stelle, wie unberührt sein Akkordeon hing. Er blieb davor stehen und starrte es einen Moment lang an. Dann fuhr er über die Tasten. Aber er zögerte, das Instrument vom Haken zu nehmen. Wie lange hatte er schon keine Musik mehr gemacht – ob er es überhaupt noch konnte? Dann gab er sich einen Ruck, hängte sich das Instrument um und versuchte ein paar Akkorde. Es quietschte etwas, aber der Ton war der gleiche wie früher. Er versuchte ein paar Töne des Badnerliedes zu spielen. Leise sang er die erste Zeile: »Das schönste Land in Deutschlands Gau'n, da ist mein Badner Land…« Dann versagte ihm die Stimme. Er schaute auf und blickte auf seine Hände. Klara hatte sie immer schön gefunden. Hände, die getröstet, gestreichelt und liebkost hatten. Aber jetzt sah er Hände, die im Dreck gewühlt und gestohlen, Menschen verletzt und getötet hatten. Wie konnte er damit je wieder fröhliche Lieder spielen? Er hängte sein Instrument wieder an den Nagel.

Er wusste nicht, wie lange er schon so da gestanden hatte, als er auf einmal eine Hand auf seiner Schulter spürte. Er zuckte zusammen und drehte sich um. Da stand Klara. »Theo, was hast du?«, fragte sie.

»Nichts, ich wollte nur mal schauen, ob ich es noch kann.«

»Aber wieso denn nicht? So etwas verlernt man doch nicht. Und ich kenne niemanden, der so gut spielt wie du.«

Theo wandte sich zu ihr um und schaute sie nachdenklich an. Dann ging er einen Schritt auf sie zu und umarmte sie.

»Klara, danke, dass du auf mich gewartet hast. Hab noch etwas Geduld mit mir, mein Kopf muss erst noch ankommen«, flüsterte er ihr ins Ohr. Klara erwiderte seine Umarmung.

»Mach dir keine Gedanken, wir schaffen das schon.«

»Komm, hilf mir, das neue Bierfass anzuschließen. Jetzt ist ja der Wirt wieder da«, sagte sie und zwinkerte ihm zu. Theo folgte ihr, zwar noch etwas humpelnd, und tat wie ihm geheißen. Hinter der Theke zu stehen, hatte ihm allerdings nie besonders gut gefallen. Aber wahrscheinlich ist es das Beste, wenn ich mich schnell wieder daran gewöhne, dachte er.

»Dorothea, der Lui will schon nächste Woche nach Bühl zum Otto. Das kommt mir irgendwie komisch vor. Weißt du etwas, vielleicht von einem Weibsbild?«

Dorothea schaute ihn überrascht an. Sie hatte die letzten Wochen sehr wohl bemerkt, dass etwas mit Lui vorging. Wann immer er konnte, verschwand er abends so schnell wie möglich vom Hof. Manchmal sogar vor dem Nachtessen. Aber er war schließlich alt genug. Deshalb war sie jetzt doch erstaunt, als ihr Mann ihr von Luis Plänen erzählte. Normalerweise kam Lui immer zuerst zu ihr, wenn er sich etwas ausgedacht hatte oder von der Seele reden wollte. Sie liebte alle ihre Kinder. Aber mit Lui verband sie ein besonderes inneres Band. Was manchmal aber auch zu Streit mit ihrem Mann führte, da sie dazu neigte, Lui immer in Schutz zu nehmen.

»Nein, davon weiß ich nichts, das ist das Erste, was ich höre«, erwiderte sie erstaunt.

»Hoppla, wenn nicht einmal du etwas weißt, dann scheint das wirklich eine ganz eilige oder geheime Sache zu sein. Was meinst du? Es wäre ja Zeit, dass er sich auf Brautschau macht, oder? Bis nächste Woche sind wir mit der gröbsten Arbeit in den Reben fertig, dann soll er von mir aus fahren.«

Mit einem Schmunzeln auf den Lippen verließ Wilhelm die Küche auf der Suche nach Lui. Er würde gleich mal mit ihm reden.

VI

In den ersten Tagen nach Theos Rückkehr schlich Lui immer wieder um den Goldenen Hirsch herum. Aber er konnte Klara nirgendwo entdecken. Der Gasthof und der Biergarten hatten wieder geöffnet, und er sah, wie die ersten auswärtigen Gäste eintrafen. Er wunderte sich immer wieder, wie viele wohlhabende Leute es trotz des Mangels überall doch noch gab. Neben den Ausflüglern sah er auch Reisende, die wohl ihre Geschäfte wieder in Schwung bringen wollten. Im und um den Goldenen Hirsch herrschte wieder zunehmende Betriebsamkeit, die das ganze Dorf ansteckte. Nach ein paar Tagen, dachte Lui, würde sich die erste Aufregung gelegt haben. Heute Abend wollte er mit Konrad, seinem besten Freund, im Gasthof vorbeischauen. So würde sein Auftauchen dort etwas unverbindlicher wirken. Zwar hatte er Konrad nichts Konkretes von den Vorkommnissen der letzten Zeit erzählt, der hatte aber Augen im Kopf und dachte sich wohl seinen Teil.

Als Lui mit seinem Freund die Gaststube betrat, klopfte sein Herz bis zum Hals. Vorsichtig schaute er sich um. Aber er sah nur Fine, die die Bestellungen aufnahm und ihm kurz zunickte. Frieda und Theo standen hinter der Theke und schenkten ein. Zum Glück ergriff Konrad die Initiative und ging auf Theo zu, um ihn zu begrüßen.

Das gab Lui die Gelegenheit, sich für einen Moment zu sammeln und nach Klara Ausschau zu halten. Aber sie war nirgendwo zu entdecken.

»Grüß dich, Theo«, schloss sich nun auch Lui dem Willkommensgruß seines Kameraden an. Theo und er waren seit Kindheit gut bekannt, aber nicht freundschaftlich verbunden. Lui war manches Mal eifersüchtig auf ihn gewesen, weil er seiner Klara so nah kam. Aber das war alles lange her. Theo sah sehr verändert aus. Aber er kannte keinen Soldaten, bei dem der Krieg keine Spuren hinterlassen hatte. Sich selbst eingeschlossen.

Die Fensterluke zur Küche ging auf und Klara streckte den Kopf hindurch. Luis Atem stockte, und er befürchtete, rot zu werden. Klara entdeckte ihn erst auf den zweiten Blick. Als sich ihre Augen trafen, sah er die Verzweiflung darin. Er hielt sie mit seinen Augen fest und nahm kaum mehr wahr, was um ihn herum geschah. Bis ihn Konrad am Ärmel zupfte:

»Ob du lieber ein Bier willst oder ein Glas Wein, hat dich die Wirtin gefragt.«

»Ein Bier wär' mir recht«, stammelte Lui. Dann ging das Fenster zur Durchreiche wieder zu. Konrad zog ihn erneut am Ärmel und fragte: »Sag mal, Lui, was ist denn mit dir los, du bist ganz bleich. Hast du vielleicht einen Geist gesehen?« Lui blies die Backen mit Luft auf, um sie dann auf einmal auszustoßen.

»Nein, alles in Ordnung, mir ist nur gerade etwas Wichtiges eingefallen«, erwiderte er. Sie durchquerten den großen Gastraum. Die Fenster waren offen, und er spürte eine leichte Brise hereinwehen. Sie stellten sich zu den anderen und tranken ihr Bier.

Lui beteiligte sich nur bedingt an den Gesprächen und Scherzen seiner Kameraden. Als er irgendwann den *Austritt* aufsuchte, um sich zu erleichtern, schaute er sich um, ob er Klara kurz abpassen konnte. Er war erstaunt, dass sie heute den Küchendienst übernommen hatte. Eigentlich mochte sie lieber den Umgang mit den Gästen. Aber jetzt war ja Theo wieder hier. Er war schließlich der Wirt. Und vielleicht hatte sie auch keine große Lust, heute unter Beobachtung zu stehen.

Er ging in den Hinterhof und sah Klara in der Küche werkeln. Gerade wollte er an die Küchentür klopfen, da erblickte er Theo, der vom Gastraum hereinkam. Lui blieb stehen und beobachtete die beiden. Es fühlte sich an, als hätte er einen Stein verschluckt. Aber in diesem Moment wusste er, dass er Klara niemals wehtun konnte. Er durfte sie nicht in eine noch schwierigere Situation bringen. Er liebte sie und wollte, dass es ihr gut ging. Auch wenn es ihm das Herz brach, sie so vertraut mit Theo zu sehen. Er musste weg nach Bühl, er brauchte Abstand zu allem. Auch zu Klara.

Er fuhr sich mit der Hand über die Augen, wie um das Bild wegzuwischen, das ihm in den Kopf kam, als er zur Waschküche hinüberschaute. Er und Klara, wie verliebt sie vor ein paar Tagen noch dort waren. Wie glücklich. Er wandte sich ab, um sich unbemerkt davonzuschleichen. Da hörte er, wie jemand leise seinen Namen rief.

»Lui.« Klara kam mit einem Eimer voller Kartoffelschalen auf ihn zu. Sie blickte sich um, ob sie jemand sehen konnte. Dann schaute sie ihn an, und noch nie hatte er so viel Traurigkeit und Verzweiflung in ihren Augen gesehen.

»Klara, sag nichts«, flüsterte Lui. »Ich verstehe schon.«

Beide schauten sie sich in die Augen und schwiegen. Aus Klaras Augen löste sich eine Träne und dann noch eine, und sie versuchte, sie mit ihrer Schürze schnell wegzuwischen. Lui berührte im Weggehen ganz leicht ihren Arm.

»Klara, mach' dir keine Sorgen um mich, es ist, wie es ist.«

Dann lief er zurück über den Hof. Er konnte jetzt nicht mehr in den Gasthof, er wollte seine Ruhe haben. Er bog aber nicht nach Hause ab, sondern ging links herum die Reben hoch. Die letzten Sonnenstrahlen leuchteten ihm den Weg. Im Wald angekommen, setzte er sich erschöpft auf einen umgestürzten Baum. Erst jetzt konnte er seiner Traurigkeit, seiner Verzweiflung Lauf lassen. Er weinte bitterlich.

Als er aufstand, hatte er einen Entschluss gefasst. Er musste so schnell wie möglich weg. Hier erinnerte ihn alles an Klara. Tagelang hatte er sich den Kopf zermartert, aber eine andere Lösung war ihm nicht eingefallen. Er fühlte eine unendliche Leere in sich. Aber gleichzeitig war er entschlossen und sicher, dass dies der einzig mögliche Weg für ihn war. Und auch für Klara. Alles andere lag nicht in seiner Macht.

Frieda war seit Theos Rückkehr überglücklich und verbrachte fast genauso viel Zeit wie zuvor in der Kirche. Sie zündete Kerzen an, sprach Dankgebete und ließ sich vom Pfarrer immer wieder bestätigen, dass sie es mit Gottes Werk zu tun hatten. Allerdings machte sie sich ein wenig Sorgen um Klara. Die schaute sehr blass aus und hatte wenig Appetit. Hoffentlich wurde sie nicht krank. Frieda hörte Theos gellende Schreie fast jede Nacht. Wahrscheinlich war der Schlafmangel der Grund für Klaras Blässe. Sie nahm sich vor, das Kräuterweible nach einem guten Trunk zu fragen, der bei Albträumen half. Das war ja kein Zustand auf Dauer. Aber immer, wenn sie in den letzten Wochen mit Theo über seine Kriegserlebnisse hatte reden wollen, war er ihr ausgewichen. Wahrscheinlich redete er auch mit Klara nicht, vermutete sie. Früher war er nicht so gewesen. Da hatte er ihr immer alles anvertraut. Aber sie hörte immer wieder auch von anderen Müttern und Frauen von Kriegsheimkehrern, dass die nicht über ihre Erlebnisse reden wollten. Dass man sie in Ruhe lassen und abwarten solle, bis sie von alleine erzählten. Sie hatte beschlossen, Theo nicht mehr mit Fragen zu quälen, aber dafür zu sorgen, dass er wieder zur Ruhe und zu Kräften kam.

Frieda stand hinter dem Tresen und beobachtete ihre Schwiegertochter und Theo. Klara wischte die Tische ab, und ihr Sohn war gerade dabei, die letzten Fenster zu schließen. Irgendwie sind sie sich noch fremd, dachte Frieda. Aber das ist ja auch kein Wunder nach so langer Zeit. Das wird schon. Mit diesem Gedanken trocknete sie den letzten Krug ab und stellte ihn in den Schrank. Ein gutes Geschäft war das heute Abend. Sie war zufrieden, als sie das eingenommene Geld sah. Darum würde sich jetzt wieder Theo kümmern, besann sie sich, als sie das Geld zählen wollte. Sie schloss mit einem Lächeln die Schublade. Sie wollte die beiden alleine lassen. Das junge Paar brauchte Zeit, um sich wieder aneinander zu gewöhnen. »Ich geh' jetzt auch schlafen.«

»Gut' Nacht«, erwiderten die beiden. Als Frieda gegangen war, setzte sich Klara auf eine Bank. Sie war erschöpft von der letzten Woche. Sie hatte sich noch mehr ins Zeug gelegt als sonst und versucht, sich mit Arbeit abzulenken. Theo war sie aus dem Weg gegangen, so gut es ging. Klara wusste, das war keine Lösung auf Dauer. Aber als sie vorhin im Hinterhof auf Lui getroffen war, das erste Mal seit ihrer letzten Nacht, das hatte sie tief erschüttert. Einerseits war sie froh, ihn endlich wiedergesehen zu haben, andererseits spürte sie einen tiefen Schmerz in ihrem Innern, und gleichzeitig fühlte sie sich wie taub.

Klara wusste, dass Lui recht hatte, es war besser für alle, wenn sie sich nicht mehr sahen. Als sie zu Theo hinüberschaute, meldete sich ihr schlechtes Gewissen. Sie sollte ihm eine gute Ehefrau sein. Er hätte es verdient. Aber wie sollte ihr das gelingen, wenn in ihrem Kopf immer Lui herumspukte?

»Klara, du bist sicher müde, lass uns hochgehen. Mir reicht's auch.« Theo hatte bisher noch kaum etwas erzählt von seinen Kriegserlebnissen. Sie hatte schon von anderen gehört, dass die Soldaten vor allem bei der Schlacht in Verdun durch die Hölle gegangen waren. Und nur die allerwenigsten das überlebt hatten. Frieda, Fine und sie hatten miteinander verabredet, ihn erst einmal nicht zu sehr mit Fragen zu behelligen. Ihre Schwester hatte auch Anton dazu angehalten. Der Junge war ganz verrückt nach Kriegs- und Heldengeschichten und stellte sie sich in seiner kindlichen Unschuld als großes Abenteuer vor. Theo hatte bisher nur erzählt, dass er in Lothringen lange Zeit auf einem Bauernhof Unterschlupf gefunden und sich dann im Frühling über die Vogesen nach Hause durchgeschlagen hatte. Von der Schlacht in Verdun, von seinen Kameraden, den Toten und Verletzten hatte er bisher kein Wort erzählt. Nur in seinen Träumen, da kamen sie wohl, Nacht für Nacht.

Klara wusste in dem Moment, als sie beide die Stiege hochgingen, dass es heute Nacht zum ersten Mal passieren würde. Sie würde sich Theo heute nicht entziehen können. Wobei dieser in den ersten Tagen, glücklicherweise, auch keine großen Anstrengungen unternommen hatte, ihr wirklich näher zu kommen. Als sie sich auszog und ihre Haare bürstete, kam Theo auf sie zu. Er umarmte sie von hinten, hob ihre langen Haare an und küsste ihren Nacken. Sie drehte sich zu ihm um, und es war, als sähe sie ihn heute das erste Mal. Theo, ihr Ehemann, ein guter Freund seit Jugendtagen – den sie mochte, mit dem sie aber keine wirkliche körperliche Anziehung verband, so wie mit Lui. Vor ihm hatte sie gar nicht gewusst, dass es so etwas gab. Das Herzklopfen, die leidenschaftlichen Berührungen, die sich auf ihrer Haut wie kleine Funken anfühlten. Mit Theo war es immer ganz anders gewesen. Lustig irgendwie und schnell vorbei. Sie hatte gedacht, es müsse wohl so sein. Aber jetzt wusste sie genau, sie würde sich immer nach Luis Berührungen und ihrer inneren Verbundenheit sehnen.

Aber heute Abend wollte sie versuchen, diese Gedanken zu verdrängen. Sie ließ sich von Theo an sich ziehen und suchte Zuflucht, Trost und vielleicht auch Vergebung in seiner Umarmung. In dieser Nacht vereinten sie sich zum ersten Mal wieder miteinander. Klara war erstaunt, dass es anders war als vor dem Krieg. Der früher eher sanfte Theo war fordernder und ihr irgendwie beinahe fremd. Fast tat er ihr weh.

Nach dieser Nacht näherte sich Theo ihr jetzt wieder regelmäßig. Sie versuchte, jeden Gedanken an Lui zu verdrängen. Seit ihrem letzten Treffen im Hinterhof des Goldenen Hirsch hatte sie ihn nur einmal von Weitem im Dorf gesehen. Vor ein paar Tagen hatte sie dann gehört, dass er wieder nach Bühl zu seinem Onkel gefahren war.

Es tat ihr weh, ihn nicht mehr sehen zu können, andererseits war es wahrscheinlich das Beste für alle. Theo hatte sich langsam wieder in seine Rolle als Wirt eingefunden, und sie hatten sich wieder aneinander gewöhnt. Allerdings machten ihr seine Albträume sehr zu schaffen. Letzte Nacht hatte er im Schlaf wieder laut geschrien und um sich geschlagen und etwas Unverständliches gefaselt. Sie hatte nichts verstanden. Nur den Namen »Margarethe«, den rief er immer wieder. Sie wusste nicht, was das alles zu bedeuten hatte.

Klara schlief bereits wieder, aber Theo konnte nicht wieder einschlafen. Fast jede Nacht rannte er um sein Leben, aber immer wieder waren da diese unzähligen toten Körper, die Schüsse, die Schreie, denen er nicht entkommen konnte. All die Dämonen, denen er tagsüber zu entfliehen versuchte, holten ihn nachts wieder ein.

Theo betrachtete Klara im schwachen Mondschein. Wie immer hatte sie einen Arm unter dem Kopf und schlief mit angewinkelten Beinen auf ihrer linken Seite. Was sie genau mitbekam von seinen Ängsten, wusste er nicht. Er konnte mit niemandem darüber sprechen. Alle hielten ihn für einen Helden, der zum Ende des Krieges dem Erzfeind entkommen war. Dabei war er ein Feigling, einer, der nur mit viel Glück überlebt hatte. Einer, der sein Überleben den toten Kameraden, zwei Frauen und einem Jungen verdankte. Er war vielleicht ein guter Gaukler, aber alles andere als ein Held.

Zum Glück ließen sie ihn in letzter Zeit in Ruhe, und er musste keine weiteren Heldengeschichten erfinden. Über seine tatsächlichen Erlebnisse konnte er mit niemandem reden. Nicht einmal mit Klara. Er betrachtete immer noch ihr schlafendes Gesicht, und ein Gefühl der Wärme durchzog ihn. Klara war ihm eine gute Frau. Sie war noch so jung und hatte so viel geschafft in den letzten Jahren. Vor allem hatte sie treu auf ihn gewartet und daran geglaubt, dass er zurückkommen würde. Er selbst war sich da nicht so sicher gewesen. Aber wenn er jetzt nachts bei ihr lag, spürte er auch, dass sie sich verändert hatte. Irgendwie war sie erwachsener und erfahrener geworden. Vielleicht kam es ihm auch nur so vor. Nicht mehr lange, und es würde dämmern und die Nacht würde vorbei sein. Wahrscheinlich lohnte es sich gar nicht mehr, noch einmal einzuschlafen.

Leise stand er auf und ging hinunter in die Küche. Als er hinten die Küchentür öffnete und hinaustrat, war es jedoch noch dunkel, aber er spürte, dass es ein warmer Sommertag werden würde. Es war jetzt schon sehr mild.

Theo sah den Hofkater auf der Bank vor dem Haus und setzte sich neben ihn. »Na, Strolch, kannst du auch nicht schlafen?«

Das Tier schien sich an ihn zu erinnern, denn es kam auf ihn zu machte es sich auf seinem Schoß gemütlich und ließ sich von ihm hinter den Ohren kraulen. Der Kater begann zu schnurren, was Theo plötzlich an Margarethe denken ließ. Wenn sie abends auf der Bank am Waldrand saßen und sie sich manchmal in der Dunkelheit des Waldes liebten, dann räkelte sie sich danach und schnurrte dabei wie eine Katze in seinem Arm. »Wie es den dreien wohl geht?«, überlegte er. Er hatte letzten Freitag endlich sein Versprechen eingelöst und ihnen eine Nachricht zukommen lassen, dass er gut zu Hause angekommen war.

Theo blieb noch eine Weile sitzen, bis sich die ersten Sonnenstrahlen über dem Achertal zeigten. Ruckartig stand er auf, so dass der Kater maunzend davonsprang, und begab sich zurück ins Haus.

Lui, inzwischen in Bühl angekommen, machte sich gleich an das Pflücken der Frühkirschen. Eine seiner Cousinen half ihm dabei, und sie füllten Weidekorb um Weidekorb. Das fortlaufende Schnattern und Erzählen seiner Cousine sowie die Arbeit selbst lenkten ihn von seinem Trübsinn und der Grübelei ab. Normalerweise war er morgens alleine auf dem Feld, da alle anderen in der Bäckerei zu tun hatten. Und hier auf dem Acker, da hatte er in der Regel seine Ruhe, auch vor der nörgelnden Tante.

Nach dem letzten Zusammentreffen mit Klara war alles ganz schnell gegangen. Ein paar Tage danach fuhr er mit seinem Fahrrad nach Bühl. Auch wenn es ihm schwerfiel, er wusste keine andere Lösung. Seine Mutter hatte ihn gefragt, ob er etwas auf dem Herzen habe. Doch er hatte abgewunken und gesagt, er müsse sich nur Gedanken machen, wie sein Leben jetzt nach dem Krieg und nach der bevorstehenden Hochzeit von Frieder weitergehen sollte. Sie hatte ihn skeptisch angeschaut, aber er konnte ihr nicht die Wahrheit erzählen. Nur seiner Schwester Bertha gegenüber hatte er eine Andeutung gemacht. Aber auch nichts Genaues. Sie würde nichts weitererzählen, das wusste er. Sein Taufpate war froh, ihn zu sehen, und dankbar für seine tatkräftige Mithilfe. Einige Nachbarn kannte er schon vom letzten Mal. So war er, wenn er nicht wollte, an den Abenden nie alleine. Denn sein Onkel ging schon mit den Hühnern ins Bett, da er mitten in der Nacht aufstand, damit die Brote und Wecken am Morgen fertig waren. Mit seiner Tante hatte er nicht viel zu tun. Zudem hatte er das Gefühl, sie wollte ihn mit der Tochter einer ihrer Cousinen verkuppeln. Einem grobknochigen, nicht sehr ansehnlichen Mädchen, das zudem noch hochnäsig daherkam. Er versuchte, beiden so gut es ging aus dem Weg zu gehen.

Heute war aber ein guter Tag. Er war tagsüber abgelenkt und hatte mit seiner jüngsten Cousine den ganzen Tag gescherzt. Sie war ihm die liebste und lustigste der vier Mädchen. Sie mochte es, wie auch er, am liebsten, draußen in der Natur zu sein, und hasste die Arbeiten in der Bäckerei und im Haushalt. Außerdem geriet sie immer wieder mit ihrer Mutter aneinander und sah in Lui einen Verbündeten.

So kamen sie beide am Abend gut gelaunt zurück. »Lui, da seid ihr ja«, wartete sein Onkel schon im Hof auf sie. »Komm, die Kirschen müssen heute noch weg. Die sollen nach Köln verkauft werden. Ihr habt heute aber gut geschafft«, nickte er anerkennend. Lui lieferte, zusammen mit seinem Onkel, die Körbe beim Marktbeschicker ab. Nach dem Vesper setzten sie sich noch zusammen auf die Bank vor der Bäckerei.

»Lui, ich habe noch nicht viel Zeit gehabt für dich«, begann sein Onkel. »Aber als ich beim letzten Mal bei euch war, hat dein Vater mir von seinen Plänen erzählt. Dass der Frieder nach der Hochzeit den Hof bekommen soll und er dich so bald wie möglich abfinden will, damit du eine eigene Familie gründen kannst«, fuhr er fort. Lui nickte nur. Er mochte seinen Patenonkel, der meist heiter und immer freundlich zu ihm war. Allerdings wunderte er sich einmal mehr, wie er zu dieser griesgrämigen Frau gekommen war. »War die Tante immer schon so?«, hatte er neulich noch seinen Vater gefragt. »Nun ja«, hatte der gemeint, »sie war damals recht ansehnlich und halt eine gute Partie.« Lui musste daran denken, wie sein Onkel ihnen immer heimlich einen Hefewecken oder seiner Mutter etwas Butterschmalz mitgebracht hatte. Die Tante durfte davon nichts erfahren.

Lui antwortete erst mal nichts, sondern schaute seinen Onkel nur von der Seite an. »Hat der Vater dich auch angestiftet, dass ich mir eine Frau suchen soll, Onkel Otto?«, fragte er ihn dann.

»Er hat nur mal erwähnt, ob wir keine wüssten.«

»Ja, das hab' ich mir schon gedacht, seit die Tante mir mit der Tochter ihrer Cousine in den Ohren liegt, aber die wird's nicht, das kann ich dir mit Gewissheit sagen«, sagte Lui mit Bestimmtheit.

»Unter uns gesagt, das kann ich dir nicht verübeln.« Der Onkel schaute sich um, ob auch keine Zuhörer in der Nähe waren.

»Die muss es ja nicht gerade sein. Aber nächste Woche ist doch Jahrmarkt in Bühl und am Abend danach ist immer Tanz in der Rose. Geh' doch da mal hin. Da kommen immer viele junge Leute in die Stadt, auch von den umliegenden Gemeinden. Vielleicht ist eine dabei, die dir gefällt und vielleicht sogar einen Hof mitbringt«, sagte er. »So, jetzt muss ich aber ins Bett, die Nacht ist kurz.«

»Schlaf gut, Onkel Otto, ich bleib' noch eine Weile sitzen.«

»Schon recht, Lui, bis morgen dann.« Der Bäcker nahm seine Mütze in die Hand und ging hustend davon.

»Wird jedes Jahr schlimmer«, dachte sich Lui, als er ihn keuchend davongehen sah. Das war wohl der Mehlstaub, der ihm mehr und mehr zusetzte. Auch deshalb war Lui froh, dass er draußen arbeiten konnte. Die Hitze und die Kälte, das machte ihm nichts aus. Aber die mehlstaubige und stickige Luft in der Backstube, das könnte er auf Dauer nicht aushalten.

Nach einer Weile stand er auf und ging hinauf in seine Kammer unter dem Dach. Da war es ebenfalls stickig heute Abend. Er öffnete die Dachluke, damit wenigstens ein wenig kühle Luft hereinkam. Dann legte er sich hin und versuchte zu schlafen. Aber wie immer tauchte Klaras Gesicht vor ihm auf, ihr sonniges Lächeln, ihr liebevoller Blick. Heute aber war er müde von seinem Tagwerk und hoffte, bald einzuschlafen, bevor er wieder zu Grübeln begann. Bis jetzt war ihm dabei kein Ausweg eingefallen.

Seit Theos Rückkehr waren inzwischen einige Monate vergangen. Klara ging diesen Morgen zum Krämerladen um die Ecke. Sie brauchte dringend Salz, Zucker, Heft- und Bindfaden. Die Krämersfrau war wie immer sehr neugierig und fragte sie über Theo aus.

»Klara, was für ein Wunder, dass euer Theo wieder da ist. Da musst du jeden Tag Gott danken. Habt ihr euch denn schon wieder aneinander gewöhnt?« Dabei starrte sie mit ihren listigen kleinen Mäuseaugen argwöhnisch auf Klaras Bauch, um zu prüfen, ob sich da schon etwas wölbte.

»Ja, wir sind froh, dass Theo unversehrt zurückgekommen ist«, sagte Klara kurz angebunden, obwohl sie inzwischen wusste, dass er alles andere als heil zurückgekehrt war. Manchmal, nach ganz schlimmen Angstträumen, aus denen er schweißnass aufwachte, nahm sie ihn tröstend in den Arm, und er machte sich ganz klein und suchte bei ihr Schutz. Mit Glück beruhigte er sich und schlief wieder ein. In letzter Zeit aber hatte sie festgestellt, dass er nachts öfters aufstand und zum

Austritt ging. Wenn er zurückkam, merkte sie, dass er nach Schnaps roch. Anfänglich hatte sie sich nichts dabei gedacht. Aber in letzter Zeit beobachtete sie, dass er auch tagsüber Bier, Wein und Schnaps trank. Und zwar mehr, als ihm guttat. Das beunruhigte sie sehr. Darauf angesprochen hatte Theo abgewiegelt. »Das ist nur vorübergehend, damit die Albträume verschwinden. Ich kann so besser schlafen«, hatte er gemeint. Klara hatte es fürs Erste dabei belassen.

»Oder, was sagst du dazu, Klara?«, fragte die Krämerin. Klara, die ihren eigenen Gedanken nachhing, hatte ihr gar nicht zugehört.

»Na ja«, sagte sie unverbindlich. Die Kaufmannsfrau schüttelte missbilligend den Kopf und nannte Klara den Preis für die Waren.

Als Klara aus dem Laden trat, blieb ihr beinahe das Herz stehen. Sie sah, wie Lui den kleinen Hügel heraufkam. Er war nur noch wenige Meter von ihr entfernt. Jetzt hatte er sie auch gesehen, und es fühlte sich an, als würde sie von einem Blitzschlag getroffen, als ihre Blicke sich trafen.

Lui fasste sich als erster wieder und kam auf sie zu. Klara drehte sich seitlich zu ihm hin und bemerkte aus dem Augenwinkel, dass die *wunderfitzige* Krämerin hinter der Ladentür stand und sie beobachtete.

»Grüß dich«, sagte Klara.

»Grüß dich auch«, erwiderte Lui, ohne sie dabei aus den Augen zu lassen. Er spürte, wie sich sein Puls beschleunigte.

»Schön, dich zu sehen, Lui.« Beide schwiegen einen Moment lang. »Du warst in Bühl, wie ich von Konrad gehört habe.«

»Ja, das stimmt, ich dachte, so ist es leichter für dich«, erwiderte Lui und fügte nach einer kleinen Pause hinzu: »Für uns alle.«

Klara setzte sich in Bewegung und Lui ebenfalls. Sie wollte unbedingt dem Blick der Krämerin entgehen.

»Bist du hier wegen Frieders Hochzeit?«

»Ja, das auch«, erwiderte er. »Ich bleib' danach noch, ein paar Wochen, um beim Herbsten und Trotten zu helfen. Und du, Klara, wie geht es dir?«, fragte Lui und behielt sie fest im Blick.

»Ja, es geht schon, es ist halt viel zu tun«, versuchte Klara abzulenken. Sie wich seinem Blick aus. Er sollte nicht sehen, welche Mühe es sie kostete, nicht in Tränen auszubrechen.

Lui sagte nichts. Er schaute sie ernst an, und seine braunen Augen leuchteten beinahe schwarz.

»Es ist doch alles in Ordnung bei euch, oder?«, hakte er nach.

»Ja, ja«, antwortete Klara und wandte ihren Kopf ab, damit sie ihm nicht in die Augen schauen musste, denn lange würde sie sich nicht mehr zusammenreißen können. Und sie wollte nicht mitten auf dem Kirchplatz in Tränen ausbrechen. Die Krämerin starrte immer noch herüber.

»Lui, ich muss dann gehen«, sagte sie und rannte beinahe davon. »So bleib doch einen Moment stehen«, rief er ihr hinterher, aber Klara stand bereits in der Einfahrt des Goldenen Hirsch. Sie wandte sich noch einmal um und rief ihm zu: »Ade, Lui.« Dann ging sie mit schnellen Schritten davon.

Lui schaute ihr etwas verdutzt hinterher. »Was war da los?«, fragte er sich, während er sich langsam in Bewegung setzte. Eigentlich wollte er nachschauen, wie weit die Trauben waren. Er beschleunigte seinen Schritt. Zum Mittagessen war nicht mehr lange hin, und seine Mutter hatte ihm aufgetragen, nicht zu spät zu kommen. Es gab heute seine Lieblingsspeise. Kartoffelklöße. Die liebte er sehr. Davon konnte er unzählige verspeisen, und er hatte noch nirgends bessere gegessen als zu Hause. Aber jetzt verspürte er keinen Appetit mehr. Er hatte gehofft, dass die zweieinhalb Monate, die er Klara nicht gesehen hatte, ihm etwas mehr Abstand und Linderung bringen würden. Aber davon hatte er gerade nichts bemerkt. »Vielleicht ging es Klara genauso«, hoffte er leise. Er hatte wahrgenommen, dass sie noch irgendetwas anderes bedrückte. Etwas, das nichts mit ihm zu tun hatte. Sie war dünner geworden. Lui nahm einen kurzen Schleichweg, eine Abkürzung durch den Wald. Dabei lief er am Vogthof vorbei. Ein sehr großer, stattlicher Bauernhof in Alleinlage, direkt am Waldrand und den angrenzenden Weinreben. Im Rebfeld angekommen, warf er seinen Arbeitsjanker ins Häuschen, denn es war noch außergewöhnlich warm Mitte September. Jetzt begann seine Lieblingsjahreszeit. Er mochte es, wenn die Tage nicht mehr so heiß waren wie im Sommer, das Licht war dann besonders schön. Am besten aber gefiel ihm der goldene Oktober, wenn die Weinlese vorbei war und sich das Weinlaub und die Kastanienwälder oben an den Rebhügeln einen Wettbewerb der schönsten Farben lieferten – gelb, orange, rot, rostbraun. Vor allem stand dieses Farbenfeuerwerk auch dafür, dass nach der Weinlese alles einen Takt langsamer vonstattenging. Das kam ihm als Langschläfer zugute.

Nachdem er einige Trauben kontrolliert hatte, nahm er den gleichen Schleichweg zurück, um nicht an Schneiders Rebhäuschen entlanggehen zu müssen. Die Kirchturmuhr schlug gerade Mittag, als er am Goldenen Hirsch vorbeikam. Jetzt musste er sich beeilen, denn sie würden nicht mit dem Essen auf ihn warten und sich wundern, wo er steckte.

Klara versuchte sich wieder zu fassen, als sie im Hof auf ihre Schwester traf. Fine kam mit Anton und einer großen *Zeine* voll mit den ersten Walnüssen um die Ecke. Als sie ihre Schwester sah, schickte sie ihren Sohn unter einem Vorwand in die Küche und stellte die Nüsse ab.

»Klara, was ist los? Bist du einem Gespenst begegnet? Du bist ja ganz durcheinander«, sagte sie. »Oder hat die Krämerin wieder ihr Maul nicht halten können?«, fragte sie weiter, ohne Luft zu holen. »Immer zieht sie über alle Leute her.«

»Nein, die war wie immer ungehörig neugierig, aber das ist es nicht«, sagte Klara und schaute ihre große Schwester aus tränenverschwommenen Augen an. »Ich bin gerade Lui begegnet. Zum ersten Mal wieder.«

»Und?«, erwiderte Fine und zog sie dabei am Arm in Richtung Badehaus. »Was hat er gesagt, das dich so aus der Fassung bringt?«

»Nichts Besonderes« schluchzte Klara. »Aber ihn da so vor mir zu sehen, das hat mir fast das Herz zerrissen. Oh Fine, meinst du, das geht irgendwann mal vorbei, meinst du, ich kann ihn eines Tages vergessen? Wie hast du das gemacht mit dem Vater von Anton? Wie konntest du damals weiterleben, ohne dass es dir das Herz zerrissen hat?«

»Nur wegen Anton«, sagte Fine und presste dabei ganz fest ihre Lippen aufeinander. »Wenn er nicht gewesen wäre, ich wüsste nicht, was ich damals gemacht hätte.« Fine schwieg einen Moment lang. »Klara, Frieda ist beim

Pfarrer und Theo irgendwo unterwegs. Ich hole uns ein Glas kühlen Apfelmost. Das bringt dir wieder etwas Farbe ins Gesicht. Komm, setz dich da mal einen Moment in den Schatten und gib mir deinen Korb, ich bringe ihn rein.«

Als Fine zurückkam, hatte sie Anton im Schlepptau. Er wollte noch kurz zu Fritz, seinem Schulkameraden, was sie heute ausnahmsweise so kurz vor dem Mittag erlaubte.

»Zum Essen bist du wieder hier, hörst du?«, rief sie ihm hinterher. Sie staunte, wie groß er geworden war. Ja, ohne ihren Sohn wäre ihr Leben bestimmt ganz anders verlaufen. Sie würde wahrscheinlich noch im Hotzenwald leben. Sie liebte die schöne, aber auch raue Landschaft dort. Hier unten war alles lieblicher, eher Hügel statt Berge, die Wälder kleiner und nicht so dunkel und der Frühling setzte im Renchtal ein paar Wochen früher ein. Hier unten gab es viele Sonnentage, aber es konnte auch sehr drückend werden, je näher man dem Rhein kam. Wenn die Schwüle sich übers Tal senkte und die Bremsen Mensch und Tier bis aufs Blut piesackten, daran hatte sie sich immer noch nicht gewöhnt. In diesen Momenten sehnte sie sich besonders nach der frischen Brise, die zumindest am Abend sachte über den Dachsberg blies. Auch die saftigen Wiesen, auf denen die Kühe im Sommer weideten, vermisste sie. Natürlich fehlten ihr auch ihr Vater, ihre Brüder und ihre Freundin Leni. Sie schrieben sich hin und wieder und hielten sich gegenseitig auf dem Laufenden. Als sie im Frühjahr mit Anton ihren Vater besuchte, hatten sie auch Leni getroffen. Sie hatte ihr erzählt, dass Antons Vater inzwischen mit der ältesten Tochter vom großen Eckerthof drei Kinder hatte. An Anton zeigte er nach wie vor kein Interesse. Wobei der immer häufiger fragte, wo denn sein Vater sei und ob er auch im Krieg gefallen sei. Lange würde er sich sicher nicht mehr mit Ausreden abspeisen lassen, irgendwann musste sie ihm die Wahrheit sagen.

Klara saß unter einer der schattigen Kastanien im Hof. Sie sah wirklich nicht gut aus, fand Fine, als sie auf sie zuging.

»So, Schwesterherz, jetzt trink mal was«, sagte Fine und stellte ein kühles Glas Apfelmost vor sie hin. »Ich habe ein bisschen Wasser darunter gemischt, so wie du es am liebsten magst.«

»Dank dir«, erwiderte Klara und nahm einen großen, tiefen Schluck. Dann stellte sie das Glas vor sich hin und sah Fine an. »War das vorhin dein Ernst? Wolltest du dir damals wirklich etwas antun?«

»Als unsere Mutter starb und ich ein paar Monate danach schwanger wurde, wusste ich nicht, wem ich mich anvertrauen sollte. Du warst noch zu jung und hattest selbst genug Kummer wegen der Mutter. Als ich es Antons Vater gesagt habe, meinte der, dass er mich zwar gern hätte, aber heiraten könne er mich nicht. Das würden seine Eltern nie erlauben. Ich war sechzehneinhalb Jahre alt und für mich brach eine Welt zusammen. Er war ja vier Jahre älter als ich und ich hatte schon in der Schule für ihn geschwärmt. Ich war damals sehr verzweifelt, nachdem unsere Schwägerin mich nicht mehr auf unserem Hof duldete. Und ich war noch sehr jung und dachte, ich hätte nur die Wahl, in den Schluchsee zu gehen. Dann kam dem Vater die Idee mit der Großtante in Offenburg. Das war zwar auch nicht leicht dort. Aber immerhin, Anton und ich hatten ein Dach über dem Kopf und zu essen. Dafür werde ich ihr immer dankbar sein.«

Es war das erste Mal, dass die Schwestern so offen über diese für sie beide schwierige Zeit miteinander sprachen. Ansonsten herrschte ein stilles Einverständnis untereinander. Auch wenn sie sich früher immer mal wieder gestritten hatten, seit sie beide erwachsen und fort von zu Hause waren, verstanden sie sich oft blind. Eine stützte die andere in schwierigen Zeiten. Und Klara war es egal, was die Leute damals hinter dem Rücken von Fine tratschten.

»Jetzt sag mal, Klara, hat Lui etwas Falsches gesagt?«

»Nein. Aber wie er mich angeschaut hat, Fine, das war's.«

»Klara, du musst dir selbst vergeben. Keiner konnte ahnen, dass Theo nach so langer Zeit noch lebt. Du bist doch jetzt da für deinen Mann und ich sehe auch, wie er beisammen ist. Selbst hinten im Flur, in meiner Kammer, höre ich manchmal seine Schreie in der Nacht. Es ist kein Wunder, dass dir das zusetzt«, sagte Fine. »Außerdem habe ich Augen im Kopf und kann erkennen, dass seine glasigen Augen nicht nur von der Übermüdung kommen. So kann es nicht weitergehen. Du musst mit ihm zum Doktor in die Stadt.«

»Erst gestern habe ich ihm wieder gesagt, er soll mit der Trinkerei aufhören. Und jetzt, da ich Lui gesehen habe. Ach Fine, was alles hätte sein können. Das macht mich so traurig. Er ist extra nach Bühl gegangen, weil er es mir nicht noch schwerer machen wollte, das weiß ich. Aber weißt du, ich habe sowas wie mit Lui noch nie erlebt. Ich mag Theo ja auch, aber es ist halt anders. Und jetzt, wo wir beide ein paar Jahre älter sind, irgendwie sind wir uns fremd geworden. Ich weiß auch nicht. Fine, was soll ich nur machen?«, seufzte Klara und schaute ihre ältere Schwester fragend an. Als hätte die eine Lösung für all ihre Sorgen und Nöte.

Frieders Hochzeit war vorbei und die Weinlese und das Trotten neigten sich dem Ende zu. In ein paar Tagen würde Lui wieder nach Bühl fahren. Er gönnte seinem Bruder das Glück mit seiner Lisbeth. Aber es führte ihm auch vor Augen, wie sehr er sich selbst nach einer

Gefährtin sehnte. Und außer Klara kam keine für ihn in Frage. Auch auf der Hochzeit gab es ein paar Mütter, die ihm mehr oder weniger deutlich ihre Töchter antrugen. Aber er hasste das und fühlte sich dabei wie auf einem Pferdemarkt. Es gab da ein, zwei Freundinnen von Bertha, die waren ganz nett. Aber sie kamen ihm kindisch vor. Klara hingegen war eine junge, bildschöne Frau, die mitten im Leben stand.

Lui war nur ein einziges Mal im Goldenen Hirsch gewesen, seit er aus Bühl zurück war. Er konnte nicht plötzlich ganz wegbleiben, wenn Konrad und die anderen sich am Sonntagnachmittag dort auf ein Bier trafen. Was sollte er auch zu Hause herumhocken? Obwohl er viel lieber durch den Ringelbacher Wald gestreift oder zur Einkehr auf einen Schoppen Wein gewandert wäre. Als er sich letzten Sonntag von den anderen hatte breitschlagen und in den Hirschen mitgekommen war, hatte er etwas beobachtet, das ihn sehr beunruhigte.

Inzwischen hatte Theo wieder den Schankraum unter sich und Klara und Fine teilten sich mit Frieda Küche und Service. Theo, der eigentlich als friedlich und freundlich bekannt war, geriet in einen Streit mit einem Jungbauern. Um was es ging, hatte Lui nicht mitbekommen. Aber er hatte gesehen, wie Theo einen Bierkrug nach seinem Kontrahenten warf, worauf eine Rangelei begann. Fine war in der Küche verschwunden und hatte Klara und

Frieda geholt, damit sie Theo zur Vernunft brachten. Was beiden nur mit Mühe und dem Eingreifen einiger besonnener Gäste gelang.

Als Theos Wutanfall vorbei war, ließ er sich mit hängenden Schultern in die Küche bringen, und Frieda übernahm die Theke. Theo kam an diesem Nachmittag nicht mehr zurück, und als Lui später an der Tür seinen Janker holen wollte, begegnete er Klara kurz auf dem Gang und sah, dass sie rote und verweinte Augen hatte. Aber sie waren nicht alleine, so dass er ihr nur aufmunternd zunickte und mit den anderen fortging.

Klara brachte Theo durch die Küche in den Hinterhof, dort standen eine alte Holzbank und ein Tisch. Sie stellte ihm eine Tasse mit stark gesüßtem Zichorienkaffee vor die Nase, wie er ihn mochte. Sie wusste, dass er heute schon einiges getrunken und wenig gegessen hatte, und hoffte, das würde ihn ein wenig auf die Beine bringen. Sonst sagte sie nichts.

»Ich gehe dann wieder rein und helfe den anderen. Am besten, du hängst mal den Kopf unter Wasser und kommst wieder zu dir«, sagte sie nur und ließ ihn alleine im Hinterhof sitzen. Sie hatte langsam genug von seiner Sauferei. Er hörte nicht auf sie. Manchmal schlich sie sich jetzt nachts hinaus und schlief in einem der Gästezimmer, wenn eines frei war. Sie brauchte ihren Schlaf und er ließ sich von niemandem helfen. Seine Arbeit als Wirt vernachlässigte er zunehmend, und zu seinen Kriegserlebnissen, oder wer Margarethe war, sagte er auch nichts. Also lebten sie in guten Tagen wie Bruder und Schwester nebeneinander her und an schlechten versuchte sie, ihm aus dem Weg zu gehen. Oft fühlte sie sich, als stecke sie in einer Sackgasse fest. Sie war jetzt beinahe dreiundzwanzig Jahre, aber fühlte sich älter. Zudem machte sie sich Sorgen um den Gasthof. Wenn sich Theos Ausfälle herumsprachen, würden sicher Gäste wegbleiben. Wovon sollten sie dann alle leben? Theo hatte sowieso schon gemeint, jetzt, wo er wieder da sei, bräuchten sie Fine ja nicht mehr. Aber da war ihm Frieda in die Parade gefahren, das war ungewöhnlich. Wo sie sonst eher dazu neigte, ihren Sohn, auch wenn er nicht recht hatte, in Schutz zu nehmen.

»Fine und Anton bleiben hier«, hatte sie mit einer Bestimmtheit gesagt, dass selbst Fine, die plötzlich in der Tür stand, die Augenbrauen hob und Klara verdutzt ansah. »Wenn jetzt dann wieder mehr Gäste kommen, dann können wir auf die beiden nicht verzichten«, setzte Frieda hinzu. »Aber so langsam muss hier wieder mehr Schwung reinkommen, Theo.«

Es war hier wie fast überall, nach Kriegsende hatten die Mannsbilder wieder das Kommando übernommen. Und das war nicht immer von Vorteil. Klara hatte das Leben als Wirtin immer gefallen. Sie hatte seither eine andere

Stellung im Dorf. Man nahm sie anders wahr. Sie war nicht mehr die Halbwaise aus dem Hotzenwald, die *Reingeschmeckte*, die Frau vom Theo, nein, sie war die Jungwirtin vom Goldenen Hirsch. Sie hatte noch von Franz, dem Altwirt, gelernt, die Bierpreise zu verhandeln, mit den Vertretern zu sprechen, und fühlte sich trotz ihrer Jugend mehr und mehr anerkannt. Die Bauern aus dem Dorf kamen meist nur auf ein Glas Wein, Most oder Bier, aber sie nickten ihr anerkennend zu hinter der Theke. Das fehlte ihr jetzt. Sie war nun hauptsächlich in der Küche und bereitete kleine Speisen für die Durchreisenden und Feriengäste zu oder bediente die Gäste. Nach dem Krieg lief das Geschäft erst langsam an. Und Gerüchte, dass der Wirt des Goldenen Hirsch besoffen um sich schlägt, waren alles andere als geschäftsfördernd. Das war Klara bewusst. Es musste etwas passieren. Sie wollte noch heute Abend mit Frieda und Fine sprechen, vielleicht fanden sie gemeinsam eine Lösung. Die Zeit drängte.

VII.

Als Theo wieder einigermaßen bei Verstand war, schwor er sich, mit der Trinkerei aufzuhören. Er wollte sich nicht zum Gespött machen. Er wusste, dass Klara und seine Mutter sich Sorgen machten. Aber manchmal konnte er einfach nicht anders. Seit er wieder daheim war, hatte er schon ein paar Mal versucht, das Akkordeon in die Hand zu nehmen. Aber immer hatte es schnell wieder weglegen müssen, denn es erinnerte ihn zu sehr an die schöne Zeit vor dem Krieg. Er fand einfach keinen Ausweg aus dem Abgrund, in dem er sich befand.

In den letzten Tagen war es ihm zunehmend schwer gefallen, morgens überhaupt aufzustehen. Wozu? Er spürte, dass Klara sich ihm immer mehr entzog. Wenn er ehrlich war, konnte er es ihr nicht verübeln. Trotzdem, sie war seine Frau und neben seiner Mutter die Einzige, die ihm wirklich nahe stand. Außer seinem alten Schulkameraden Hannes hatte er auch keinen wirklich guten Freund. Und selbst mit ihm konnte er nicht über seine furchtbaren Kriegserlebnisse reden. Er hätte, wie sein Vater, bestimmt auch kein Verständnis für einen *Deserteur*.

»Es hat nicht funktioniert, Vater. Der Krieg hat aus mir keinen Mann machen können, wie du es dir immer vorgestellt hast.« Theo lachte bitter auf. »Ist es das, was du wolltest, he? Sieh mich an, wenn du irgendwo da oben bist, schau, was aus deinem einzigen Sohn geworden ist, ein Schwächling bin ich, ein Säufer, das hat der Krieg aus mir gemacht.« Er stand auf, ging über den Hinterhof zum Hühnerstall und trat mit seinem Stiefel voller Wucht gegen die Stalltür, dass die Hühner erschraken und aufgeregt herumflatterten. »Selbst ihr habt keinen Respekt mehr vor mir«, rief er höhnisch.

Frieda, die den Krawall gehört hatte, schaute ihren Sohn beinahe verwundert an. So, als sähe sie ihn heute zum ersten Mal. Sie erkannte, dass sie seinen Zustand nicht mehr als vorübergehend abtun konnte. Plötzlich sah sie einen verzweifelten, gebrochenen jungen Mann vor sich. Ihren Sohn. Ihren Theo. Seit Monaten hoffte sie darauf, dass es besser werden würde. Aber zu den Dämonen kam jetzt noch der Schnaps. Sie sagte nichts außer: »Komm, ich bring dich hoch. Am besten du schläfst erst mal.«

Theo wütete noch immer und hämmerte auf die Stalltür ein. »Herrgott nochmal, ich kann nicht mehr, selbst meine Frau will nichts mehr mit mir zu tun haben.« Als er Friedas Hand spürte, schüttelte er sie ab, drehte sich zu ihr um und schaute sie mit aufgerissenen Augen an. »Was willst du, Mutter? Ja, ich bin betrunken, wieder einmal. Und hör mir bloß auf mit deinem Pfaffen und dem seinem Rumgebete«, ließ er sie nicht zu Wort kommen. »Du siehst ja, es hat bis jetzt nichts gebracht. Lasst mich alle in Ruhe. Ich will meinen Frieden«, schrie er.

Frieda stand ruhig da und sagte nichts, aber ihr Sohn tat ihr unermesslich leid. Theo schlug die Hände vor sein Gesicht und fing leise an zu wimmern, wie ein Kind. »Mutter, ich kann nicht mehr, immer sind sie da.«

»Wer, Theo, wer ist da?«, fragte seine Mutter leise und legte ihm dabei den Arm um die Schultern.

»Die Toten, Mutter, die Toten. Jede Nacht kommen sie zu mir. Ich seh' sie alle, meine Kameraden, zerfetzt – und auch die Franzosen, alle tot, tot, tot, mausetot«, antwortete er mit einem hysterischen Lachen. Er ging zur Bank und ließ sich sichtlich erschöpft darauf nieder.

»Mutter, jetzt sieht vielleicht auch der Vater da oben, was sein Sohn für ein Schlappschwanz geworden ist.«

»Theo, sei still. Sag sowas nicht. Dein Vater hat es nicht böse gemeint. Du warst halt sein Sohn, sein einziges Kind. Er wollte nur stolz auf dich sein.«

»Ach Mutter, ich bin zu nichts mehr zu gebrauchen und nur eine Last für euch alle. Ihr wart ohne mich besser dran«, erwiderte Theo. Er legte seine Arme auf den Tisch und Frieda sah, wie er am ganzen Körper zitterte. Dann lachte er bitter auf, um anschließend in einen Weinkrampf zu verfallen. Sie setzte sich neben ihn.

»Ach Bub«, sagte sie, »wie kann ich dir nur helfen?«

»Keiner kann mir helfen, Mutter. Keiner, auch der Doktor mit seinen Pillen nicht«, erwiderte er und stand abrupt wie ernüchtert auf. Theo ging davon und ließ Frieda zurück.

Was sollte aus dem Jungen bloß werden? Sie hatte den Doktor und den Pfarrer um Rat gefragt, mit dem Apotheker und auch dem Kräuterweiblein gesprochen. Bisher hatte nichts etwas genutzt. »Vielleicht ist es gut, dass er sich mal ausgeweint hat«, dachte Frieda. »Ich sollte wieder hineingehen. Ach Franz, wenn du noch hier wärst, du hättest bestimmt eine Lösung.« Sie stand auf, streckte sich ein wenig und ging zurück in den Schankraum.

In den darauffolgenden Wochen versuchte Theo, sich etwas zurückzuhalten mit dem Alkohol. Er trank jetzt kontrollierter. Bis zu diesem Abend im November.

Es war jetzt sehr früh dunkel und die Arbeit auf den Höfen wurde weniger. Die Bauern hatten nun mehr Zeit und trafen sich öfters am Stammtisch oder an der Theke auf ein Bier. Eines Abends kamen ein paar Männer der Löschmannschaft. Sie waren aufgekratzt und gut gelaunt. Es war schon recht spät, als sie eintrafen. Sie stellten sich alle an die Theke und riefen Theo ihre Bestellungen zu. Fine und Frieda waren inzwischen schon gegangen. Es war nicht mehr viel los. Das schafften Klara und er auch alleine. Als Theo aus dem Keller zurückkam, scherzten die Männer mit Klara.

»Mensch, Theo, da kannst du dir eine Scheibe von deiner Frau abschneiden. Die ist flott. Wenn wir bei dir bestellen, dauert es doppelt so lange«, sagte einer.

»Ja ja, die Weibsleut', die haben heute vielerorts die Hosen an«, meinte hingegen der Schreiner Leopold, ein älterer Löschkamerad. »Aber der Krieg ist vorbei und unsere Frauenzimmer müssen wieder lernen, wo ihr Platz ist. Theo, lass dir bloß keine *Hörner aufsetzen.*«

»Ja, pass nur gut auf deine Klara auf. Nicht dass sie dir abhandenkommt«, scherzte ein anderer. »Oder sich gar einer an ihr vergreift oder schon vergriffen hat.«

So ging es hin und her. Die Stimmung kochte hoch, und Klara schaute beunruhigt zu Theo herüber. Der gab sich jedoch ganz gefasst und lächelte die Bemerkungen weg. Daraufhin versuchte auch sie, die Sprüche scherzhaft zu *parieren*. Was ihr nicht so gut gelang. Es kam, wie es kommen musste: Sie animierten Theo, mit ihnen zu trinken. Und er trank.

Irgendwann waren alle so betrunken, dass Klara sie nur mit Mühe zur Tür hinausbugsieren konnte. Dabei klopfte der frechste von ihnen, der Holler Schorsch, ihr auf den Hintern. Aber ihr Mann war inzwischen offenbar auch zu voll, um ihn zurechtzuweisen. Klara tat, als wäre nichts geschehen, und war froh, als alle endlich draußen waren. Sie schloss die Tür und atmete auf. Als sie sich umdrehte, erschrak sie. Theo stand ihr direkt gegenüber. Er hatte ein knallrotes Gesicht, seine braunen, gelockten Haare standen ihm wirr vom Kopf ab. Seine schönen grünen Augen, die sie früher immer leicht belustigt angeschaut hatten, waren jetzt glasig und rot unterlaufen. Schlecht schaut er aus, dachte sie.

»Klara, stimmt das, was der Schorsch da vorhin gesagt hat?«

»Was genau meinst du? Die waren doch alle besoffen. Denen wird morgen der Schädel brummen.«

»Du hast doch gehört, was er herausposaunt hat, Klara.« Er stand jetzt so nah vor ihr, dass sie seine Fahne riechen konnte. »Gab oder gibt es jemand anderen?«

Klara schaute an ihm vorbei und erwiderte nichts.

»Klara, ich habe dich etwas gefragt. Antworte mir. Glaubst du, ich merke nicht, wie du mir die letzten Wochen ausweichst oder nachts davonschleichst?«

»Ich schlafe manchmal nebenan wegen deinen Albträumen, das weißt du doch«, verteidigte sich Klara und schaute ihm nun direkt in die Augen. Sie wich zurück, aber er drückte sie mit seinem ganzen Gewicht gegen die Tür.

»Das sagst du, Klara. Ich hab keine Ahnung, wohin du dich wegstiehlst. Los, zeig mir, dass du mich noch gerne hast«, versuchte er es jetzt mit schmeichelnder Stimme. »Du bist so hübsch geworden und weist mich zurück. Ich bin dein Ehemann und ich will dich. Jetzt.« Dabei schob er ihr den Rock hoch. Was ihm nicht gut gelang, da er betrunken war und Klara sich wehrte. Aber inzwischen war er so in Rage, dass er sich nicht mehr beherrschen konnte. Mit einer Hand drückte er sie noch enger gegen die Tür. Mit der anderen bemühte er sich, ihr das Mieder zu öffnen.

»Theo, lass das, ich bin müde und du bist betrunken. Komm, wir gehen hoch«, versuchte sie, ihn zu besänftigen.

»Nein, ich will dich jetzt und hier.«

Aufgrund des körperlichen Unterschieds hatte sie keine Chance gegen ihn. Theo versuchte, sie zu küssen.

»Sag, Klara, gefalle ich dir gar nicht mehr?«, fuhr er fort, ohne von ihr abzulassen.

»Hör auf, du tust mir weh«, versuchte sie ihn abzuwehren. »Wenn nicht, schreie ich.«

»Ach, wer soll dich denn hören. Die schlafen alle schon lange und bekommen da oben nichts mit«, erwiderte er. »Du wirst mir doch mein Recht nicht verweigern. Komm jetzt her.« Er öffnete seine Hose, packte Klara gewaltsam mit der anderen Hand und riss ihr den Rock und Unterrock herunter. Theo war jetzt nicht mehr zu bremsen. »Komm, lass es wieder sein wie früher, da hast du dich doch auch nicht so geziert.«

»Theo, lass mich«, schrie Klara. Daraufhin hielt er ihr den Mund zu, so dass nur noch ein leises Gurgeln zu hören war. Klara erstarrte. Sie bekam kaum Luft und erkannte, sie würde ihm nicht entkommen. Sie schaute an seinem Gesicht vorbei und wusste, dass ihr nichts anderes übrig blieb, als es über sich ergehen zu lassen. Theo versuchte, in sie einzudringen, aber es klappte nicht.

»Hör auf zu schreien, Klara, ich sag' es dir zum letzten Mal.« Dann zog er sie am Arm hinter sich her und warf sie über den nächstbesten Tisch. Gewaltsam versuchte er erneut, sie zu nehmen, wieder klappte es nicht. Er beschimpfte Klara, die wie gelähmt alles über sich ergehen ließ. Irgendwann, Klara kam es endlos vor, gelang es ihm, und als er fertig war, ließ er endlich von ihr ab. Sie nutzte den Moment und rannte hinter die Theke.

»Theo, was ist bloß aus dir geworden?«, wimmerte sie. »Wieso tust du mir so weh?«. Provisorisch richtete sie ihre Kleider, schluchzte noch einmal auf und ging dann aber mit festen Schritten an ihm vorbei, ohne ihn eines weiteren Blickes zu würdigen.

Sie stieg die Stufen hoch, ging direkt in eines der freien Gästezimmer und schloss sich ein. Als sie im Bett lag, nachdem sie sich notdürftig gewaschen hatte, merkte sie, wie sie am ganzen Körper zitterte. Sie begann erneut zu weinen, weniger aufgrund des körperlichen Schmerzes, der er ihr zugefügt hatte. Nein, die Worte, die er ihr an den Kopf geworfen, und die Angst, die sie gespürt hatte, das wog weitaus schlimmer. Sie fühlte sich schmutzig und benutzt wie ein altes Handtuch. Vor allem aber fühlte sie sich einsam, und noch nie hatte sie Lui so vermisst wie in dieser Nacht. Sie war sich sicher, Lui hätte ihr nie so etwas angetan. Sie sehnte sich nach seiner Nähe und Zärtlichkeit, seiner Stärke und Verlässlichkeit. »Ach Lui«, seufzte sie leise. »Was soll nur aus mir werden.« So lag sie lange wach und lauschte, ob Theos Schritte zu hören waren. Irgendwann im Morgengrauen musste sie eingeschlafen sein.

Als Anton, fröhlich wie meistens, schon am Morgen über den Flur hüpfte, erwachte Klara und fühlte sich wie gerädert. Sie zog sich die Decke über den Kopf und hoffte, dass alles nur ein böser Traum war. Wenn sie an die letzte Nacht dachte, musste sie sich beinahe übergeben. Leider war es kein Traum, sondern wirklich geschehen.

Klara stand auf und ging zur Waschschüssel. Sie wusch sich das Gesicht und spülte ihren Mund aus. Dann richtete sie sich etwas schnell auf, so dass ihr schwindelig wurde. Klara setzte sich wieder auf den Bettrand und bemerkte, wie ihr alles wehtat. »Wie soll ich bloß den Tag überstehen?«, dachte sie.

Als sie ihr Nachthemd über den Kopf zog, entdeckte sie über der Brust und am Hals mehrere blaue Flecken. Klara schlüpfte in ihre Kleider und band sich ein Tuch um den Hals, damit keiner die Male zu Gesicht bekommen würde. Sie wusste nicht, wie sie Theo heute Morgen begegnen sollte. Vermutlich hatte er unten in der Gaststube seinen Rausch ausgeschlafen. Klara richtete ihren Rock und flocht ihre Haare zu einem dicken Zopf, den sie am Hinterkopf feststeckte. Auf ihrem Waschtisch war ein Spiegel befestigt. Als sie hineinschaute, erkannte sie sich kaum wieder. Eine junge Frau mit leeren, glanzlosen und geröteten Augen blickte ihr entgegen. Sie war von ihrem eigenen Anblick entsetzt und atmete tief durch. »Das darf nie wieder passieren«, schwor sie sich. Sie verharrte ein paar Minuten und stand dann mit einem so energischen Ruck auf, dass der Waschtischhocker umfiel. Sie stellte ihn auf, ging zur Tür und so aufrecht sie konnte hinunter.

Außer Fine, die schon vor einem Eimer mit Kartoffeln saß, war keiner da. »Morgen Klara, du bist heute aber spät dran«, plauderte sie drauflos, ohne dabei vom Kartoffelschälen aufzusehen. »Wann sind denn die Letzten gegangen?«

»Spät«, brummte Klara lediglich und nahm sich eine Tasse von dem Getreidekaffee, der auf dem Herd warmgehalten wurde. Sie setzte sich ohne ein weiteres Wort ihrer Schwester gegenüber auf einen Küchenstuhl. Fine schaute nun doch zu der untypisch schweigsamen Klara herüber.

»Was ist dir denn heute Morgen für eine Laus über die Leber gelaufen, oder wieso bist du so schweigsam?«

»Ich habe Kopfweh, ich geh' mal rüber in den Stall.« Klara trank ihren Kaffee aus, stellte die Tasse auf den Spülstein und ging hinaus.

Klara ging über den Hof und bog rechts vor dem Biergarten ab in den Futtergang. Möglicherweise hatte Theo dort im Heu übernachtet, vermutete sie. Sie schaute sich um, aber sie sah ihn nirgends. Irgendjemand hatte die Kühe bereits gefüttert. Auch der Stall war schon ausgemistet. Erstaunt ging Klara hinüber ins Badehaus, um nach dem Rechten zu sehen. Am Nachmittag musste der Kessel angefeuert werden, denn es war der Familienbadetag. Sie würde nach dem Melken Anton Bescheid geben, dass er später mit dem kleinen Handwagen das Holz brachte. Als sie die Tür zum Badehaus öffnete, entdeckte sie Theo, der eingehüllt in einen alten Stallmantel in der Badewanne lag und seinen Rausch ausschlief. Wie er so mit leicht geöffnetem Mund dalag, sah er unschuldig aus wie ein Kind. Anscheinend war er es gewesen, der die Arbeit heute Morgen bereits erledigt hatte.

Klara betrachtete ihren schlafenden Mann eine Weile. Aber anstatt ihn zu hassen, war sie tieftraurig. Theo tat ihr leid, und es war schade, was aus ihnen beiden geworden war. Irgendetwas stand zwischen ihnen, und das war nicht nur Lui. Da war noch etwas anderes, irgendeine Sache, die sie nicht greifen konnte. Ein unsichtbarer Feind, den er mit Alkohol zu betäuben versuchte. »Warum hat er noch nie mit mir über seine schrecklichen Erlebnisse geredet?«, fragte sich Klara. Sie entschied sich, ihn schlafen zu lassen, und ging leise hinaus.

Die Kirchturmuhr nebenan schlug zehn. Theo kam es vor, als würde ihm jemand mit dem Hammer auf den Kopf schlagen. Er öffnete die Augen und versuchte, sich zu orientieren. »Heiliger Bimbam, wo bin ich denn jetzt?«, stöhnte er und fasste sich an seinen dröhnenden Schädel. Sein linker Arm war eingeschlafen in der viel zu kleinen Wanne. Langsam richtete er sich auf. »Mein Gott, was hab ich bloß getan?«, stöhnte er auf, als er sich an den gestrigen Abend erinnerte. Er sank zurück in die Wanne und zog sich den Mantel über den Kopf. Wie hatte das passieren können? Bruchstückartig kamen immer mehr Erinnerungen zurück. An die Burschen, die ihn den ganzen Abend aufgezogen hatten. Dass er unter der »Fuchtel der Weiber« stehen würde und er besser auf Klara aufpassen müsse. Das alles hatte ihn fuchsteufelswild gemacht. Dazu waren mal wieder zu viel Schnaps und Bier gekommen.

Langsam erinnerte sich Theo an weitere Einzelheiten. Er hatte noch nie einer Frau Gewalt angetan. Aber die Männer hatten ihn gereizt bis aufs Blut mit dem, was sie über Klara gesagt und angedeutet hatten. Trotzdem, was er in der Nacht zuvor getan hatte, war schändlich. Wenn er es doch nur ungeschehen machen könnte.

Am frühen Morgen war er vom Stall ins Badehaus gegangen, um sich kurz auszuruhen. Dabei musste er dann wohl eingeschlafen sein. Erneut richtete Theo sich auf und versuchte, aus der Wanne zu klettern. Immer deutlicher sah er nun die Bilder davon vor sich, was er Klara angetan hatte. Wie sie sich anfänglich widersetzt und irgendwann alles erduldet hatte. »Mein Gott, was ist nur aus mir geworden. Ich bin wie ein räudiger Hund, ich komme meinen Pflichten nicht nach, ich saufe und zuletzt mache ich meine Frau mit Gewalt gefügig, so kann es nicht weitergehen«, beschloss Theo. Er stand auf, öffnete die Tür und ging hinaus.

Klara richtete mit einem der Serviermädchen den Nebenraum im ersten Stock für den Männergesangverein. Die Männer trafen sich im Winter jeden Mittwoch nach Feierabend, um Lieder einzuüben, danach saßen sie immer noch gesellig beieinander. Nach dem Krieg wollten alle wieder nach vorne schauen und freuten sich über Ablenkung. Das Mädchen würde ihr heute Abend aushelfen. Sie wollte Theo nicht mehr alleine lassen im Gastraum. Sie hatte Frieda und Fine erzählt, dass sich Theo wieder zum Trinken hatte anstiften lassen. Und dass sie alle besser aufpassen mussten, um solche Szenen in Zukunft zu verhindern. Was danach geschehen war, hatte sie für sich behalten. Selbst Fine gegenüber. »Ich will ihn am liebsten gar nicht mehr an der Theke sehen«, war es ihr stattdessen entfahren. Die beiden Frauen hatten sie erstaunt angeschaut, aber als Klara mit dem Ruf des Gasthofes und Theos Wohl argumentierte, hatte sie vor allem Frieda schnell auf ihrer Seite.

»Du hast recht, Klara, so machen wir es. Fine macht den Schankraum, das Mädchen und du oben die Sänger, Franziska und ihre Tochter kommen in der Küche alleine klar. Dann übernehme ich mit Theo die Theke bis zum Schluss.«

Klara hatte keine Angst vor Theo, wenn er nüchtern war. Aber wie sich gestern Abend gezeigt hatte, war er volltrunken nicht mehr Herr seiner selbst. Das wollte sie auf jeden Fall vermeiden. Sie hatte Theo heute nur einmal kurz gesehen. Er hatte ihr einen schuldbewussten Blick zugeworfen und war ihr seither aus dem Weg gegangen. Klara tat noch immer alles weh. Möglicherweise war es Trotz, ein Aufbegehren, aber es wurde ihr auf einmal bewusst, wie viel sie als junge Frau in den letzten Jahren geleistet hatte. »So etwas wie heute Nacht wird mir nicht mehr passieren«, schwor sie sich.

Auch die folgenden Nächte schlief Klara in einem der Fremdenzimmer. Sie konnte Theos Nähe nicht ertragen, und auch wenn sie im Grunde bereit war, ihm zu verzeihen – vergessen konnte sie die Nacht nicht.

So vergingen der Advent und Weihnachten. Lui hatte sie einmal kurz nach der Weihnachtsmesse gesehen, aber nur im Beisein seiner Familie. Er war inzwischen sechsundzwanzig Jahre alt und sah gut aus. Als sich ihr Weg nach der Kirche kreuzte, konnten sie sich einen kurzen, heimlichen Blick zuwerfen. Sofort hatte sie wieder diese Wärme im Magen spüren können und wie sich ihre Wangen rot färbten. Etwas, das sie hasste und mit dem sie Lui immer geneckt hatte. »Mein Rotkehlchen«, hatte er sie dann liebevoll genannt.

Theo hatte sich bei ihr nach dieser furchtbaren Nacht mehrmals entschuldigt, und sie wusste, er meinte es ernst. Glücklicherweise war es in den letzten Wochen auch zu keinem weiteren Zwischenfall gekommen. Was daran lag, dass Frieda, sie und Fine seinen Alkoholkonsum im Blick behielten. Trotzdem war sie sich nicht sicher, ob er nicht heimlich im Keller trank.

Inzwischen war sie wieder zurück ins Schlafzimmer gezogen. Es hatte lange gedauert. Aber zu einer körperlichen Vereinigung war es bisher nicht mehr gekommen. Sie wollte das noch nicht, und Theo fügte sich zähneknirschend. Jetzt war es kurz vor Jahresende, und seit einigen Tagen war es ihr morgens häufig schlecht. Vor allem den Milchgeruch der Morgensuppe konnte sie kaum mehr ertragen und musste sich schon vor dem Essen übergeben. Frieda hatte neulich sichtlich erfreut gefragt: »Klara, du wirst in anderen Umständen sein. Deshalb ist dir am Morgen übel.« Sie hatte selbst schon darüber nachgedacht und zurückgerechnet. Aber irgendetwas in ihr wollte es nicht wahrhaben. Wenn sie tatsächlich in »guter Hoffnung« war, dann musste es an diesem unsäglichen Abend im November passiert sein. Sie musste dringend mit Fine reden.

Mitte Januar war sich Klara sicher. Sie war schwanger. Einerseits freute sie sich, gleichzeitig war ihr bange. Hoffentlich war es kein böses Omen, dass ihr Kind in dieser unseligen Nacht gezeugt worden war. Aber mit wem sollte sie darüber sprechen? Jetzt war sie nicht mehr nur Theos Frau, sondern auch Mutter seines Kindes. Als sie Theo mitgeteilt hatte, dass er Vater werden würde, hatte er sie in die Luft gehoben und sich so gefreut, wie nur Theo sich freuen konnte, in guten Momenten. Er war aufgesprungen, hatte seine Handorgel geholt und wie früher ein Lied für sie gespielt. Er wolle dem Kind ein guter Vater sein, hatte er ihr versprochen. »Klara, du wirst sehen, jetzt wird alles gut.« Nichts wünschte sie sich sehnlicher, als ihm glauben zu können. Vielleicht würde ihn ein Kind wieder auf den rechten Weg bringen, hoffte sie. Sie musste Lui vergessen und dem Kind eine gute Mutter werden. Das war jetzt das Wichtigste.

VIII.

Im August kam Helene zur Welt. Klara liebte ihr Kind von Anfang an, egal, wie es entstanden war. Auch Theo war ganz vernarrt in die Kleine und trug sie stolz umher. Es folgten glückliche Monate. Frieda, die sich immer eine Tochter gewünscht hatte, verwöhnte Helene und kümmerte sich gerne um sie. Auch Fine war ganz vernarrt in den niedlichen Sonnenschein. Selbst Anton, der eigentlich auf einen Jungen gehofft hatte, erfreute sich an Helene. Sie wuchs gut und sah mit ihrem runden Gesichtchen Theo recht ähnlich. Der freute sich darüber sehr, und immer wenn er an ihrer Wiege vorbeikam, trällerte er ein Liedchen für sie oder nahm sie auf den Arm.

Klara erlaubte Theo wieder, sie zu umarmen, wenn sie einschliefen. Und manchmal ließ sie ihn auch gewähren und erfüllte ihre Pflicht zum Beischlaf. Aber sie selbst unternahm keine Annäherungsversuche und hoffte in den Nächten, in denen es geschah, dass es schnell vorbeigehen würde. Es gefiel ihr nicht mehr. Zumindest nicht mit Theo. Manchmal, wenn sie wach lag, weil sie Helene stillte oder weil Theos Schreie sie aufgeweckt hatten, dachte sie an Lui. Dann träumte sie sich in eine andere, eine verbotene Welt. Aber sie machte sich keine Illusionen und wusste, dass dies nur eine Träumerei der Nacht war. Ihre kleine Tochter hatte so viel Licht und Glück in den Goldenen Hirsch gebracht, dass alle trotz der schwierigen Nachkriegsjahre hoffnungsvoll nach vorne schauten.

Im August – Helene war gerade ein Jahr alt geworden – klopfte der Briefbote an die Küchentür. Das hatte er sich während der Kriegszeit so angewöhnt. Wenn er gute Nachrichten brachte, bekam er auch einmal ein Stück Hefezopf oder ein Glas Most spendiert. Doch das war heute nicht der Fall. Frieda sah, dass der Brief von der örtlichen Kasse kam und direkt an sie als Altwirtin adressiert war. Sie setzte sich und nahm das Küchenmesser. »Was wollen denn die *Fuggerer* von uns?« Sie schlitzte den Brief auf und begann zu lesen. Obwohl sie geahnt hatte, worum es darin ging, wurde ihr ganz schwindelig dabei.

Wie viele Wirte hatten sie während der mauen Kriegsjahre alle Reserven aufgebraucht. Bis auf den Gasthof und ein paar Felder waren keine Rücklagen mehr vorhanden. Vor dem Krieg hatte ihr Mann noch einen Kredit aufgenommen, um einige Erneuerungen am Goldenen Hirsch vorzunehmen. Er hatte einen modernen Schankraum und eine Kegelbahn bauen lassen, in der Hoffnung, dass diese Investitionen sich bald rentieren würden. Aber dann war der Krieg gekommen, und sie hatten die hohen Raten nicht mehr erwirtschaften können. »Nach seinem

Tod hätte ich mich mehr um die finanziellen Belange des Gasthofs kümmern müssen«, warf Frieda sich jetzt vor. Ihre Schwiegertochter hatte so gut wie alles übernommen, damit sie einigermaßen zurechtkamen. Aber das Finanzielle blieb ihre Sache. Sie war die Erbin des Goldenen Hirsch, obwohl sie nie Wirtin hatte werden wollen. Ihr Mann Franz hingegen war der geborene Schankwirt gewesen und hatte nach dem Tod ihrer Eltern den Gasthof in Schwung gebracht. Er war es gewesen, der sich auch um die Geldangelegenheiten gekümmert hatte.

Frieda ließ den Brief ermattet sinken. Sie sollten die rückständigen Kreditraten innerhalb von drei Monaten zurückzahlen. Das klang nach einer letzten Frist. Sie erinnerte sich, dass da schon vorher Briefe gekommen waren. Aber sie hatte sie ungeöffnet in eine Schublade gelegt, und jetzt war schon Ende September. Erst Theos Rückkehr und Helenes Geburt hatten ihr Interesse am Gasthof wieder geweckt. Sie ging zwar immer noch zur Kirche, aber nur noch einmal am Tag.

Frieda nahm den Brief ein weiteres Mal in die Hand und schaute auf die Zahlenkolonnen. Das Geld wurde von Tag zu Tag weniger wert. Aber sie konnten ja schlecht jeden Monat die Preise erhöhen. Wie sollten sie diese Summe nur aufbringen? Sie nahm ihre Küchenschürze ab. Vielleicht wusste der Herr Pfarrer einen Ausweg. Glücklicherweise konnte sie mit ihm vertrauliche Gespräche führen. Sein Vorgänger war ein despotischer alter Mann gewesen, der seine Wut, die er ›Heiligen Zorn‹ nannte, oft an den Dorfkindern ausgelassen hatte. Pfarrer Bott war aufgeschlossener und ein großer Marienverehrer und immer ein wenig abwesend. Aber die Schulkinder respektierten und mochten ihn. Dem früheren Pfarrer hatten sie so manchen Streich gespielt. Und er war jedes Mal außer sich gewesen. Frieda erinnerte sich, wie Theo einmal mit seinen Schulkameraden den Mantel des Pfarrers mit Kreide bekritzelt hatte. Sie hatten »Gott« auf seinen Rücken gemalt, und damit war er den halben Tag herumgelaufen, ohne dass er es bemerkt oder ihn jemand darauf aufmerksam gemacht hätte. Erst seine Haushälterin hatte ihn darauf hingewiesen. Das hatte ihn in hohem Maße erzürnt, und am darauffolgenden Sonntag hatte er eine Wutpredigt gehalten. Tagelang war er unleidig gewesen, und die Verursacher hatten Ohrfeigen kassiert und kniend unter seiner Aufsicht in der Kirche Rosenkränze beten müssen. Den Pfarrgarten von jeglichem Unkraut zu befreien, empfanden sie dabei noch als die angenehmste Strafe. Pfarrer Bott hingegen schlug keine Kinder und war ganz vernarrt in den Dackel seiner Haushälterin. Der durfte ihm beim Predigtschreiben immer Gesellschaft leisten und sogar im Pfarrgarten Löcher graben.

Frieda kontrollierte, ob ihr Haar noch an Ort und Stelle saß und keine Strähnen aus ihrem Haarkranz herauslugten. Dann zog sie eine neue Schürze an, nahm den Brief und ging. Sie wollte ihren Sohn und Klara damit erst einmal nicht belasten, sondern war froh, dass Theo sich in letzter Zeit gefangen hatte. Frieda stieg die Treppe hinauf und lief über die obere Wiese. Von dort aus sah sie schon in der Pfarrstube Licht brennen. Hoffentlich saß der Pfarrer nicht gerade an der Sonntagspredigt.

Als sie am Pfarrhaus klingelte, öffnete ihr kurz darauf das Fräulein Huschle die Tür. Die Haushälterin war eine kinderlose Frau mittleren Alters aus der Stadt. Der Pfarrer hatte sie von seiner letzten Stelle mitgebracht. Da sie nicht aus der Region kam, war sie im Dorf anfänglich sehr kritisch beäugt worden. Aber inzwischen hatten sich alle an sie gewöhnt. Die Haushälterin war freundlich, aber auch sehr zurückhaltend. Sie ließ sich auf keinen Dorftratsch ein, was insbesondere der neugierigen Krämerin gar nicht gefiel. Frieda und die meisten anderen im Dorf hingegen schätzten sie inzwischen dafür.

»Kommt nur herein«, sagte Fräulein Huschle freundlich. »Der Herr Pfarrer ist gerade fertig mit seiner Predigt und trinkt einen Tee. Ich gebe ihm Bescheid.«

»Er wartet im Pfarrzimmer auf euch«, sagte sie einen Moment später. »Ihr kennt ja den Weg.«

Frieda nickte ihr dankbar zu und marschierte den Flur entlang an der Küche vorbei, bis sie rechts vor dem Dienstzimmer des Pfarrers stand. Die Tür war angelehnt, und sie konnte bereits von hier den Pfeifentabak riechen. Das war wohl ein Laster, das er geheimzuhalten versuchte. Was ihm natürlich nicht gelang, da er überall Tabakkrümel hinterließ. Sie klopfte nochmals an die Tür und hörte ein »Kommet rein.«

Der Pfarrer war gerade dabei, das Fenster zu öffnen, wahrscheinlich ein weiterer hoffnungsloser Versuch, den Tabakgeruch zu verscheuchen. Frieda trat ein und nachdem sie Platz genommen hatte, schilderte sie ihm ihr Anliegen. Pfarrer Bott zeigte sich erstaunt, aber wie immer hatte er auch Verständnis und versprach ihr, ein Wort mit dem städtischen Bankdirektor zu wechseln. Der örtliche Angestellte konnte da wahrscheinlich nicht helfen.

»Ihr müsst aber auch mit eurem Sohn reden. Da er ja den Gasthof weiterführen soll, muss er im Bilde sein.« Frieda nickte und verabschiedete sich erleichtert.

Als sie die Hohlgasse hinunterging, blieb sie einen Moment stehen und sah, wie die bereits abgeernteten Reben ihr Laub verfärbten und die Herbstsonne sich jetzt langsam aus dem Nebel über dem Rheintal kämpfte. Sie schaute herunter zum Gasthof. Hier war sie aufgewachsen. So viel war passiert seither. Der Tod ihrer Eltern kurz nacheinander. Später der Krieg und der Herztod von Franz. Vor allem auch die zermürbende jahrelange Unsicherheit, ob Theo noch lebte. Aber langsam schien es wieder aufwärts zu gehen. Sie änderte ihre Richtung und bog nach links ab für ein schnelles Dankgebet und eine Fürbitte in der Dorfkirche. Die war so viele Jahre ihre einzige Zuflucht gewesen. Gott hatte sie erhört, und sicher würde er ihr auch jetzt wieder helfen. Sie stieg die Stufen hoch und betrat voller Hoffnung die Kirche. Frieda wollte erst einmal abwarten, ob ihre Fürbitten Wirkung zeigten. Dann konnte sie die jungen Leute immer noch informieren.

Lui hatte bei seinen letzten Besuchen in Thiergarten gespürt, wie sehr er seine Heimat liebte. Auch wenn ihm Bühl und die Umgebung gefielen, seine Heimat war das Renchtal. Seine Leute lebten dort und vor allem Klara. Er vermisste sein zu Hause. Aber seit Frieders Hochzeit und seit Klara Mutter geworden war, pendelte er zwischen beiden Orten hin und her. Denn er hatte immer noch keinen wirklichen Plan und stritt sich deswegen zunehmend mit seinem Vater. Die Verkupplungsversuche vonseiten seiner Tante waren glücklicherweise alle im Sande verlaufen. Vor seiner Rückkehr nach Bühl war es zu einer weiteren Aussprache mit seinen Eltern gekommen. Der Vater hatte diesmal versöhnliche Töne angestimmt. Er hatte ihm in Aussicht gestellt, ihm nach seiner Rückkehr seinen Erbteil zukommen zu lassen. Vorausgesetzt, er würde bald eine eigene Familie gründen. »Du kannst doch nicht ewig den Knecht für Otto spielen, so war das nicht geplant. Schau Lui, wenn du irgendwo einheiraten würdest und deine Zukünftige auch eine gute Mitgift erhält, dann könntest du dich auf eigene Füße stellen und wärst dein eigener Herr. Deine Mutter und ich sind beide der Ansicht, das eine der Vogttöchter doch eine sehr gute Partie wäre, was meinst du?«

Lui schüttelte nur mürrisch den Kopf. »Mir wird schon noch was einfallen, Vater.« Aber auch er wollte nicht ewig in Bühl den *Kadau* geben oder gar als Knecht für seinen Bruder arbeiten. Ihm lief die Zeit davon. Es waren jetzt schon mehr als zwei Jahre vergangen seit der Trennung von Klara. Zum vorerst letzten Mal fuhr er nach Bühl. Wie schon öfters am Sonntag begleitete er seinen Onkel nach der Kirche ins Gasthaus Rose. Sie wollten noch ein Bier trinken vor dem Mittagessen und sich dabei ein bisschen umhören und sich zeigen.

»Weißt du, Lui, das ist nicht schlecht fürs Geschäft. Man erfährt hier mehr als in jeder Zeitung. Hier wird alles verhandelt. Zum Beispiel, wer demnächst heiratet oder vielleicht im Sterben liegt. Aber auch, wer zum Beispiel einen Bräutigam sucht«, fügte er neckisch hinzu. Er wusste um die vergeblichen Bemühungen seiner Frau. Das tat sie nicht aus Sorge um Lui, sondern deshalb, weil er gut arbeitete und genügsam war. Ihm lag sein Patenkind wirklich am Herzen, und wenn er einen Sohn gehabt hätte, dann hätte er sich einen wie Lui gewünscht. Besonnen, schlau, aber auch arbeitsam. Er konnte gut verstehen, dass er sich nicht so früh an die Kette legen lassen wollte. Lui war ein junger und ansehnlicher Mann im besten Heiratsalter. Aber warum wehrte er sich gar so sehr dagegen, sich nach einer künftigen Frau umzusehen? Vielleicht gibt es schon eine, dachte er.

Auf dem Rückweg fragte er Lui: »Wie müsste denn deine Braut mal sein, hast du denn schon eine Vorstellung?« Da leuchteten Luis Augen auf. »Fröhlich müsste sie sein, ein gutes Herz haben und natürlich sollte sie mir gefallen und dumm oder faul dürfte sie auch nicht sein.«

»So so«, antwortete der Onkel. »Das hört sich fast danach an, als gäbe es die schon?«

Lui errötete und starrte auf die Straße vor sich, als suche er dort die Antwort. »Na ja«, sagte er. »Es gibt bei uns daheim schon auch schöne Mädchen, die mir gefallen – aber eine, die mir zusagt und frei wäre, die kenne ich nicht.«

»Aha«, sagte der Onkel. »Ja, das ist natürlich ein Dilemma. Glaub mir, Junge, das war schon immer so. Entweder gräuslich und reich oder bildschön und arm oder halt eben schon vergeben. Alles andere wäre schon sehr viel Glück. Aber jetzt bist du siebenundzwanzig geworden. Und ich versteh' deinen Vater. Er will, dass du dir was Eigenes aufbaust. Und glaub mir, Lui: Das

Romantische das vergeht, aber Hektar besteht.« So ist es nun mal in der Welt«, beendete er seinen Monolog und fuhr sich mit der rechten Hand nachdenklich über seinen Schnurrbart. »Sobald du dir die Hörner abgestoßen hast, wirst du das auch sehen.«

»Onkel, wir sollten uns beeilen, sonst schimpft die Tante, wenn wir zu spät zum Mittagessen kommen.«

»Die findet auch so einen Grund zum Meckern«, erwiderte sein Onkel missbilligend. »Aber du hast recht. Wir sollten schneller gehen. Ich bekomme langsam auch Hunger.« Die letzten zweihundert Meter liefen sie schweigsam und jeder in seine Gedanken vertieft nebeneinander her.

Es war kurz vor Weihnachten. Der Gasthof war in den letzten Monaten nicht mehr so gut besucht. Das Geld verlor immer mehr an Wert. Und die Gäste aus der Stadt, die Reisenden, die Ausflügler waren weniger geworden. Die kleine Landwirtschaft hielt sie zwar über Wasser, und sie hatten genug zu essen. Aber den Betrieb am Laufen zu halten, das wurde zunehmend schwieriger. Frieda hatte vor ein paar Wochen wieder einen Brief erhalten. Sie sollte in den nächsten Tagen zur Bank in die Stadt kommen. Der Pfarrer konnte in diesem Fall leider auch nicht helfen. Der Direktor hatte zwar noch vier Wochen Aufschub genehmigt, aber mehr auch nicht.

»Ihm seien die Hände gebunden«, hatte ihr der Pfarrer erzählt. »Ihm persönlich tue es sehr leid. Aber in diesen Zeiten könne selbst der Direktor leider nicht mehr viel für euch tun. Wenn ihr nicht zahlen könntet, müsstet ihr Äcker verkaufen oder gar das Gasthaus.« Aber das kam für Frieda nicht in Frage. Kein vernünftiger Mensch verkaufte Grund und Boden, wenn ihm nicht das Wasser bis zum Halse stand. Und so weit ist es ja noch nicht, dachte sie. Aber es blieb ihr jetzt nichts mehr anderes übrig, als mit Theo und Klara zu sprechen.

Zwei Tage später, an einem stürmischen Montagabend, schlossen sie den Gasthof früher, weil sowieso keine Gäste mehr zu erwarten waren. Da erzählte Frieda endlich von den Krediten, den Investitionen, den Raten, die sie durch den unerwarteten Tod von Franz nicht hatten zurückzahlen können. Und gestand auch das mit den Briefen, und dass sie schon beim Pfarrer gewesen war, aber jetzt auch persönlich zum Bankdirektor kommen musste. »Was soll ich denn dem Herrn Direktor sagen? Ich kann ja das Geld nicht aus dem Ärmel schütteln.«

Mittlerweile mussten sich die meisten Leute einschränken, und nur wenige konnten sich in diesen Zeiten ein Bier, ein Essen, einen Ausflug oder eine Hochzeit bei ihnen leisten. Auch die Tanzabende für die Jugend brachten kaum mehr etwas ein. Und es kamen immer weniger Reisende. Theo und Klara waren erstaunt und entsetzt, dass Frieda nicht früher mit ihnen gesprochen hatte. Theo, der sich nicht sonderlich für die Finanzen interessierte, wollte Frieda jedoch zur Bank begleiten.

Klara, die eigentlich diejenige war, die sich besser mit Zahlen auskannte, war beunruhigt. Aber die Angelegenheit war Sache der Altwirtin und ihres Erben. Sie bat Frieda jedoch um Einsicht in die Bücher und verbrachte danach die halbe Nacht damit, die Zahlenkolonnen zu studieren. Sie hatte nach Franz' Tod zwar den Gasthof fast alleine geführt. Aber die Zahlen, das war immer Friedas Angelegenheit gewesen. Nun war sie schockiert, wie hoch die Schulden waren. Klara erkannte, das konnten sie nie und nimmer in absehbarer Zeit zurückzahlen. Wenn der Bankdirektor kein Einsehen hatte, dann war es über kurz oder lang mit dem Gasthof vorbei. Ihrer aller Existenz wäre vernichtet. Auch Fine und Anton würden sich dann ein neues Heim und Auskommen suchen müssen. Wie würde es für sie alle weitergehen?

Erst gegen ein Uhr morgens klappte Klara die Bücher zu, löschte die *Schondel* und ging langsam und schleppenden Schrittes die Treppe hinauf ins Schlafzimmer. Es kam ihr vor, als trüge sie eine schwere Last auf ihren Schultern.

Wie Klara bereits vermutet hatte, konnten Theo und Frieda in der Stadt beim Herrn Bankdirektor nichts ausrichten. Der ließ nicht mit sich reden. »Stell dir vor, Klara, der machte uns für den Goldenen Hirsch ein Angebot, das war so miserabel, dass ich dachte, der macht *Plaisir*«, hatte Theo erzürnt berichtet. Frieda lief seither sehr beunruhigt und mit grauem Gesicht umher. Sie wollte nicht glauben, dass der Gasthof, auf dem sie aufgewachsen war, nicht mehr ihr Zuhause sein sollte. Ihre Eltern würden sich im Grabe umdrehen. Sie fühlte sich schuldig und begann wieder, sich jeden Tag stundenlang in der Kirche zu verkriechen. Auch der Pfarrer wusste diesmal keinen Rat.

»Mutter, der Betrag, den uns dieser feine Herr Direktor angeboten hat, ist eine Unverschämtheit. Damit könnten wir nicht mal die Schulden decken. Egal, wie es kommen mag, die Bank bekommt ihn nicht. Hörst du. Das hätte auch der Vater nicht gewollt.«

Klara und Fine, die inzwischen auch im Bilde war, schauten sich besorgt an. Sie hatten noch zwei Wochen Zeit, um eine Lösung zu finden. Bisher sollte es keiner im Dorf wissen. Aber irgendwann würde es sich nicht mehr verheimlichen lassen. Die neue Bierlieferung war bereits ausgeblieben. Sie konnten die letzten Rechnungen nicht mehr bezahlen. Und so würde es weitergehen.

»Klara, mach dir keine Sorgen um uns«, sagte Fine, obwohl ihre sorgenvolle Miene sie Lügen straften. Sie hatte die letzten Nächte auch nicht viel geschlafen und grämte sich wegen Anton. Er hatte hier Freunde gefunden und ging gerne zur Schule. Fine war seit ein paar Tagen klar, dass sie eine neue Arbeit finden musste, um sie beide zu ernähren. Nach Offenburg, zur strengen und geizigen Großtante, wollte sie aber auf keinen Fall mehr zurück. Sie hatte sich zwar im Renchtal wohlgefühlt, aber ihr Herz war immer im Hotzenwald geblieben. Bei ihrem letzten Besuch hatte sie den Vater und ihren Bruder darüber reden hören, dass am Schluchsee und drüben am Feldberg neue Hotels gebaut wurden, für die Reichen. Es kämen immer mehr Sommerfrischler und Wintergäste in die Region. Vielleicht könnte sie ja dort als Zimmer- oder als Serviermädchen unterkommen. Der Junge hätte dort vielleicht die Möglichkeit, auf eine weiterführende Schule zu gehen. Pfarrer Bott lobte Anton immer wieder, und bestimmt würde er ihm eine Empfehlung schreiben. Dann könnte aus ihrem Sohn noch etwas Richtiges werden. »Ich habe jetzt schon ein paar Mal neu angefangen in meinem Leben. Aber ich bin jung genug und kann es nochmal schaffen«, dachte Fine. Zudem wäre der Feldberg weit genug entfernt von ihrem Heimatort, aber gleichzeitig viel näher als Thiergarten. »Ich werde Leni gleich morgen einen Brief schreiben, damit sie sich mal für mich umhört. Und mit dem Pfarrer werde ich auch sprechen«, nahm sie sich vor und fuhr mit Hoffnungen und Pläne im Kopf mit dem Plätten der feinen Tischwäsche fort.

Die letzten beiden Wochen waren alle sehr angespannt im Goldenen Hirsch. Auch wenn Frieda es sich nicht anmerken lassen wollte – sie litt am meisten unter der Situation. Es war ihr Geburtshaus. Klara bemerkte, dass Theo jetzt abends wieder immer später ins Bett kam und morgens nicht aus den Federn. Sie befürchtete, dass ihr Mann wieder heimlich trank. Sie sorgte sich, was aus ihnen allen werden sollte. Dass Fine vorhatte, in den Südschwarzwald zurückzugehen, stimmte sie traurig, sie konnte es aber auch gut verstehen. Dann und wann sehnte sie sich ebenfalls auf den Dachsberg zurück. Besonders im Sommer. Die Hochwiesen, die frische Brise über dem Bürkle, der Alpenblick. Das alles vermisste sie immer dann, wenn sie hier unten mal wieder vor lauter Schwüle kaum atmen konnte, bis endlich ein Gewitter den Hitzestau auflöste. Auf jeden Fall würde sie Fine und Anton sehr vermissen. Nur mit ihrer Schwester konnte sie auch über Dinge reden, über die sie mit sonst niemanden sprach. Der Bankdirektor hatte nicht mehr mit sich reden lassen. Sein Angebot war immer noch indiskutabel. »Wenn ihr die Schulden bis nächsten Monat nicht zurückzahlen könnt oder einen Käufer findet, der alles übernimmt, dann muss ich den Gasthof leider zwangsversteigern«, hatte er gesagt und ihnen den Rauch seiner Zigarre ins Gesicht geblasen, wie Theo ihr kochend vor Wut erzählt hatte.

Die Frist verstrich, und es zeichnete sich immer noch keine Lösung ab. Denn sie hatten lange gehofft, das Schlimmste abwenden zu können. Dann war es so weit, sie erhielten die Nachricht, dass der Goldene Hirsch am ersten Februar 1922 zur Zwangsversteigerung ausgeschrieben werden würde und sie bis spätestens zum Ende desselben Monats ausziehen mussten. Nun, wo der Zeitpunkt feststand und es kein Zurück mehr gab, war die Verzweiflung groß. Wie sollte das gehen?

Im Dorf kursierten schon länger die Gerüchte über den bevorstehenden Bankrott des Gasthofes. Die Krämerin hatte den Bankdirektor mit seinem Angestellten dabei beobachtet, wie sie um den Goldenen Hirsch herumschlichen und alles begutachteten. Auch Theos Zustand war inzwischen im Dorf bekannt. Man erzählte sich, dass er sein bester Gast sei und zu tief in den Krug schauen würde. Viele Leute zerrissen sich das Maul. Nicht zuletzt, um von eigenen Schwierigkeiten abzulenken. Manche aber fragten auch teilnahmsvoll, ob sie helfen könnten. Klara musste an ihren Vater denken. Er hatte immer gesagt: »Kind, merk dir eines, Menschen lernt man erst in der Not kennen. In guten Zeiten ist es leicht, gut Freund zu sein.« Genau so war es.

»Klara, vielleicht habt ihr Glück und jemand übernimmt den ganzen Gasthof mit allem Drum und Dran und auch dem Mobiliar.«

»Das wäre ideal, Fine. Aber ob wir so viel Glück haben? Jetzt, wo alle wissen, dass wir das Geld schnell brauchen, werden sie bei der Versteigerung versuchen, den geringstmöglichen Preis zu bezahlen.«

Theo war in den letzten Wochen zu wenig zu gebrauchen gewesen. Außer Helene entlockte ihm kaum etwas oder jemand mehr ein freundliches Wort. Er zog sich zunehmend zurück. Wieder war es Klara, die die Dinge in die Hand nahm. Das einzige Licht am Horizont und große Glück war ihre kleine Erbschaft. Sie hatte kurz vor Kriegsende das Nachbarhaus und ein paar Äcker geerbt. Ihre kinderlosen Zieheltern waren beide während des Krieges kurz hintereinander verstorben. Das Haus war klein und stark renovierungsbedürftig und stand seither leer. Damit hätten sie aber zumindest ein Dach über dem Kopf. Die Überlegung, es zu verkaufen, hatten sie schnell wieder verworfen. Es hätte nur einen geringen Teil der Schulden decken können. Gott sei Dank hatten sie wenigstens eine Bleibe, wenn sie ihr Zuhause verlassen mussten. Klara hatte manche Nacht vor Kummer fast kein Auge zugemacht. Aber inzwischen hatte sie die Situation akzeptiert.

»Theo, wir sind noch jung und nicht die Einzigen, die nach dem Krieg wieder bei null anfangen müssen. Es ist keine Schande, wieder aufzustehen. Wenn wir alle zusammenhalten, schaffen wir das. Was meinst du? Sollen wir nicht selbst versuchen, einen Käufer zu finden? Dann könnten wir sicher einen besseren Preis erzielen und mit Glück bleibt uns, nach Tilgung der Schulden, ein bisschen übrig. Damit könnten wir drüben das Haus und die Scheune renovieren und neu anfangen. Denk doch auch an Helene.«

»Bis jetzt hat sich ja noch keiner bei uns gemeldet«, antwortete Theo resigniert. »Aber du hast schon recht. Woher nimmst du bloß immer deine Zuversicht, Klara? Hör zu, ich werde mich künftig mehr zusammenreißen, das verspreche ich dir.«

IX.

An Weihnachten erfuhr Lui, was sich inzwischen alles zu Hause ereignet hatte. Sein Hin und Her zwischen Bühl und Thiergarten würde bald ein Ende haben. Es fiel ihm schwer, aber er musste sich Klara endlich aus dem Kopf schlagen. Sie war nicht frei und seit eineinhalb Jahren Mutter, und er wollte nicht als verschrobener *Hagestolz* enden. Also musste er sich nach einer Frau umsehen.

Als sein Vater beim Nachtessen davon erzählte, dass der Goldene Hirsch versteigert werden sollte, ließ ihn das aufhorchen.

»Mir tut die Frieda leid, wo es doch ihre Heimat ist«, bekundete seine Mutter ihr Mitgefühl.

»Der Theo, der hat sich anscheinend nicht mehr im Griff. Der schaut ordentlich ins Glas, das konnte ja nicht gut gehen«, meinte sein Bruder.

»Anscheinend kümmert sich schon seit Jahren die junge Frau um alles. Die scheint recht patent und arbeitsam zu sein«, antwortete sein Vater.

Lui freute sich über das, was er da über Klara hörte. Er musste nachdenken, irgendetwas spukte ihm im Kopf herum. Er schaute sich zufrieden um. So gut er sich auch mit seinem Patenonkel verstand, er war froh, wieder zu Hause zu sein.

»Es fällt Neuschnee. Ich geh' mir mal die Füße vertreten.«

»Wart', Lui, ich komme mit«, sagte Bertha, seine zwei Jahre jüngere Schwester. »Ich helf' der Mutter nur noch schnell den Tisch abzuräumen.«

»In Ordnung, ich schau' mal noch im Stall durch und warte dann draußen.«

Kurz darauf kam Bertha an die Stalltür. »Von mir aus können wir los, sollen wir ein Stück zur Kirche vor gehen?«, fragte sie.

»Ja, warum nicht«, antwortete Lui. Bertha hängte sich bei ihm ein, damit sie nicht ausrutschte. Der Schnee fiel leise auf eine bereits gefrorene Schneedecke. Das konnte leicht gefährlich werden.

»Schön, dass du wieder hier bist, Bruderherz«, sagte sie. »Was hast du jetzt vor?«

»Na ja, ich denk' darüber nach, wie es für mich weitergehen soll. Du weißt ja, was Vater gesagt hat«, antwortete Lui. »Und du, was gibt es Neues bei dir? Ist schon ein Bräutigam in Sicht?«

Bertha schwieg einen Moment. Er schaute sie überrascht an. »Gibt es Neuigkeiten, von denen ich nichts weiß, Schwesterlein?«

Bertha blieb stehen und schaute ihren Lieblingsbruder an. »Ja, die gibt es. Du bist der Erste, der davon erfährt. Ich will mich mit dem Vogt Johann verloben.«

»Der Johann, der bei der Bahn schafft?«

»Ja, genau der.«

»Erzähl, seit wann geht das mit euch und wo wollt ihr später leben?« fragte Lui. »Da sind ja noch einige auf dem Hof, oder?«

»Na ja, zwei sind ja in Amerika, und eine Schwester ist verheiratet. Aber die meisten wohnen noch zu Hause. Wir wollen nach Oberkirch ziehen. Da gibt es wohl günstigen Baugrund an der Bahnlinie.«

»Ja sag, wissen der Vater und die Mutter noch gar nichts?«

»Nein, dir wollte ich es zuerst sagen. Aber die Mutter ahnt wohl etwas. Es wird Zeit, dass ich hier rauskomme. Weißt du, seit der Frieder mit der Lisbeth verheiratet ist und nun alle in der Küche rumkommandieren wollen. Das gefällt mir nicht. Ich will meinen eigenen Hausstand gründen.«

»Bertha, das freut mich für dich, gratuliere. Der Johann macht soweit einen vernünftigen Eindruck.«

»Doch, er ist sehr verlässlich und kein Trunkenbold.«

»Aber mögen tust du ihn doch auch, oder?«, hakte Lui nach. »Ja doch, ich mag ihn gerne. Er bringt mich immer zum Lachen, und ich finde, er sieht gar nicht schlecht aus«, fügte sie keck hinzu.

»Du hast einen guten Mann verdient.«

Inzwischen schneite es wie verrückt, und sie entschieden sich umzukehren. Kurz bevor sie wieder zu Hause waren, hakte Bertha noch einmal nach. »Lui, du wolltest doch auch immer eine Familie gründen, hast du schon jemanden im Auge?«

»Nicht wirklich«, antwortete er. »Aber ich denk' drüber nach.«

Über die Weihnachtstage bis zum Jahresende gab es außer der Stallarbeit wenig zu tun. Die Verwandten besuchten sich gegenseitig. Lui traf sich öfters mit seinem Freund Konrad. Sie verbrachten, mit ein paar anderen jungen Leuten, lustige Abende zusammen. Das Drama um den Goldenen Hirsch war Dorfgespräch. Jeder hatte seine eigene Erklärung. Aber alle bewunderten Klara.

Der Hirsch war inzwischen geschlossen. Lui hatte Klara nur nach den Weihnachtsgottesdiensten gesehen. Erst am zweiten Feiertag fand er Gelegenheit, kurz mit ihr zu reden.

Klara stand mit Helene an der Hand vor der Kirche. Theo war nicht dabei. Lui ging auf die beiden zu und sprach sie an. »Frohe Weihnachten«, sagte er.

»Lui, grüß dich, dir auch. Du bist also wieder da?«

»Ja, ich bleibe jetzt auch hier.«

Sie waren beide etwas *genant* und fühlten sich beobachtet.

»Du hast ja sicher schon gehört, dass wir den Goldenen Hirsch aufgeben müssen.«

»Klara, das tut mir wirklich leid für euch. Zieht ihr ins Haus deiner Tante?«

»Ja, genau.«

»Ich hab' es mir schon gedacht. Wenn ihr Hilfe braucht beim Umzug oder auch sonst, ich könnte euch helfen.«

»Das ist nett von dir, aber einige vom Stammtisch und ein paar Nachbarn haben schon versprochen, uns zur Hand zu gehen und die schweren Sachen rüberzubringen. Viel können wir ja nicht mitnehmen.«

Sie sah müde aus, fand Lui. Aber das war auch kein Wunder, wo doch so vieles auf ihr lastete. »Und was ist mit Fine und Anton?« fragte er.

»Nun, die gehen zurück. Fine hat am Feldberg in einem großen neuen Hotel eine Anstellung gefunden. Dem Bub fällt es allerdings schwer, hier wegzugehen. Sie werden uns fehlen. Und du?«, fragte Klara. »Wie geht es für dich jetzt weiter?«

Lui schwieg. Am liebsten hätte er sie jetzt, wider alle Vernunft, in den Arm genommen.

»Du solltest auch eine Familie gründen, hörst du«, flüsterte Klara. Helene hüpfte an ihrer Hand auf und ab. »Kind, wir gehen gleich«, lächelte Klara ihre Tochter milde an.

»Sie sieht dir ähnlich und hat wohl auch dein Temperament«, sagte Lui schmunzelnd.

»Einer sagt so, der andere so«, meinte Klara jetzt lächelnd. »Auf jeden Fall hat sie Musik im Blut. Das stammt von Theo, und den Willen, ja, den hat sie wohl von mir«, sagte sie und sah Lui tief in die Augen, dessen Herzschlag sich sofort erheblich beschleunigte.

Bertha kam auf sie zu. »Grüß euch, wie groß deine Tochter schon geworden ist, und prächtig schaut sie aus«, sagte sie an Klara gewandt. Doch dann beschlich sie das Gefühl, dass sie gerade in ein Gespräch geplatzt war und störte, also fügte sie schnell hinzu: »Lui, ich geh' schon mal vor, ich muss der Mutter noch helfen. Wiedersehen, Klara«, sie winkte der Kleinen zu und schloss sich ein paar Nachbarn an. Auch die anderen Kirchgänger zerstreuten sich langsam. Lui und Klara sprachen noch ein paar Minuten über Unverfängliches, dann sagte Lui: »Also, ich wünsch' euch viel Glück beim Neuanfang, das wird schon, du wirst sehen.«

Über Theo sprachen sie nicht. Lui hatte selbst Augen im Kopf und auch gehört, was die Kameraden im Dorf so redeten. Da war es nicht schwer, eins und eins zusammenzuzählen. Als er auf der immer noch tief verschneiten Straße nach Hause stapfte, schoss ihm plötzlich ein Gedanke durch den Kopf. Er wurde ganz unruhig, und sein Puls erhöhte sich merklich. »Vielleicht wäre das eine

Möglichkeit? Ich muss dringend darüber nachdenken und dann mit den Eltern sprechen«, murmelte er vor sich hin. So schnell er konnte, lief er jetzt durch den Schnee nach Hause. Geradezu beschwingt erreichte er sein Elternhaus.

Seine Mutter und Lisbeth bereiteten in der Küche das Mittagessen zu. Bertha deckte den Tisch. Lui war immer wieder erstaunt, was die Frauen alles aus dem Wenigen zaubern konnten. Er freute sich insbesondere auf die Linzer Torte am Nachmittag. Die gab es nur in der Weihnachtszeit. Bertha war schon ganz aufgeregt, da Johann nach dem Essen seinen Antrittsbesuch machen wollte. Seine Schwester hatte sich herausgeputzt und sah besonders hübsch aus. Sie war keine Schönheit wie Klara und hatte ein Rückenleiden. Aber sie hatte ein freundliches, ehrliches Gesicht, klare Züge und ein Herz aus Gold. Sie war klug und an ihren Mitmenschen interessiert, und man konnte sich gut mit ihr unterhalten. Johann konnte sich glücklich schätzen, so eine Frau zu bekommen, dachte Lui. Er war etwas älter als seine Schwester und keiner dieser Gernegroße. Eher ein wenig langweilig, fand Lui. Aber sicher ein guter Ehemann. Er nahm sich vor, nachher freundlich zu ihm zu sein. Schon wegen Bertha. Die Lisbeth wäre sicher froh, wenn er und seine Schwester auch endlich vom Hof wären. Er konnte es auch verstehen.

Lui ging in seine Kammer hoch und schnappte sich ein Blatt Papier und einen Bleistift. Dann setzte er sich damit unter das Fenster und überlegte, wie er es angehen könnte. Er begann zu rechnen und zu zeichnen. »Ja, das könnte klappen«, murmelte er vor sich hin, während er Zahlenreihen notierte. Als es zwölf läutete, war er so in seine Pläne und Berechnungen vertieft, dass er die Zeit vergaß. Irgendwann streckte Bertha ihren Kopf zur Tür herein. »Lui, wir essen. Hast du das Läuten nicht gehört?«

»Doch, irgendwie schon, aber ich wollte hier noch schnell etwas fertig machen. Ich komm' gleich.«

»Was rechnest du denn da?«, fragte seine Schwester nun neugierig, als sie zu ihm ans Kammerfenster trat.

»Bertha, ich habe jetzt endlich eine Idee, einen Plan, wie ich mir einen eigenen Hof aufbauen könnte. Ich erklär' es dir gleich.« Er sprang auf, nahm das Blatt und folgte seiner Schwester aufgeregt den Flur entlang. An der Stiege blieb er stehen und schaute aus der Dachluke. Von dort konnte er die Kirchturmspitze sehen und links daneben den Goldenen Hirsch. Das könnte seine neue Heimat werden. So könnte er in seinem geliebten Thiergarten bleiben. Klara wäre dann zwar nebenan, aber zumindest in seiner Nähe. Sein Herz machte einen kleinen Hüpfer, und er nahm immer zwei Treppenstufen gleichzeitig. So beschwingt war er auf einmal.

Als er in die gute Stube trat, in der sie heute zur Feier des Tages das Mittagessen zu sich nahmen, da schlug ihm ein köstlicher Duft entgegen. Es gab Fleisch. Das war in letzter Zeit eher selten. Seine Mutter hatte eine Gans gebraten, dazu gab es geröstete Kastanien, Rotkraut und Kartoffelstampf. Das war ein Festmahl in den wahrhaft nicht üppigen Nachkriegszeiten. Er konnte gar nicht genug davon bekommen.

Nachdem alle fertig gegessen und sie Bertha ein wenig geneckt hatten, wartete er, bis er mit seinen Eltern alleine war. Dann platzte es aus ihm heraus. »Ich muss etwas sehr wichtiges mit euch besprechen.« Seine Eltern sahen sich erstaunt an. Daraufhin zog Lui den Zettel aus seiner Hosentasche. »Da schaut, ich habe alles durchgerechnet.«

»Von was sprichst du denn, Bub?«, fragte seine Mutter.

»Hast du dir endlich Gedanken gemacht, wie es weitergehen soll, Lui?«, wollte sein Vater wissen.

»Ja, ich habe eine Idee, wie ich mir eine eigene Existenz aufbauen könnte.«

Dann erklärte er ihnen, was er geplant hatte. Mit seinem Erbanteil, seinen Ersparnissen und dem Betrag, den er von seinem Patenonkel erhalten hatte für seine Mithilfe, hätte er eine Basis für einen Kredit und könnte einen eigenen Hof kaufen. Er glühte regelrecht vor Leidenschaft, als er seinen Eltern den Plan erklärte.

»Ich habe mich entschieden, bei der Versteigerung des Goldenen Hirsch mitzubieten«, sagte er schließlich. Damit war die Katze aus dem Sack.

»Nun«, sagte sein Vater in seiner eher bedächtigen Art. »Es ist gut, dass du dir Gedanken gemacht hast, und wir stehen auch zu unserem Wort. Aber Lui, der Goldene Hirsch, meinst du nicht, das ist eine Nummer zu groß für dich? Wie willst du das alleine stemmen, oder, Dorothea?«, wandte er sich an seine Frau.

Luis Mutter nickte bestätigend. »Ja, da hat der Vater schon recht. Der Gasthof mit allem drum und dran, das ist schon sehr groß. Du willst doch kein Wirt werden?«

»Nein, nein, natürlich nicht. Ich werde ihn nach und nach umbauen. Außerdem gehören ja noch ein paar Äcker dazu. Die meisten davon sind zurzeit noch verpachtet. Ich werde einen Kredit aufnehmen müssen, aber ich bin ja noch jung.«

Der Vater wiegte den Kopf hin und her. »Die Lage vom Goldenen Hirsch und die Gebäude sind nicht schlecht. Da hat der Franz damals noch viel investiert vor dem Krieg«, sagte er. »Von daher gesehen wäre es grundsätzlich keine schlechte Entscheidung. Aber schon die Mindestsumme für die Versteigerung ist ein großer Batzen. Da reichen deine Ersparnisse und dein Erbteil beileibe nicht aus«, fügte er hinzu. »Ich habe gehört, dass der

Maier Gustav auch mitbieten will. Aber der kann die Summe auch nicht alleine aufbringen.«

Da hatte Lui einen Geistesblitz. »Aber wie wär's, wenn ich mit ihm rede? Damit wir uns nicht gegenseitig überbieten und den Preis hochtreiben, könnten wir uns ja zusammentun. Außerdem wird es ihm recht sein, wenn ich mich um das Bürokratische kümmere. Dann mache ich der Kasse ein reelles Angebot und verkauf' dem Gustav danach das hintere Gelände mit dem Hühnerstall und der Kegelbahn. Das könnte für ihn passen, und mehr wird er sich alleine auch nicht leisten können.«

»Lui, du bist wirklich nicht auf den Kopf gefallen«, sagte seine Mutter und lächelte ihn stolz an.

»Na ja, das könnte eine Möglichkeit sein. Wenn ich für dich bürge, bekommst du vielleicht das noch fehlende Geld zu einem vernünftigen Zins«, meinte der Vater. »Kommt natürlich jetzt darauf an, wie viel sie für alles aufrufen. Trotzdem, Lui, dir fehlen dann immer noch Rebgrund und Äcker. Von dem, was da ist, und ein paar Kühen und Hühnern alleine kannst du ja nicht leben und Raten zurückzahlen. Du musst Felder dazukaufen. Aber dafür würde dein Geld dann nicht mehr ausreichen. Junge, dein Plan ist nicht schlecht, und du könntest erstmal Grund pachten. Aber etwas fehlt.«

Lui schaute zum Fenster hinaus und schwieg für einen Moment. »Ja, ich weiß schon, was du meinst. Ich soll mir eine Frau suchen.«

»So ist es, mein Sohn, du bist im richtigen Mannesalter, um eine Familie zu gründen. Und wer soll denn sonst deinen Hausstand führen, oder willst du die Hauswirtschaft gar auch noch selber machen? Und du hast dann neben der Hofarbeit auch noch den Umbau.«

»Ich würde dir schon bei der Hausarbeit helfen, Lui«, warf jetzt seine Mutter ein.

»Das ist schon recht, aber auf Dauer ist das auch keine Lösung. Es führt kein Weg daran vorbei, du brauchst eine Braut. Und am besten eine mit einer guten Mitgift. Eine junge, fleißige Frau mit ein paar Reblosen, Äckern und einem guten Hausstand. Das siehst du doch ein?«, fuhr der Vater fort.

»Bub, hast du in Bühl denn kein nettes Mädel kennengelernt?«, fragte jetzt die Mutter und schaute ihn besorgt an.

»Keine, die mich näher interessiert hätte«, antwortete Lui etwas verlegen.

»Aber es gibt hier bei uns doch auch viele junge Frauen im heiratsfähigen Alter, gerade jetzt nach dem Krieg, wo viele junge Männer gefallen sind«, meinte der Vater pragmatisch. »Mir würden direkt zwei oder drei einfallen. Hat nicht der Johann auch noch eine unverheiratete

Schwester? Das wäre doch eine sehr gute Partie. Denen gehört fast der ganze Rebberg hinten am Springköpfle. Mensch Lui, sei nicht so dumm und pack die Gelegenheit am Schopf, wenn du kannst. Ich werde nachher, wenn er kommt, mal vorfühlen, ob seine Schwester noch nicht vergeben ist.«

»Vater, nein, das will ich auf keinen Fall. Heute geht es doch um die Bertha, nicht um mich. Ich wollte euch nur meinen Plan vorstellen. Was meinst du, soll ich das machen mit dem Goldenen Hirsch?« wandte er sich jetzt an seine Mutter.

Die wiegte besorgt den Kopf. »Du musst es dir gut überlegen. Das ist eine große Verantwortung, aber andererseits wäre es jetzt eine gute Gelegenheit. Wer weiß, wann es die wieder gibt. Und es ist besser, als wenn du irgendwo einheiratest. So bist du gleich dein eigener Herr.«

»Dorothea, da hast du schon recht«, ergriff jetzt der Vater wieder das Wort. »Die Idee ist gut, es könnte klappen. Du musst zunächst auf jeden Fall mit dem Gustav reden, Lui. Und danach sobald wie möglich mit der Bank. Wenn du willst, komm' ich mit und wir gehen zusammen zum Direktor. Ich kenne den von früher. Vielleicht kommt er dir entgegen. Aber er ist ein zäher Hund.«

Lui nahm seinen Zettel und stand erleichtert auf. »Du hast recht, Vater. Ich gehe gleich morgen zum Gustav und spreche mit ihm. Er ist eine ehrliche Haut. Ich denke, wir beide werden uns einig werden.« Lui steckte seinen Zettel in die Hosentasche und verließ die gute Stube mit einem zufriedenen Lächeln auf den Lippen.

Im Goldenen Hirsch gerieten die Dinge wieder ins Stocken. Theo konnte sich nicht dazu durchringen, selbst einen Käufer zu suchen. Die Versteigerung war nicht mehr zu verhindern. Es sei denn, es geschähe noch ein Wunder. Die Gastwirtschaft war inzwischen geschlossen. Zuletzt hatten sie ja kaum mehr etwas verkaufen können. Mehrere Zahlungen an die Brauerei waren offen, und auch der Weinhändler hatte zum Ende hin nur noch gegen Vorkasse geliefert.

Fine wollte ihre Schwester bis zum Ende unterstützen. Sie hatte nicht vergessen, dass Frieda und Klara sie damals aufgenommen hatten. Aber sie freute sich darauf, bald in ihre Heimat zurückzukehren. Doch sie erinnerte sich auch daran, wie man sie damals in Schimpf und Schande davongejagt hatte. Das tat ihr heute noch weh. Es war ein kleiner Triumph für sie, dass Anton so gut geraten war. Vielleicht könnte er Schullehrer, Advokat oder gar ein Doktor werden. Über den Vater des Jungen war sie hinweg. Sie wollte sich nicht ihr ganzes Leben darüber grämen, sondern noch einmal neu anfangen. Das war jetzt ihre Chance.

Klara war froh, dass alles so weit geregelt war. Sie hoffte, dass sie die drückenden Schulden bald los sein würden, und versuchte, nach vorne zu schauen. Sie war wieder diejenige, die den anderen Mut zusprach, und wartete ungeduldig auf den Versteigerungstermin.

Gleich am nächsten Vormittag nach der Stall- und Hofarbeit wollte Lui Gustav aufsuchen, um ihn in seinen Plan einzuweihen. Der sollte ihnen beiden zugutekommen und Klara hoffentlich davor bewahren, dass der Gasthof einem Halsabschneider in die Hände fällt. Er hatte ein seriöses Angebot abgegeben. Sein Vater hatte ihn zum Bankdirektor begleitet, und der hatte sich, warum auch immer, nach anfänglichem Zögern dann doch bereit erklärt, ihm einen Kredit zu bewilligen. Vielleicht lag es an dem Vieraugengespräch, das sein Vater noch mit ihm geführt hatte. Irgendwoher kannten die sich. Lui wusste, der Direktor schuldete seinem Vater noch einen Gefallen. Der hatte ihm jedoch nichts Näheres erzählt. Aber Lui war klar, seine Berechnungen hätten den Bankdirektor wohl nicht so einfach überzeugt, ihm das nötige Geld zu gewähren. Er war seinem Vater sehr dankbar. Aber er wusste auch, was das bedeutete: Jetzt war er dran. Er musste nun seinen Teil des Versprechens einhalten und sich auf Brautschau begeben.

Das Treffen mit Johann am zweiten Weihnachtstag war gut verlaufen. Alle fanden, dass er eine gute Partie war und dass das junge Paar gut zusammenpasste. Er hatte seine Fidel mitgebracht und ihnen ein paar Lieder vorgespielt. Alle hatten dazu gesungen. Johanns Eltern wollten am nächsten Sonntag ihre Aufwartung machen.

Lui bemerkte, dass seine Eltern erleichtert waren. Sie wollten alle Kinder versorgt wissen. Jetzt war nur noch er übrig. Lui hatte noch die Worte seines Patenonkels im Kopf, die dieser ihm zum Abschied mit auf den Weg gegeben hatte: »Lui, hör zu: *'Drum prüfe, wer sich ewig bindet, ob sich das Herz zum Herzen findet. Der Wahn ist kurz, die Reu ist lang.'* Schiller-Zitat: Aus/von: Das Lied von der Glocke (Gedicht). Wie auch immer man es dreht, Junge, man kann immer nach etwas Besserem suchen. Aber letztendlich kommt es darauf an, was zwei Eheleute daraus machen. Also denk nicht zu viel nach und such' dir ein nettes Mädel!«

Bei Gustavs Elternhaus angekommen, schüttelte Lui den Schnee von seiner Kappe und ging um das kleine Haus herum. Schon von Weitem hörte er es klopfen. Gustav war mit Leib und Seele Zimmerer und fand bestimmt sogar zwischen Weihnachten und Neujahr irgendeine Beschäftigung. Als er die hölzerne Tür zum Schuppen öffnete, musste er mit seinen gut 1,90 Metern den Kopf einziehen. Er sah Gustav im Dunst von Staub und Sägespänen stehen und auf irgendetwas einhämmern.

»Gustav, grüß dich«, rief er laut. Aber der hörte zunächst nichts. Beim dritten Rufen drehte er sich erstaunt um und legte seinen Hammer zur Seite.

»Ja Lui, was machst jetzt auch du hier?«

»Und du, was baust du denn da zusammen?«, fragte Lui interessiert.

»Ach, das ist für unseren Nachbarn, der wollte schon lange eine neue Stalltür. Jetzt hab' ich endlich mal Zeit gefunden. Ich hab's ihm schon so lange versprochen. Aber sag, warum bist du hier?« Gustav schaute ihn neugierig an.

»Du hast recht, ich bin nicht gekommen, um dich beim Werkeln zu bewundern. Ich muss mit dir etwas besprechen. Es ist wichtig, wahrscheinlich auch für dich. Hast du etwas Zeit?«.

»Mach's nicht so spannend, ja ja, geht schon, erzähl', was gibt's denn so Wichtiges?«

Lui erzählte ihm von seinem Plan, den Goldenen Hirsch zu ersteigern. Gustav hörte erstaunt zu und setzte sich dann auf einen abgesägten Holzklotz. Lui zog ein Blatt Papier aus der Hosentasche, auf dem er die wichtigsten Maße und Zahlen notiert hatte.

»Schau Gustav, so könnten wir es machen und aufteilen. Ich habe bereits ein Angebot abgegeben und es könnte klappen. Denn ich denke, allen wäre es recht, wenn der Hof im Dorf bliebe. Sonst kommt so ein Städter und wer weiß, was der dann mit dem Gelände vorhat. Auch den Nachbarn wär's recht. Dem Pfarrer sowieso. Was meinst du?«

»Stimmt, ich träume schon lange von einer kleinen Werkstatt und einem eigenen kleinen Haus«, sagte Gustav. »Dann könnt' ich endlich auch heiraten. Ich habe selbst schon daran gedacht. Pass auf, Lui, ich kenn' dich und weiß, du bist eine ehrliche Haut. Mit der ganzen Rechnerei und Schreiberei, damit will ich nichts zu tun haben. Das interessiert mich nicht. Mir wär's recht, wenn du das Ganze in die Hand nehmen könntest. Und über den Preis, da werden wir uns schon einig, oder?«

»Natürlich, Gustav, wir müssen halt sehen, für wie viel wir den Gasthof überschrieben bekommen, und dann kommen noch die Gebühren dazu. Dann teilen wir alles nach der Fläche und den Aufbauten, und dann haben wir für uns beide einen ehrlichen Preis«, antwortete Lui erfreut, dass das Gespräch so gut verlief.

»Das klingt vernünftig, aber ich muss nochmal drüber schlafen und mit Luise reden, was sie davon hält. Aber die freut sich schon lange auf eine eigene Hauswirtschaft, denn mit ihrer Mutter, die zwei sind wie Hund und Katz'. Die ist froh, je eher sie da rauskommt.«

»In Ordnung«, erwiderte Lui.

»Pass auf, es sind ja noch ein paar Tage hin. Spätestens übermorgen sag' ich dir Bescheid. Lui, das kann ich gar nicht glauben, dann wär' ich bald mein eigener Herr im Haus«, sagte Gustav. »Komm, da trinken wir einen Schnaps drauf.« Er ging ein paar Meter um die Ecke und kam mit einer halbleeren Flasche Kirschwasser und zwei verstaubten Schnapsgläsern zurück. Gustav blies hinein und schenkte ihnen dann ordentlich ein. »Prost Lui, auf uns. Wenn das klappt, sind wir ja bald Nachbarn.«

»Drück uns die Daumen«, sagte Lui.

Hoffnungsvoll und ganz beschwingt schlug Gustav weitere Nägel in die Bretter, kaum dass Lui die Schopftür hinter sich zugemacht hatte. Schon am nächsten Tag sagte er Lui zu. In der Stube stießen sie mit Luis Eltern auf die Zukunft an.

Ein paar Tage vor der Versteigerung tauchten unerwartet noch zwei anderer Bieter aus der Stadt auf. Im Goldenen Hirsch war die Stimmung inzwischen auf dem Nullpunkt. Als Klara am Abend vor der Auktion an Friedas Kammer vorbeikam, hörte sie ein leises Schluchzen. Sie blieb kurz stehen, aber entschied sich dann anders. Es war verständlich. Frieda musste sich von ihrem Geburtshaus verabschieden, und das war sicher nicht leicht. Da gehörten Tränen einfach dazu.

Morgen war der große Tag. Dann würden sie wissen, wer der neue Besitzer wird. Man munkelte, es wären

Fremde und auch Interessenten aus dem Dorf dabei. Klara fieberte dem Termin entgegen. Sie harrte nur noch aus und wartete sehnsüchtig auf einen Neuanfang. Ohne Schulden. Schon seit Tagen waren sie mit dem Umzug beschäftigt. Auch wenn im neuen Haus noch nichts renoviert war. Sie hatten das Beste daraus gemacht. Es war viel Arbeit, den Gasthof und die neue Bleibe auf Vordermann zu bringen. Zum Glück war Fine noch da und half tatkräftig mit.

Beim Einpacken der letzten Kleider aus ihrer Kommode fiel Klara ein Zopfband in die Hände, nach dem sie schon lange gesucht hatte. Es war das Band, das sie damals im Mai getragen hatte, als sie ihre erste Nacht mit Lui verbrachte. Sie nahm es in die Hände und betrachtete es. Es kam ihr vor wie aus einem anderen Leben, dabei war es noch keine drei Jahre her. Bei der Erinnerung stiegen Klara Tränen in die Augen. »Ach Lui, was hätte aus uns nur werden können«, erinnerte sie sich wehmütig an diese erste gemeinsame Nacht zurück. Ihr Lebtag nicht, bis zu ihrem letzten Atemzug, würde Klara diese Tage und Nächte mit Lui vergessen. Da war sie sich sicher. Sie zog ein Taschentuch aus ihrer Schürze und trocknete ihre Augen. Dann straffte sie ihre Schultern. »Es bringt nichts, Trübsal zu blasen. Es ist Schicksal, ich muss, so wie es jetzt ist, das Beste daraus machen. Ich habe Glück, dass Theo noch lebt und wir Helene haben«, redete sie sich immer wieder gut zu. Auch wenn ihr Herz in manchen Momenten etwas ganz anderes sagte.

Bevor sich Johann am Abend des zweiten Weihnachtsfeiertages auf den Heimweg machte, fragte Wilhelm ihn, halb scherzhaft: »Wir suchen noch eine Braut für Lui, ist denn deine Schwester noch zu haben?« Lui meinte, im Boden versinken zu müssen. Johann lachte kurz auf und sagte: »Das wär's, dann wären wir zweifach verwandt und könnten eine Doppelhochzeit feiern. Das wäre doch praktisch.«

»Und nur halb so teuer«, warf Frieder scherzend ein.

»Nein, im Ernst, soviel ich weiß, ist Sophie noch zu haben. Aber seit unser Mariele damals verstorben ist, geht sie kaum mehr vor die Tür. Ich würde ihr wünschen, dass sie einen rechtschaffenen Mann findet. Aber sie hängt halt auch sehr am Vater. Komm doch demnächst mal mit Bertha bei uns abends vorbei. Wir machen im Winter immer Stubenmusik. Da geht es auch lustig zu.«

»Ha ja, da gehst du hin«, antwortete stattdessen Wilhelm. »Jetzt im Winter hast du Zeit für sowas.« Dabei klopfte er seinem Sohn, der einen Kopf größer war als er, von unten auf die Schulter.

Lui murmelte etwas Unverständliches und ging dann eilig davon. Er wollte seine Ruhe haben und lief zum Kuhstall. Kühe mochte er ganz besonders gerne. Sie wirkten auf ihn immer beruhigend. Er klopfte seiner Lieblingskuh auf die Flanke. »Na, Fanny«, sagte er mehr zu sich selbst. »Morgen ist es so weit. Dann bin ich vielleicht schon mein eigener Herr.« Er holte Heu und fütterte die Tiere. Dabei träumte er vor sich hin. Lui freute sich, dass der Gasthof, wenn alles gut lief, nicht in fremde Hände kam. Nein, auch wenn er versprochen hatte, Gustav ein Stück zu verkaufen – das Haus und der Hof mit den Ställen und dem Badehaus würden sein Eigentum bleiben. Ob zu Klara schon etwas durchgesickert war? Er war gespannt, was sie sagen würde, wenn sie erfuhr, dass er einer der Bieter war. Oder wenn er tatsächlich den Zuschlag bekäme? Dann wäre er der neue Besitzer des Goldenen Hirsch.

Lui spürte unterschiedliche Gefühle in sich aufsteigen. Trauer um sein verlorenes Glück. Sehnsucht nach Klaras Liebe und Umarmungen. Trost, dass er als Nachbar dann immer in ihrer Nähe sein würde. Aber er freute sich auch auf einen Neuanfang und war entschlossen, diesen Weg weiterzugehen. Seine Erinnerungen an damals konnte ihm keiner nehmen. »Wenn das morgen klappt, dann könnte ich spätestens Ende Februar einziehen.« So war Luis Plan. Er freute sich darauf, bald ein Bauer mit eigenem Hof zu sein.

Es war so weit. An der Versteigerung nahmen lediglich ein Interessent der Bank und zwei Städter teil. Ein Wirt war nicht darunter. Auch Frieda oder sonst jemand aus ihrer Familie war nirgendwo zu sehen. Wahrscheinlich war es zu schmerzhaft für sie, dachte Lui, gleichzeitig etwas enttäuscht. Sein Angebot war angemessen. Ein von der Bank beauftragter älterer Herr führte die Versteigerung durch. Die zwei Städter begannen nur in sehr kleinen Schritten über dem Mindestgebot zu bieten. Nach einer Weile überboten sie sich eine Zeitlang, doch dann zog sich einer der beiden erstaunlich früh zurück. Lui aber behielt die Nerven und stieg zum richtigen Zeitpunkt ein, und sein Mut wurde belohnt.

»Zum Ersten, zum Zweiten und zum Dritten! Ich darf Ihnen gratulieren, junger Mann. Sie sind jetzt der neue Besitzer des Goldenen Hirschs. Kommen Sie bitte im Anschluss zu mir. Dann können wir gleich die Papiere fertig machen, damit alles seinen rechten Lauf nimmt.«

Da hatte er heute wohl einen Glückstag erwischt. Sein Plan war aufgegangen. Lui freute sich, aber es war keine überschwängliche Freude. Denn er wusste, dass sein Glück das Leid anderer bedeutete, auch wenn er nicht dafür verantwortlich war. Eher eine Art Stolz machte sich in ihm breit. Denn er hatte es tatsächlich geschafft, er war Hofbesitzer.

Wenn alles geregelt war, würde er gleich nächste Woche einen Teil an Gustav verkaufen. Er ahnte, wie schwer es für alle sein musste, den Gasthof zu verlassen. Klara und er waren jetzt bald Nachbarn und würden sich bestimmt häufiger sehen. Auch wenn sie sich trotzdem fern bleiben mussten. »Besser als nichts«, dachte Lui eigensinnig. »Trotzdem, ich muss mich damit abfinden. Vielleicht gehe ich am Sonntagnachmittag nochmal mit Bertha zu Johanns Familie.«

Er hatte sie schon zweimal begleitet und sich dabei nett mit Johanns Schwester Sophie unterhalten. Sie war adrett, hatte eine wunderbare Sopranstimme und schien auch ansonsten ganz patent zu sein. Wie er von Bertha wusste, hatte sie es nicht leicht mit ihrer Mutter, die wohl wie eine Königin über ihre Familie herrschte. Einige der zehn Kinder waren bereits aus dem Haus. Es lebten nur noch Sophie, Johann und zwei jüngere Brüder, eine alte Dienstmagd und ein Knecht mit auf dem Hof. Bertha war heilfroh, dass sie dem Regiment ihrer künftigen Schwiegermutter entfliehen und mit Johann in das neue Heim ziehen konnte. Sophies Mutter hielt Hof mit dem Pfarrer, dem Schullehrer und sonstigen Honoratioren wie dem Bankdirektor und dem Bürgermeister. Der Vogt Hof war der größte Bauernhof im Dorf. Die Altbäuerin war mit Dienstmägden und Knechten aufgewachsen und das Kommandieren gewohnt. Niedere Arbeiten wie Putzen oder Wäschewaschen überließ sie ihren Töchtern und der alten Magd. Es ging die Rede, dass sie morgens erst aufstand, wenn alles gerichtet war. Anscheinend hatte sie in ihrem Schlafzimmer eine Glocke, die sie vom Bett aus mit den Zehen über einen Seilzug betätigen konnte. Wenn sie wach war, läutete sie damit. Dann mussten alle aufstehen und ihre Arbeiten erledigen. Sie selbst blieb noch eine Weile liegen. Nach außen hin tat sie freundlich. Aber sie hatte ein kaltes Herz. Ihre Tochter Sophie machte sie für den Tod ihres jüngsten Kindes mit verantwortlich. Mariele war mit einem Dreivierteljahr in einer kalten Novembernacht gestorben. Die Kleine hatte oft bei Sophie geschlafen, wenn ihre Mutter ihre Ruhe haben wollte. Sophie war selbst noch ein junges Mädchen, als ihre kleine Schwester in dieser Nacht plötzlich verstarb. Seither quälte sie sich mit Selbstvorwürfen.

Dies alles wusste Lui von seiner Schwester. Sophie tat ihm leid. Er hatte gesehen, wie sie aufsprang und sich kaum hinzusetzen traute, wenn die Mutter in ihre Nähe kam. Aber auch, wie sie aufblühte, wenn sie ihre Brüder und ihren geliebten Vater bei der Hausmusik mit ihrer schönen, glockenhellen Stimme unterstützen durfte. Sie war freundlich zu Lui, und er fand sie recht ansehnlich und sympathisch. Im Vergleich zur selbständigen, lebensfrohen Klara schien sie ihm jedoch brav und sehr, sehr fromm. Wenn sie lachte, hielt sie sich immer eine Hand vor den Mund. Ganz anders als Klara, die laut juchzen konnte und frei herauslachte, dass jeder in ihrer Umgebung davon angesteckt wurde.

Als sie bei Luis erstem Besuch einen gefüllten Nusskranz zum Tisch getragen und der Vater sie mit den Worten »Unsere Sophie ist eine sehr gute Hausfrau und Köchin« gelobt hatte, war ihm aufgefallen, wie Sophie strahlte. Im Laufe des Sonntags betonte der Vogt Bauer noch weitere Vorzüge seiner Tochter. Lui, der neue Eigentümer des Goldenen Hirschs, war nun jemand im Dorf. Er hatte in den letzten Wochen bemerkt, wie sein Ansehen gestiegen war. Als eigenständiger Bauer und Hofbesitzer war er inzwischen nicht mehr nur der Sohn von Wilhelm. Anscheinend kam er mittlerweile auch als möglicher Schwiegersohn in Frage.

X

Nach der Versteigerung machte sich Lui direkt auf den Weg zum Goldenen Hirsch. Er wollte Klara selbst sagen, dass er der neue Besitzer des Gasthofs war, und war auf ihre Reaktion gespannt. Frieda würde sicher froh sein, dass der Gasthof in den Händen eines Hiesigen blieb. Als Lui die prächtige Einfahrt mit den Kastanienbäumen entlanglief, konnte er seine Freude und seinen Stolz nur mühsam unterdrücken, auch wenn er ahnte, welchen Verlust das für die Vorbesitzer bedeuten musste. Aber es war nicht seine Schuld und er hatte einen fairen Preis bezahlt in Anbetracht der Situation. Hätte Frieda den Gasthof jedoch aus eigener Entscheidung rechtzeitig verkauft, wäre sicher mehr dabei für sie herausgesprungen.

Theo und Klara waren gerade mit zwei Kühen beschäftigt, die heute noch ins neue Heim gebracht werden sollten. Frieda war nirgends zu sehen. »Grüß euch«, sagte Lui. Theo und Klara blickten erstaunt auf. »Ist Frieda auch da?«

»Ja, die rennt hinten mit Helene irgendwo bei den Hühnern herum«, antwortete Theo.

»Könntest du sie mal holen? Ich habe euch allen etwas Wichtiges zu sagen.«

»Wart', ich geh'«, sagte Klara, deren Herzschlag sich plötzlich zu verdoppeln schien. Eine leichte Röte überzog ihre Wangen.

»Nein, ich muss hinten eh noch einen Kälberstrick holen, ich sag's ihr«, antwortete Theo. Dabei schaute er Lui etwas erstaunt an, als sähe er ihn zum ersten Mal.

Als er dann mit Klara alleine war, konnte Lui die Nachricht nicht mehr für sich behalten. »Klara, ich wollte es dir zuerst sagen. Ich habe gerade den Goldenen Hirsch ersteigert«, platzte es aus ihm heraus.

Klara stellte den Futtereimer ab und blieb einen Moment stumm. Dann fand sie ihre Sprache wieder: »Lui, das kann ich jetzt gar nicht glauben. Warum hast du mir nicht eher davon erzählt?«

»Na ja, ich wusste ja nicht, ob es klappen würde. Und es sollte eine Überraschung für dich werden.«

»Das ist dir gelungen«, erwiderte sie etwas verhalten.

»Ja freust du dich denn gar nicht, dass kein Fremder den Hof übernimmt?«

»Doch, schon, aber du weißt auch, was das bedeutet, oder?«

»Klara, das weiß ich. Aber ich bin froh, dass du dann wenigstens in meiner Nähe wohnst. Am liebsten wäre es mir, du würdest hier bei mir bleiben«, flüsterte Lui. Er ging einen Schritt auf sie zu und nahm ihre Hand. »Aber ich weiß, dass das nicht geht«, fügte er hinzu. Sie schauten sich eine Weile schweigend an. Dann entzog Klara ihm sachte ihre Hand und sagte leise: »Lui, du musst endlich eine Frau finden. Oder willst du auf dem großen Hof alleine bleiben?«

Bevor Lui antworten konnte, sahen sie Theo mit Helene auf dem Arm und Frieda im Schlepptau auf sie zukommen. »So, da wären wir«, sagte Theo. »Also jetzt bin ich gespannt. Was wolltest du uns so Dringendes sagen?« Lui wiederholte die Neuigkeit, und Frieda und Theo waren perplex. Sie hatten vermutet, dass der Gasthof von einem reichen Städter gekauft worden war, der ihn dann weiterverpachten würde an einen Wirt. Aber dass Lui der Käufer war, das überraschte sie beide. Frieda fasste sich am schnellsten und gab ihm die Hand.

»Lui, das freut mich für dich. Und ich bin sicher, dass unser Hof bei dir in guten Händen sein wird«, fügte sie etwas traurig hinzu. »Du wirst ihn sicher nicht als Gasthaus bewirtschaften wollen, oder?«

Lui erklärte kurz seine Pläne.

»Das ist ja allerhand, was du da stemmen willst«, sagte Frieda.

»Wir hatten zwar mal was läuten hören, dass auch jemand aus dem Dorf Interesse hätte, aber dass du das warst, ahnten wir nicht«, murmelte Theo etwas verschnupft. »Gratuliere«, fügte er noch schnell hinzu. Lui merkte ihm deutlich an, froh war er über die Sache nicht.

»Hört zu, es kommt mir auf ein paar Tage nicht an, wenn ihr noch Zeit braucht.«

»Nicht nötig, wir schaffen das schon rechtzeitig«, antwortete Theo kurz angebunden auf Luis Angebot, packte eine der Kühe beim Halfter und ging ohne ein weiteres Wort davon.

Endlich hatten sie den Hof komplett geräumt. Theo war in den letzten Tagen des Umzugs sehr angespannt gewesen. Er wollte es unbedingt zum Stichtag schaffen. Anscheinend setzte ihm der Verlust doch mehr zu, als er zugeben wollte. Klara freute sich zwar, dass Lui den Hof gekauft hatte. Es gab ihr ein beruhigendes Gefühl, ihn in ihrer Nähe zu wissen. Andererseits war die Situation nicht sehr förderlich, um Abstand zu gewinnen. Sie hoffte, dass er nicht alleine bleiben und ein kauziger Eigenbrötler aus ihm werden würde. Gleichzeitig spürte sie eine leise Eifersucht, wenn sie daran dachte, dass Lui möglicherweise bald eine andere Frau dort lieben würde, wo sie sich so leidenschaftlich geliebt hatten. Darüber wollte sie gar nicht nachdenken.

Klara war zuversichtlich, was ihr Auskommen anging. Die Schulden waren inzwischen beglichen, und es war eine kleine Summe übrig geblieben für ein paar dringend notwendige Anschaffungen. Dank der kleinen Landwirtschaft mussten sie zumindest keinen Hunger leiden. Frieda und Theo hingegen, die in einem großen Haushalt aufgewachsen waren, fiel die Umstellung ungleich schwerer. Frieda fand wie immer Trost und Ruhe in der Kirche. Auch vor dem Geschwätz im Dorf. Es war ihnen allen bewusst, dass sich hinter mancher Anteilnahme auch Schadenfreude, Missgunst und viel Gerede verbarg. Vor allem Theo stand im Fokus. Der Wirtssohn, der es nicht geschafft hatte, rechtschaffen zu wirtschaften. Der seit dem Krieg nie wirklich seine Rolle gefunden hatte als Wirt und Haushaltsvorstand, wie es sich gehörte. Dass ausgerechnet Klara, die Zugezogene, den ganzen Gasthof während der schwierigen Kriegsjahre am Leben erhalten hatte. Kaum jemand sagte es ihr direkt, aber sie wurde für ihre patente Art und dafür, wie sie sich pragmatisch und ohne Wehklagen in die neue Situation fügte, und sich keine Verbitterung anmerken ließ, von vielen bewundert.

Die Grundstücke waren inzwischen geteilt und der Teilverkauf an Gustav wie besprochen vonstattengegangen. Beide Parteien waren seither täglich mit dem Bau und Umbau beschäftigt. Sie hatten ein gutes nachbarschaftliches Verhältnis und halfen sich gegenseitig, wo es notwendig war. Lui übernahm für beide den Papierkram und erledigte die notwendigen Amtsgänge. Gustav brachte dafür sein handwerkliches Können ein. So profitierte der eine vom anderen.

Lui kehrte nun öfters auch alleine bei den Vogts ein. Neulich hatte ihn der Vogt Bauer besucht, um sich den

Hof anzuschauen. »Respekt, Lui, da geht's ja voran. Jetzt brauchst du nur noch Vieh und eine Frau«, hatte er schmunzelnd gesagt. Offenbar war ihm auch zum ersten Mal aufgefallen, dass Luis linker Arm zitterte, denn er hatte hinzugefügt: »Hoppla, Lui, was ist denn mit deinem Arm passiert?«

»Das ist nichts, das kommt vom Krieg.«

Der Vogt Bauer hatte wohl bemerkt, dass es Lui unangenehm war, darüber zu sprechen. »Na ja, Hauptsache, es stört dich nicht beim Schaffen«, hatte er nur achselzuckend gemeint und sich dann verabschiedet.

Lui war sich im Klaren, was der Besuch zu bedeuten hatte: Man wollte wissen, ob er schon etwas auf die Beine gestellt hatte und überhaupt als Schwiegersohn in Frage kam. Lange konnte er nicht mehr auf dem Vogt Hof ein- und ausgehen, ohne eine Entscheidung zu treffen. Er hatte Sophie inzwischen besser kennengelernt, und seit sie sich beim Tanz in den Mai auch körperlich etwas näher gekommen waren, lag die Frage unausgesprochen in der Luft. Auch sein Vater hatte Wind davon bekommen und ihn kürzlich in seinem neuen Heim besucht.

»Sag mal, Lui, wie lange willst du das Mädel noch hinhalten?«, hatte er gefragt. »Die Sophie hat ein freundliches Wesen, kann Kochen und Schaffen und schielt nicht. Auf was wartest du denn noch? Du könntest hier kaum eine geeignetere Frau finden. Wie ich gehört habe, soll sie ein paar der besten Rebhänge im Spring bekommen und sicher auch sonst eine gute Mitgift. Die Mutter macht sich auch Sorgen um dich, und sie kann auf Dauer nicht immer hin und her rennen zwischen den zwei Haushalten. Und deine Schwester heiratet in Kürze und hat dann auch einen eigenen Hausstand zu versorgen. Wir haben dir einen guten Start ermöglicht. Aber jetzt bist du dran. Gib dir einen Ruck.«

Lui, der auf diesen Vortrag hin zunächst geschwiegen hatte, wusste, dass sein Vater recht hatte. Aber es fiel ihm schwer, den entscheidenden Schritt zu machen. Wie konnte er guten Gewissens eine Frau heiraten, die er zwar sympathisch fand, der sein ganzes Herz aber nie gehören würde? Viele Nächte hatte er sich schon mit dieser Frage um die Ohren geschlagen. Er schlief in dem Zimmer, in dem Klara und er sich geliebt hatten. Manchmal konnte er noch immer ihre Haut spüren, ihren schwachen Duft nach Lavendel riechen. Dann sehnte er sich so sehr nach ihr, dass er kaum atmen konnte vor Verlangen und Sehnsucht. Er schloss die Augen für einen Moment. »Wer weiß, vielleicht bedeutet mir Sophie bald mehr, wenn wir erst zusammenleben?«, versuchte er sich selbst Mut zuzusprechen. Er war sich nicht sicher, was sie für ihn empfand. Sie war sehr zurückhaltend.

»Ja, ich weiß«, hatte er dann eingelenkt. »Ich wollte mir nur sicher sein, ob sie die Richtige ist.«

»Das weißt du letztendlich erst hinterher«, war die Antwort seines Vaters gewesen. »Aber Sympathie ist schon mal eine gute Basis, Bub. Und sie kommt aus einem guten Stall. Das ist schon mal viel wert. Also, Ludwig« – wenn sein Vater ihn mit seinem Taufnamen ansprach, wusste Lui, dass es ernst wurde – »versprich mir, dass du die Angelegenheit in den nächsten Tagen in Ordnung bringst.« Mit diesen Worten hatte der Vater seine Hand ausgestreckt und gewartet, dass Lui einschlug. Nach einem letzten Zögern hatte dieser eingewilligt und versprochen, gleich am kommenden Sonntag um Sophies Hand anzuhalten.

Inzwischen war es fast Abend. Lui schlenderte langsam zu seinem neuen Hühnerstall, in dessen Auslauf ein paar Küken saßen. Gustav hatte ihm beim Bau geholfen. Er freute sich über die gelben flauschigen Wesen und musste lachen, als er ihnen bei ihrem Treiben zusah. »Putt putt putt, kommt rein. Sonst kommt der Fuchs heute Nacht«, versuchte er, die Küken und ihre Mütter zu locken. Der stolze, etwas eingebildete Hahn und die älteren Hennen wussten Bescheid. Sie folgten ihm sofort, als sie den Eimer in seiner Hand sahen, und die Küken wuselten hinter ihnen her.

Vom Hühnerstall aus sah er Klaras Haus besonders gut. Seit zwei Tagen hatte er sie nicht mehr gesehen. »Nun, dann soll es so sein. Ich werde Sophie heiraten, wenn sie mich denn will.« Bevor er trübsinnig werden würde, schloss er rasch die Tür ab und machte sich auf den Weg zu Konrad. Vielleicht konnte ihn sein Freund auf andere Gedanken bringen. Konrad war ein *Filou* und kam leicht mit jungen Frauen ins Gespräch. Eine Eigenschaft, die Lui an seinem Freund bewunderte. Aber die Richtige hatte er auch noch nicht gefunden. Lui war gespannt, was er zu seinen Neuigkeiten sagen würde.

Sophie ging die letzte Rebgasse hinunter, sie hatte den ganzen Nachmittag mit ihrem Vater im Weinberg gearbeitet. Der Nieselregen ließ langsam nach. Es war bereits Anfang Mai, und sie waren spät dran mit dem Biegen und Anbinden der Ruten. Sie mussten sich beeilen, bevor es zu warm und zu trocken wurde und die Ruten brechen könnten, wollten sie damit fertig sein.

Sophie war gerne hier oben in den Reben. Da hatte sie ihre Ruhe und einen sehr schönen Blick bis ins Rheintal hinüber. Am Springköpfle, unterhalb der Marienkapelle, war ihr Lieblingsplatz. Wenn sie am Sonntag ihrer Mutter auskam, setzte sie sich gerne oben auf die alte Holzbank. Früher war sie oft mit ihrer jüngeren Schwester Anni dort gewesen. Aber die hatte es bereits geschafft, der ständigen Antreiberei und Kontrolle ihrer Mutter zu entfliehen. Sie war mit ihrem Zwillingsbruder ins ferne Amerika gezogen. Ob sie die beiden jemals wiedersehen würde?

»Warum kann ich meiner Mutter kaum irgendetwas recht machen?«, fragte sich Sophie. Was sie anschaffte, musste genau so getan werden. Widerspruch duldete sie nicht. Mit ihrem Vater verstand Sophie sich hingegen gut.

»Vater, ich bin fertig mit der letzten Reihe, ich geh' jetzt runter melken und das Nachtessen richten.«

»Ja, ist schon recht. Horch, Sophie, bevor du gehst. Kommt der Lui am Sonntag wieder vorbei?«

Sophie schaute verlegen zur Seite. »Ja, ich glaub' schon«, erwiderte sie.

»Sag mal, Mädel, ganz geradeheraus, gefällt er dir?«

Sophie druckste etwas herum, dann nahm sie all ihren Mut zusammen und fragte: »Was genau meinst du mit gefallen?«

»Na ja, ich vermute, er hat ernste Absichten. Und jetzt, wo ihm der Goldene Hirsch gehört, wird er wohl auf der Suche nach einer Frau sein, meinst du nicht?«

»Glaubst du wirklich?« Sophie war die Frage etwas unangenehm. »Nun, er macht einen freundlichen Eindruck auf mich«, ergänzte sie.

»Und das ist alles?« fragte der Vater und sah sie skeptisch an. »Könntest du dir vorstellen, ihn zu heiraten?«

Jetzt war es heraus. Sophie musste sich an einem Pfosten festhalten und tief Luft holen. Sie konnte es kaum erwarten, der *Fuchtel* ihrer Mutter zu entkommen. Eigentlich hatte sie sich immer einen ebenso feinsinnigen und musikalischen Mann wie ihren Vater gewünscht. Lui jedoch hatte lediglich eine Brummstimme und auch sonst nicht viel für Musik übrig. »Bisher hat er noch nichts in dieser Richtung zu mir gesagt«, erwiderte Sophie.

»Der Bursche ist zwar nicht auf den Kopf gefallen, aber der schnellste ist er diesbezüglich anscheinend auch nicht«, entgegnete ihr Vater. »Neulich habe ich Wilhelm in der Mühle getroffen und von ihm erfahren, dass sein Sohn immer ewig lang an allem herumdenkt. Er hat mir zu verstehen gegeben, dass er ihm ins Gewissen geredet hat und davon ausgeht, dass Lui bald seine offizielle Aufwartung bei uns machen wird. Also stell dich mal drauf ein.«

Sophie schluckte, und gleichzeitig fiel ihr ein Stein vom Herzen. Sie könnte dann einen eigenen Haushalt führen, und sie mochte Lui ja auch. Zugegeben, er sah nicht schlecht aus. Er müsste halt ein bisschen mehr Wert auf sein Äußeres legen, dachte sie. So wie der Vater und ihre Brüder am Sonntag immer ein weißes gestärktes Hemd trugen, das gefiel ihr. Aber dafür würde sie dann schon sorgen.

»Horch, Mädel, ich lass' dich nur ungern gehen, das weißt du. Aber ich will auch nicht, dass du ledig bleibst. Hör auf meinen Rat. Es ist immer besser, sein eigener Herr zu sein«, dabei blickte er mit ernstem Gesicht auf den großen Hof hinunter. »Nimm's deiner Mutter nicht allzu bös. Sie ist halt das Kommandieren von klein auf gewohnt. Sophie, pack die Gelegenheit beim Schopf. Du wirst im Dezember schon vierundzwanzig, und da wird's langsam Zeit. Und was die Mitgift betrifft, da werden wir uns schon einig werden. Da lass' ich mir von niemandem reinreden, auch von deiner Mutter nicht. Du bekommst die Reblose am Springköpfle, und auch sonst soll es dir an nichts fehlen.«

»Dankeschön, Vater, aber ich muss jetzt los, die Kühe warten nicht.«

»Lauf nur, und denk mal drüber nach«, hörte Sophie ihren Vater noch hinter sich herrufen.

Lui war zum Mittagessen in der Hubeneck. Es gab sein Lieblingsessen, Kartoffelklöße. Keiner machte die so gut wie seine Mutter. Sie sprachen über alles Mögliche. Der Regen der letzten Woche hatte aufgehört, und es war ein schöner Maisonntag. Die Sonne schien kräftig, und Lui krempelte seine Hemdsärmel hoch, als er nach dem Essen mit seinem Vater und Frieder auf der Bank an der Hauswand saß.

»Und, Lui, was hast du heute Nachmittag vor?«, stichelte Frieder.

»Ich geh' heute in den Spring«, antwortete Lui mit einem entschlossenen Blick, der vor allem seinem Vater galt. Der nickte ihm zufrieden zu. Die letzten Tage hatte

Lui alles im Kopf noch einmal hin- und hergewendet und vor allem auch einige innere Stürme ausgestanden. Er konnte gut alleine sein, aber nicht auf Dauer. Und Klara, das hatte er eingesehen, konnte unmöglich ihre Familie verlassen. Irgendwie mussten sie beide mit diesem Schicksal zurechtkommen.

»Also, ich geh' dann mal.« Lui erhob sich.

»Viel Glück«, sagten Frieder und sein Vater gleichzeitig. Sie schauten ihm aufmunternd und ein wenig spöttisch hinterher.

»Lui, heute am Sonntag kannst du doch nicht mit diesem Hemd fort«, rief seine Mutter, die in diesem Moment aus dem Haus kam, entsetzt.

»Wieso, was ist damit?«

»Sieh doch, das ist ganz abgeschabt und schon löchrig um den Kragen. Geh rein, ich hab' dir dein Sonntagshemd über den Stuhl gehängt.«

»Wenn es denn unbedingt sein muss«, murmelte Lui etwas unwillig und ging ins Haus, um sich umzuziehen.

Auf seinem Weg zum Vogt Hof nahm er den Trampelpfad durch die Reben, direkt hinter seinem Elternhaus. So musste er nicht durchs Dorf, sondern konnte oben am Kastanienwäldchen entlanggehen. So hatte er den besten Blick auf sein geliebtes Thiergarten und würde um diese Zeit wohl auch auf wenig Leute treffen. Auf dem Kamm angekommen, schaute er hinüber zum ehemaligen Goldenen Hirsch, seinem neuen Heim. Daneben sah er den Hof von Klara. Er blieb einen Moment lang stehen, atmete tief durch und ging dann energisch weiter. Wenn er sich einmal zu etwas durchgerungen hatte, dann setzte er es für gewöhnlich auch um. Wenn Sophie zustimmen würde, dann wäre Berthas Mann sein Schwager. Irgendwie fand er den Gedanken beruhigend.

Als Lui bei Vogts eintraf, hockte ihr Vater mit ihren Brüdern bereits auf der Bank unterm Nussbaum. Alle hatten ihren Sonntagsstaat angelegt. Sophies Vater spielte Handharmonika, ein Bruder Klarinette, Johann die Geige und der Jüngste die Mundharmonika.

»Grüß Gott zusammen«, sagte Lui, als er auf die Gruppe zuging.

»Grüß dich, Lui«, sagte der Altbauer. Sophies jüngere Brüder grinsten, Johann nickte ihm freundlich zu. Erst jetzt bemerkte Lui, dass Auguste, die Altbäuerin, in der Nähe der Haustür in einem großen Sessel saß. Sie hatte Strickzeug vor sich liegen. Sophie war nirgends zu sehen.

»Guten Tag, Bäuerin«, grüßte Lui nun auch in ihre Richtung. Die Alte nickte ihm zu, sagte aber nichts. Stattdessen musterte sie ihn von Kopf bis Fuß. Er war froh, dass er auf seine Mutter gehört und sein gutes Hemd angelegt hatte. Gründlich rasiert und mit frisch geschnittenen Haaren hoffte er, der strengen Prüfung der Altbäuerin standhalten zu können.

»Ich wollte die Sophie abholen.«

»So so«, sagte der Altbauer. »Wo wollt ihr denn hin?«

»Heute ist das Wetter so schön, wir könnten oben über die Reben, den Kastanienweg über die Ringelbacher Höhe Richtung Schwend gehen.«

»Von mir aus«, sagte der Vater und schaute zu seiner Frau hinüber.

»Dann solltet ihr aber bald los, damit ihr zum Melken wieder zurück seid«, wies die Bäuerin sie an.

»Ja, das schaffen wir«, erwiderte Lui, »ist Sophie drinnen?« Ohne sich in ihrem thronartigen Sessel umzuwenden, rief die Bäuerin mit erstaunlich lauter Stimme: »Sophie! Besuch für dich!«

Die Gerufene war sofort zur Stelle und dem Anschein nach nicht sehr überrascht, Lui zu sehen.

»Bist du schon fertig mit allem?«

»Ja Mutter, es ist alles erledigt.«

Nachdem Lui ihr von seinen Plänen für den Nachmittag erzählt und Sophie sich noch ein leichtes Kopftuch geholt hatte, marschierten beide unter launigen Bemerkungen des Altbauern und seiner Söhne sowie den strengen Augen der Vogt Bäuerin den Hof hinaus. Bisher hatten sie noch kaum Gelegenheit gehabt, ohne Aufpasser zusammen zu sein. Lui begann ein Gespräch über das Wetter, die Natur und die bevorstehende Hochzeit von Bertha und Johann und fragte seine Begleitung nach ihren Ansichten zu diesem oder jenem Thema. Aber Sophie, die es nicht gewohnt war, nach ihrer Meinung gefragt zu werden, wusste oft gar nicht, was sie sagen sollte. Egal, was Lui sie fragte – es war ihr recht oder sie sah die Dinge genauso wie er. Als er wissen wollte, was ihre Mutter denn von seiner Schwester hielt, biss sie sich auf die Lippen und meinte: »Weißt du, der Mutter kann es niemand recht machen. Die Bertha soll froh sein, dass sie mit dem Johann bald in die Stadt zieht und er so eine gute Position bei der Bahn hat. Dann kann ihr die Mutter nicht in alles reinreden.«

»Und du, würdest du dir auch einen eigenen Haushalt wünschen?«, setzte er an. Sie waren bereits kurz vor der Einkehr und traten aus dem Wald heraus. Beide blieben gleichzeitig stehen und genossen den Ausblick über die Reben bis nach Waldulm.

Nach einer kurzen Pause erwiderte Sophie: »Ja, eigentlich schon.« Dabei schaute sie ihm prüfend in die Augen.

»Ich will nicht lange drumherum reden, Sophie. Könntest du dir vorstellen, mit mir einen Hausstand zu gründen?«

»Wie meinst du das jetzt genau?«, fragte Sophie nun etwas verlegen.

»Na, könntest du dir vorstellen, dass wir auch heiraten und eine eigene Familie gründen?« Jetzt war es heraus, und Lui atmete erst einmal tief durch, bevor er Sophies Blick begegnete.

»Und du?«, fragte ihn Sophie überraschend schlagfertig zurück.

»Schon, sonst hätte ich dich ja nicht gefragt. Ich finde dich … liebenswürdig«, fügte er noch schnell hinzu.

Sophie schaute ihn aufmerksam an. Sie hatte feine, schöne Gesichtszüge, wie Lui fand, und grün-blaue Augen. Ihre Haare hatte sie zu einem Zopf geflochten, der akkurat an ihrem Hinterkopf festgesteckt war. Sie lächelte ihn an, was sie noch hübscher aussehen ließ.

»Lui, ich finde dich auch sympathisch«, antwortete sie. »Aber meinst du, das reicht für eine Ehe?«

»Ich denke schon«, versicherte ihr Lui. »Alles andere wird sich dann auch finden, meinst du nicht?«

»Ja, da hast du wohl recht.«

»Also dann gilt's?«, fragte Lui, ihre kleine Hand ergreifend.

»Von mir aus, ja«, antwortete Sophie und ließ ihre Hand in der seinen. Zu ihrer eigenen Überraschung fand sie die Berührung gar nicht unangenehm.

So gingen sie ein Stück Hand in Hand, bis Lui sich Sophie plötzlich zuwandte, sie umarmte und unvermittelt auf die Lippen küsste.

»So, jetzt ist es beschlossen«, sagte Lui mit einem Grinsen im Gesicht.

Sophie entfuhr ein erstauntes »Hoppla«, und sie schaute sich um, ob sie auch keiner beobachtet hatte. Dann gingen sie weiter und sprachen den ganzen Nachmittag über alle möglichen Dinge. Wie sie sich die Zukunft vorstellten. Wann sie heiraten könnten und einiges mehr. Es war ein sehr schöner Sonntag, und als sie gegen Abend zurückkamen, waren sie beide doch sehr zufrieden und freuten sich auf einen neuen Lebensabschnitt. Lui offenbarte dem Vogt Bauer seine Absichten, und der gab seinen Segen dazu, während sich Sophies Mutter diesmal erstaunlicherweise zurückhielt.

Lui hatte den ganzen Nachmittag nicht an Klara gedacht, bis er auf dem Rückweg an »ihrem« Rebhäuschen vorbeikam.

Was sie wohl sagen würde, wenn sie von seiner bevorstehenden Heirat erfuhr? Der Kuss mit Sophie vorhin im Wald hatte sich nicht schlecht angefühlt. Aber es war auch kein Herzklopfen dabei gewesen. »Das wird noch kommen, wir müssen uns einfach aneinander gewöhnen«, hoffte Lui. Zuhause zog er schnell seine Sonntagskluft aus und erledigte seine Arbeit. Danach machte er sich beschwingt auf den Weg zu seinen Eltern, um ihnen die Neuigkeiten zu verkünden.

Helene stürzte so ungestüm auf ihren Vater zu, dass sie ihn fast umgerannt hätte. Beim Anblick seiner kleinen

Tochter ging Theo jedes Mal das Herz auf. Er konnte ihr nichts abschlagen. »Vater, reiten«, quiekte sie. Er lachte, nahm sie auf die Schultern und hoppelte mit ihr unter großem Gejauchze über den Hof. »Schneller, schneller.« Theo beschleunigte seinen Schritt, bis ihm die Puste ausging.

Das Beste, was ihm seit dem Krieg passiert war, das war seine Tochter. Überall sonst hatte er versagt. Das wusste er, auch wenn seine Mutter oder Klara nie etwas in der Richtung zu ihm gesagt hatten. Er war einfach kein Wirt, hatte es nie sein wollen.

»Komm, Helene«, sagte er, »ich mache ein bisschen Musik, und du tanzt dazu.« Er ging in die Stube und holte sein Akkordeon, um sich im Hof auf einen Schemel zu setzen und für seine Tochter aufzuspielen. Helene jauchzte dazu, klatschte in die Hände und drehte sich im Kreis. Dabei sah sie allerliebst aus mit ihren goldenen Löckchen, die um ihren Kopf wippten.

Klara kam mit dem Melkeimer aus dem Stall und freute sich die beiden so glücklich zusammen zu sehen. Als die Kleine ihre Mutter entdeckte und nach ihr rief, beendete Theo abrupt sein Spiel.

»Genug für heute, Helene, es ist Bettzeit, sonst kommt die *Nachtkrabe* und holt dich«, sagte er.

»Mach ihr doch keine Angst«, schalt ihn Frieda, die mit einem Blecheimer aus der Küche kam, um dem

Schwein die Rübenabschnitte und Kartoffelschalen zu bringen. Aber Helene lief unbeeindruckt auf ihren Vater zu und tanzte um ihn herum, bis der sich erweichen ließ und sie nochmals Huckepack nahm, um sie ins Bett zu befördern.

Klara wurde es warm ums Herz, als sie die beiden so glücklich zusammen sah. »Warum kann es nicht immer so sein«, dachte sie wehmütig. Die letzten Wochen waren schwierig gewesen. Sie vermutete, dass Theo wieder zu viel trank. Die ersten Monate nach dem Umzug waren in Anbetracht des großen Verlustes besser verlaufen, als sie gehofft hatte. Es gab neue Skandale oder, wie Frieda es ausdrückte, es rannte schon wieder eine andere Sau durchs Dorf. Sie waren alle froh, die Schulden los zu sein. Klara fand wieder Zeit zum Nähen. Sie hatte immer gerne Handarbeiten gemacht und damit begonnen, auch für andere Leute Näharbeiten zu übernehmen. Sie bestickte auch Aussteuer für einige feine Leute aus der Stadt. So konnte sie ein paar Mark dazuverdienen, die sie gut gebrauchen konnten. Neben dem Vieh kümmerten sich Klara und Frieda auch um den Gemüsegarten vor dem Haus. Theos Aufgaben waren die Obstgärten und die Wiesen. Reben hatten sie keine. Einmal in der Woche half Theo seiner Frau, Gemüse und Eier auf den Markt zu fahren. Den Verkauf überließ er allerdings Klara. Er selbst genierte sich, dort wie ein Marktweib seine Waren anzupreisen. Es kamen immer mehr Kundinnen an den Stand, die von Klaras Nähkünsten gehört hatten. Insgesamt hatten sie so ein kleines Auskommen. Aber der Umtrieb des Gasthofes, die Gäste, das alles fehlte Klara sehr.

Als sie sehnsüchtig einen Blick in Richtung Goldener Hirsch warf, kam *just* in diesem Moment Lui aus dem Stall. Er hatte sich inzwischen Kühe und ein paar Sauen angeschafft, und es lief gut für ihn. Lui war fleißig und setzte Stück für Stück seinen Plan um. Das gefiel ihr. Theo hingegen legte, trotz guter Vorsätze, wenig Engagement an den Tag. Deshalb kam es in letzter Zeit häufig zum Streit zwischen ihnen. Theo war oft missmutig und neidisch auf Lui, beinahe eifersüchtig. »Der wohnt jetzt auf unserem Hof«, sagte er ständig. »Er gehört uns nicht mehr, und Lui hat ihn rechtmäßig gekauft und uns nicht weggenommen. Das war die Bank«, antwortete sie ihm dann.

»Ich weiß schon, der Lui ist halt ein patentes Mannsbild, nicht so ein Waschlappen wie ich«, sagte Theo eines Abends, als sie sich wieder einmal in der Küche stritten. Klara spürte, wie sie vor Wut rote Flecken im Gesicht bekam. Wie konnte er nur so etwas sagen. Nie hatte sie ihm wegen des verlorenen Gasthofs einen Vorwurf gemacht. Sie schaute ihn verständnislos an.

»Ja meinst du, ich sehe nicht, wie du ihn bewunderst?«, rief Theo aufgebracht. »Nur gut, dass er demnächst heiratet, dann hat er ja eine eigene Frau, die ihn anhimmeln kann«, setzte er noch hinzu.

»Was, er heiratet? Wer hat dir das erzählt?« fragte Klara bemüht beiläufig.

»Sein Bruder hat es neulich im Ochsen herumposaunt. Und dass Lui mit Sophie eine gute Partie machen würde.«

»Welche Sophie?«

»Na die vom Spring, die Vogt Sophie. Die sind schon gut betucht, das muss man sagen. Ich dachte schon, der bleibt ewig Junggeselle.«

Klara griff hastig nach einem Eimer und ging damit hinaus auf den *Trippel*. Ihr Herz bummerte wie verrückt. Theo hatte sie aus der Fassung gebracht, und sie musste die Nachricht erst einmal verdauen. Ich war doch diejenige, die ihm damit in den Ohren gelegen hat, dachte sie. »Lui, bleib nicht alleine, du musst auch eine Familie gründen.« Das tat er jetzt, und trotzdem brachte sie die Neuigkeit aus der Fassung.

Klara atmete tief durch, bevor sie in die Küche zurückkehrte. Theo war nirgends zu sehen. Sie setzte sich an den Küchentisch, dann stand sie wieder auf, lief auf und ab, setzte sich erneut. So ging das eine Weile. Irgendwann beschloss Klara, sich einen Kamillentee zu kochen, von dem sie sich eine beruhigende Wirkung erhoffte.

Sie hatte schon länger nichts mehr mit Lui besprochen, das über eine unverfängliche Plauderei hinausgegangen wäre. Allerdings war ihr aufgefallen, dass er in den letzten Wochen an den Abenden regelmäßig wegging. Sie hatte vermutet, er ginge zu seinen Leuten in die Hubeneck. Als Klara mit ihrem Tee am Küchentisch Platz nahm, fühlte sie sich wie um Jahre gealtert. Nur gut, dass ausnahmsweise einmal keiner um sie herum war. Eigentlich sollte sie der Metzgersfrau noch ein paar Schürzen ausbessern. Aber dazu fehlten ihr jetzt Lust und Kraft.

Sie trank aus, spülte ihre Teetasse und ging nach oben, um nach Helene zu sehen. Sie würde heute einmal früher zu Bett gehen. Wo Theo war, entzog sich ihrer Kenntnis. Wahrscheinlich ist er wieder im Ochsen, vermutete Klara. Dort machte er hin und wieder Musik, wenn die anderen ihn dazu aufforderten. Er ließ sich wohl nicht lange bitten. So kam er dann umsonst zu dem einen oder anderen Bier und Schnaps. Klara hoffte nur, dass er sie heute Nacht schlafen lassen würde. Wenn er betrunken nach Hause kam, weckte er sie meistens und verlangte, dass sie ihrer ehelichen Pflicht nachkam. Manchmal gelang es ihr, sich schlafend zu stellen, so dass Theo, betrunken wie er war, von ihr abließ. Aber meistens gab es kein Entkommen. Dann versuchte sie, es so schnell wie möglich hinter sich zu bringen. Hinterher lag sie oft noch lange wach und dachte an Lui. Wie schön und zärtlich das alles mit ihm gewesen war! Nicht wie mit Theo ein mechanischer Akt, der lediglich seiner Triebbefriedigung diente. Die Unbefangenheit, das Lustige, das sie anfangs an ihrem Zusammensein gemocht hatte, war spätestens in der Nacht, in der Theo ihr Gewalt angetan hatte, für immer verschwunden.

Helene schlief zum Glück selig und sah dabei wie immer besonders liebenswert aus. Klara legte ihr Nachthemd an und ging gleich zu Bett. Natürlich gönnte sie Lui, dass er endlich jemanden gefunden hatte. Gleichzeitig konnte sie den Gedanken kaum ertragen, dass er bald dasselbe mit seiner Frau tun würde, was er mit ihr getan hatte. Und das auch noch im Goldenen Hirsch! Solange Lui alleine gewesen war, hatte ein kleines Stück von ihm immer noch ihr gehört. Das wurde ihr jetzt schmerzlich bewusst. Klara bekam nun auch eine Ahnung davon, wie es Lui in den letzten Jahren ergangen sein musste. Bei diesen Gedanken begannen ihr die Tränen über die Wangen zu rinnen. Sie weinte nicht oft, aber jetzt ließ sie sie laufen. Vielleicht würden sie ihr Erleichterung bringen.

Lui war Klara in der letzten Zeit aus dem Weg gegangen, denn er wusste nicht, was er ihr hätte sagen sollen. Sie wird es sicher erfahren haben, dachte er etwas feige. In den letzten Wochen renovierte er beinahe Tag und Nacht, um vor der Hochzeit noch die wichtigsten Räume fertig zu bekommen. Nach der Hochzeit seiner Schwester, vor wenigen Wochen, war er Sophie zum ersten Mal etwas näher gekommen. Aber mehr als ein paar Küsse hatte sie nicht zugelassen. Fast panisch war sie weiteren Annäherungsversuchen jedes Mal ausgewichen. Wie ein scheues Reh, das sich vor dem Jäger fürchtete. Obwohl sie verlobt waren und in ein paar Monaten heiraten wollten. Aber Sophie berief sich auf den Pfarrer und die strengen Ermahnungen ihrer Mutter, bloß nicht mit einem dicken Bauch vor den Altar zu treten. So waren sie bisher über ein bisschen Küssen und Fummeln nicht hinausgekommen. Und selbst dafür hatte er ihr vorher erst schwören müssen, bei allem was ihm heilig war, dass sie davon nicht in andere Umstände kommen konnte. Konrad zog ihn schon die ganze Zeit damit auf, dass gerade die keuschesten Jungfrauen das meiste Feuer hätten.

Auf jeden Fall stand das Hochzeitsdatum fest. Im Januar nächsten Jahres sollte es so weit sein. Bis dahin würde auf seinem Hof alles fertig und eine angemessene Verlobungszeit vergangen sein. Um diese Jahreszeit gab es noch wenig Arbeit in den Reben und auf dem Hof, das passte für alle gut.

Lui musste sich noch einen neuen Anzug anfertigen lassen. Darauf hatte Sophie bestanden, die großen Wert auf Sauberkeit und Ordentlichkeit legte. Lui musste zugeben, sie sah immer sehr ansehnlich aus. Obwohl sie viel arbeitete, nahm sie sich für ihr Aussehen Zeit. Er freute sich jetzt auch darauf, dass endlich Leben auf den Hof kommen würde, denn langsam war er das Alleinsein leid. Seine zukünftige Schwiegermutter ließ ihn immer wieder spüren, dass er an ihre Söhne nicht herankam, aber sie hatte sich wohl damit abgefunden, dass er ihre Tochter heiraten würde.

Lui wunderte sich immer wieder, wie sein zukünftiger Schwiegervater damit zurechtkam, dass der Pfarrer und der Schulleiter auf seinem Hof ständig ein und aus gingen. Im ganzen Dorf war bekannt, wer in dieser Familie die Hosen anhatte und alle herumkommandierte. Sie war nicht sonderlich beliebt. Trotzdem hatte die Altbäuerin im Dorf einen bedeutenden Einfluss. Ihre Meinung galt etwas. Aus diesem Grund traute sich kaum jemand, ihr offen zu widersprechen. Dass etwa seine Nachbarin, die Krämerin, der Vogtbäuerin nicht noch den Weg mit Palmwedeln auslegte, wenn diese ihren Laden betrat, wunderte ihn fast schon. Lui konnte über ein solches Maß an Heuchelei nur den Kopf schütteln.

XI

Sie feierten eine stattliche Renchtäler Hochzeit. So wie es sich für eine Großbauerntochter gehörte. Lui hatte es immer weiter vor sich her geschoben, Klara selbst von seinen Heiratsplänen zu erzählen, bis ihn diese eines Abends nach der Stallarbeit abpasste und ihn selbst darauf ansprach. Es war ein sehr seltsamer Augenblick gewesen, für sie beide.

Sophies Sachen waren inzwischen alle im neuen Heim. Ihre Brüder mussten den größten Wagen einspannen, damit alle die beachtliche Mitgift sahen, als sie damit durchs Dorf fuhren. Und die konnte sich tatsächlich sehen lassen: ein großer Schrank aus Nussbaumholz, eine wunderschöne Waschkommode mit Marmoraufsatz und großem Spiegel, eine prächtige Schwarzwälder Uhr, beste Leinenbettwäsche, handbestickt, und etliches mehr. Die Vogt Bäuerin hatte sich dann doch nicht *lumpen* lassen, schon weil es hier auch um ihre eigene Ehre ging. Sophie war einfach nur froh, einen eigenen Hausstand zu gründen und sich nicht mehr unterordnen zu müssen. Sechsundzwanzig Jahre lang hatte sie ohne Widerrede getan, was die Mutter ihr angeschafft hatte. Aber jetzt war sie ein Stück weit frei.

Dank dieser Zukunftsaussichten war sie am Tag ihrer Vermählung von einem Glücksgefühl erfüllt, auch wenn ihr der Abschied von ihrem Vater und ihren Brüdern schwerfiel. Eine Sorge aber hatte sie schon viele Tage vor dem großen Tag umgetrieben: Sie wusste nicht wirklich, was in der Hochzeitsnacht geschehen würde. Von der Mutter hatte sie keinerlei Erklärungen erhalten. Die hatte ihr lediglich zwei spezielle Nachthemden hingelegt und gesagt: »Die ziehst du dann an, wenn du deine ehelichen Pflichten erfüllst, nach der Hochzeit.« Mehr nicht. Sophie war ratlos und beschämt zurückgeblieben.

Die Hemden waren bodenlang und reichten bis über ihre Fußknöchel. Sie waren aus festem Leinenstoff und hatten vorne eine kleine Öffnung, ungefähr zwanzig Zentimeter, unter ihrem Bauchnabel. Sie konnte den Zweck dieses Schlitzes erahnen, und es grauste ihr ein wenig. Obwohl ihr die Nähe zu Lui nicht unangenehm war, fürchtete sie sich vor dem, was ihr in der Hochzeitsnacht bevorstand. Sie hatte ihre Brüder und deren Kameraden immer mal wieder scherzhafte Bemerkungen darüber machen hören. Aber Genaueres wusste sie nicht. Was, wenn sie sich dumm anstellte oder es nicht mochte? Wenn er ihr gar wehtat? Mit Lui hatte sie noch nicht darüber gesprochen. Bisher hatte sie ihn immer abwehren und auf die Ehe vertrösten können. Aber das ging jetzt nicht mehr.

In der Hochzeitsnacht waren sie dann beide etwas beschwipst. Nach ihrer Ankunft im neuen Heim ging Lui voraus und führte Sophie in die Schlafkammer. Dort standen sie beide voreinander und schauten sich an. Sophie wurde unruhig.

»Lui, kannst du mich einen Moment alleine lassen? Ich will mich umziehen.«

Lui schaute sie belustigt an, nickte dann aber und sagte: »Ich muss sowieso noch mal schnell nachschauen, ob alles verriegelt ist.«

Dadurch ließ er ihr einen Moment Zeit, die Sophie nutzte, um ihr Hochzeitskleid auszuziehen, sich an der Waschschüssel frisch zu machen und das harte leinene Nachthemd überzustreifen, das sie von ihrer Mutter erhalten hatte.

Als Lui zurückkam, lag sie bereits im Bett, die Bettdecke bis zum Hals über sich gezogen. Lui öffnete seine Weste und legte ungeniert sein Hemd ab, streifte die Socken von seinen Füßen und zog seine Hose aus, bis er in Unterwäsche vor ihr stand.

»Willst du nichts überziehen? Es wird sicher kalt heute Nacht«, fragte Sophie aus ihrem Bett heraus.

»Mir wird's schon warm werden«, erwiderte Lui. So, wie er war, stieg er ins Bett und rückte ganz nah an seine frisch angetraute Ehefrau heran, worauf diese zu zittern begann. Als Lui das *Deckbett* zur Seite und schaute seine neuvermählte Frau an.

»Was hast du denn da an?«, fragte Lui mehr entsetzt als erstaunt.

»Das gehört sich so, hat mir die Mutter gesagt.«

Jetzt musste Lui lachen. »Das wirst du nicht brauchen, denke ich.« Er rutschte noch näher an Sophie heran und versuchte, sie in den Arm zu nehmen und zu streicheln. Aber der harte Leinenstoff war alles andere als anregend.

»Herrgott noch mal, Sophie, zieh das Ding da aus. Du bist jetzt meine Frau, und ich werd' dir schon nichts weggucken.«

»Ja, aber …«, versuchte Sophie einzuwenden. Doch Lui war bereits dabei, ihr das bretthar te Gewand abzustreifen, was sie schließlich verschämt geschehen ließ.

»Hör zu, Sophie, ich weiß, was ich mache, und ich werde dir nicht wehtun.« Dann küsste er sie, und sie fügte sich. Als er schließlich in sie eindrang, stieß sie einen kurzen Schrei aus, und dann war es geschafft. Sie war jetzt keine Jungfrau mehr. Es war nicht so schlimm gewesen, wie sie es sich vorgestellt hatte. Aber es war jetzt auch nicht so, dass sie sich darauf freute, es immer wieder zu tun.

Sei es, wie es wollte, sie waren jetzt offiziell Mann und Frau. Morgen würde endlich ihr neues Leben beginnen. Dafür war es das allemal wert gewesen.

Die ersten Monate vergingen wie im Flug. Jetzt, da Sophie die großen Rebfelder in die Ehe mitgebracht hatte, gab es draußen ungleich mehr zu tun. Lui hatte nun im Frühling wenig Zeit für anderes. Das Vieh musste jeden Tag versorgt, die Obstbäume mussten geschnitten und die Felder bestellt werden. Lui versuchte, mit Klara, die er jetzt beinahe täglich sah, einen normalen Umgang zu pflegen. Was ihnen beiden auch weitgehend gelang. Weder Theo noch Sophie wussten von dem Band zwischen ihnen, und das sollte auch so bleiben. Helene kam ab und zu vorbei, wenn sie Lui beim Hühnerstall entdeckte oder wenn er die Bäume auf der unteren Wiese schnitt. Obwohl direkte Nachbarn, waren sie durch die Straße, die Scheune und den Stall getrennt. Auch die Insellage mitten im Dorf bescherte ihnen Abstand und Nähe gleichermaßen.

Im Juni stellte Sophie fest, dass sie in guter Erwartung war. An dem Abend, an dem sie Lui die Neuigkeit erzählte, waren sie beide glücklich. Lui war inzwischen dreißig und längst alt genug, Vater zu werden.

Im Frühjahr 1925 kam ihr Sohn Paul zur Welt. Mutter und Sohn waren wohlauf, und Lui freute sich. Inzwischen hatten sie sich ein eigenes Leben aufgebaut. Sophie war eine sehr gute Köchin und Hausfrau. Ein immer wiederkehrender Streitpunkt zwischen ihnen war jedoch ihre über alle Maßen ordentliche Art. Sie war ziemlich pingelig und mäkelte herum, wenn Lui Schmutz ins Haus trug oder sich anderweitig schlampig verhielt. Sie hatte es nicht anders gelernt zu Hause. Immerzu lag sie ihm auch in den Ohren, wie schön sich ihr Vater und ihre Brüder am Sonntag immer gekleidet hatten, wenn sie musizierten. Aber damit konnte Lui nicht viel anfangen. Er ging lieber am Sonntag im Wald spazieren oder seine Familie besuchen. Und dafür brauchte er sich nicht herauszuputzen wie ein Pfau.

Ansonsten kamen sie recht gut miteinander aus. Sophie war sehr katholisch und streng erzogen und immer noch außerordentlich *genant*. Jedes Mal, wenn sie sich auszog, drehte sie sich von Lui weg. Lui konnte das nicht verstehen. Er selbst genierte sich doch auch nicht vor ihr. Ganz im Gegenteil. Manchmal provozierte er sie damit, dass er sich ganz langsam vor ihr auszog. Aber sie schaute immer gleich verlegen zur Seite. Er hatte gehofft, dass sie mit der Zeit mehr Freude am Beischlaf finden würde. Auch hatte er sich bemüht, mehr auf sie einzugehen. Bisher jedoch ohne Erfolg. Er war ja schon froh, dass sie dieses grausliche Gewand aus der Hochzeitsnacht nicht mehr anzog. Vielleicht brauchte es bei ihr einfach mehr Zeit, hoffte er. Auch wenn die Situation ihn betrübte und auch an seiner Männlichkeit kratzte, wenn er ehrlich war. Hin und wieder kamen ihm die leidenschaftlichen Nächte mit Klara in den Sinn. Wie innig sie sich geliebt und wie viel Freude sie beide dabei gehabt hatten. Neben ihrer tiefen Freundschaft hatten er und Klara auch auf der körperlichen Ebene sehr gut miteinander harmoniert.

Aber sobald ihm diese Art Gedanken in den Sinn kamen, zwang er sich, an etwas anderes zu denken.

Seit Paul auf der Welt war, hatte sich Sophie ihm noch mehr entzogen als zuvor. Zu Anfang hatte er noch Verständnis aufgebracht, doch inzwischen war er oft ungeduldig und barsch zu seiner Frau, was diese meistens mit einem tagelangen Schweigen beantwortete. Das war ihre Art, ihn zu strafen. Damit kam er überhaupt nicht gut zurecht.

Klara erblickte Lui, wie er an einem Sonntagvormittag nach dem Gottesdienst mit dem kleinen Paul auf dem Arm das Haus seins Nachbarn Gustav ansteuerte. Die Vaterrolle stand ihm, fand sie. Der kleine Kerl war ein richtiger Sonnenschein. Auch Helene war ganz vernarrt in ihn und wollte immerzu nach ihm sehen. Dadurch kam Klara jetzt auch öfter mit Sophie in Kontakt. Sie waren zwar schon seit einiger Zeit Nachbarinnen. Aber außer über ein paar Belanglosigkeiten, wie das Wetter oder das Kochen, hatten sie sich bisher nicht ausgetauscht. Sophie war ihr gegenüber sehr zurückhaltend. Zuhause war die Situation zunehmend angespannt. Theo trank wieder zu viel, und mit Friedas Gesundheit stand es auch nicht zum Besten. Der Doktor hatte ihr gesagt, dass ihre Nieren nicht mehr richtig funktionierten. Vielleicht hatte ihr doch alles mehr zugesetzt, als sie zugeben wollte. Der Tod von Franz, die Ungewissheit, ob Theo noch lebte, seine Rückkehr, der Untergang des Goldenen Hirschs, Theos Trinkerei. Wer kannte schon die Ursache? Klara hatte sich mit ihrem neuen Leben arrangiert und wünschte sich schon länger ein zweites Kind. Vielleicht würde Theo dann zur Vernunft kommen, hoffte sie im Stillen. Aber es klappte nicht. Erst kürzlich hatte sie erfahren, dass sich ihr Mann mit seinen Saufkumpanen nun auch noch zum Glücksspiel traf. Das hatte gerade noch gefehlt.

Theo wusste nicht mehr ein noch aus. Er hatte inzwischen einiges an Spielschulden angehäuft. Obwohl er sich immer wieder vornahm, sich nicht zum Spielen hinreißen zu lassen. Aber der Alkohol brachte ihn jedes Mal wieder von seinen guten Vorsätzen ab. Seine Mutter und Klara lagen ihm wegen seiner Trinkerei seit Wochen in den Ohren. »Ich muss aufhören, auch wegen Helene. Was bin ich für ein armseliger Schwachkopf, ohne mich wären sie besser dran.« So dachte er in letzter Zeit öfter, wenn er wieder einmal morgens auf der Küchenbank erwachte, weil er im Suff nicht mehr geschafft hatte, die Stiegen hochzusteigen. Wehmütig dachte Theo an die Zeit in Lothringen mit Margarethe zurück. Mit ihr war alles so einfach gewesen, trotz der schwierigen Situation.

In dieser Nacht war sein Absturz besonders schlimm. Der Schuhmacher Toni hatte ihm eine letzte Frist gesetzt, um seine Spielschulden zu begleichen. Das hatte er ihm deutlich zu verstehen gegeben. Aber wie sollte er das bewerkstelligen? Seine Mutter oder Klara durften nichts davon erfahren. Und es fiel ihm auch sonst niemand ein, der ihm noch hätte helfen können. Es war bereits nach Mitternacht, aber Theo fand dennoch keinen Schlaf. Sein Schädel brummte, als hätte sich ein Hornissenschwarm darin breit gemacht. Obendrein war ihm übel.

Theo rappelte sich von der Ofenbank hoch und trat vors Haus um, frische Luft zu schnappen. Der Mond stand prominent über dem Goldenen Hirsch. »Ein Zeichen«, dachte er. »Selbst der Mond verachtet mich und will mir zeigen: Schau, was Lui alles aus dem Goldenen Hirsch gemacht hat.« Dabei war das da oben seine Heimat.

Er schaute sich um, alles war ruhig. Nicht einmal ein Hund bellte in dieser Vollmondnacht im Mai. Plötzlich durchfuhr ihn ein Gedanke, und er fühlte sich auf einen Schlag nüchtern. Theo dreht sich wie ferngesteuert um und ging wieder in Haus. Er wollte wenigstens einmal nicht der Schwächling sein, für den er sich selbst und viele andere ihn hielten.

Langsam stieg er die Treppe hinauf und betrat dann die Kammer seiner geliebten Tochter. Dort beugte er sich über ihr Bettchen und betrachtete sie lange. Er bemerkte nicht, dass ihm Tränen über die Wangen liefen und auf

Helenes Bett tropften. »Du hast einen besseren Vater, eine bessere Zukunft verdient, mein Kind«, sprach er leise. Er strich ihr über ihre Löckchen und schlich sich wieder hinaus.

Dann ging er in den Keller und suchte nach der Schnapsflasche, die er dort hinter einem Fass versteckt hielt. Er nahm ein paar tiefe Schlucke und steckte sie dann in seinen Kittel.

Theo überquerte die Straße, ohne zurückzublicken. Wie getrieben lief er hoch zum Goldenen Hirsch. Unter der mächtigen Kastanie, die um diese Zeit in voller Blüte stand, blieb Theo einen Moment stehen. Es war mondhell und alles war ruhig, als er die Scheunentür öffnete, muhte eine Kuh. Hinter der Tür hing immer noch der Kälberstrick an seinem Platz. Theo ergriff ihn und stieg damit langsam und auf einmal ganz ruhig die Leiter zum Heustall hinauf. Oben angekommen zog Theo die Leiter hoch. Er schaute sich um. Alles sah aus wie früher, als er als Junge hier oben mit seinen Kameraden gespielt hatte. Dann schlüpfte er aus seiner Jacke und hängte sie auf eine umgedrehte Heugabel. Er setzte die Schnapsflasche an und trank sie bis auf den letzten Tropfen leer. Anschließend nahm er ganz ruhig und ohne Angst den Strick in die Hand und legte ihn sich als Schlinge um den Hals. »Da hab' ich doch mal was Ordentliches gelernt im Krieg«, lachte er noch zynisch und warf dann das andere

Ende über den Dachbalken. Theo lehnte die Leiter an den Giebel, stieg hinauf und befestigte das Seil. Als er hoch genug stand, bereit für den letzten Schritt, warf er einen letzten Blick aus der Dachluke. Und da stand immer noch der Vollmond über seinem Geburtshaus. Das war das Letzte, was er auf dieser Welt noch wahrnahm. Dann sprang er.

Lui war am Nachmittag bei seinen Leuten gewesen, um ihnen beim Ausbrechen der Reben zur Hand zu gehen. Danach war er noch zum Nachtessen geblieben, und es war spät geworden. Sophie schlief schon, als er nach Hause kam. Als er sich gerade hinlegen wollte, hörte er Resl muhen. Sie war seine erste Kuh, und er konnte ihr Muhen von dem aller anderen klar unterscheiden. »Was ist da los? Soll ich nochmal nach ihr schauen?«, überlegte er. Wahrscheinlich schleicht wieder der Fuchs ums Haus. Aber er war müde, und kurz darauf war nichts mehr zu hören. Lui legte sich neben seine Frau und schlief auf der Stelle ein.

Als er am nächsten Morgen aufwachte, sah er dass es ein schöner Frühlingssonntag werden würde. Er öffnete die Haustür und ging wie immer zuerst Richtung Stall. Eine der Hofkatzen strich um seine Beine und wartete auf ihre Morgenmilch. Lui war bestens gelaunt. Er blieb stehen und sah sich um. Er war zufrieden mit dem, was er bisher geschafft hatte. Danach öffnete er die Stalltür, um zuerst nach seinen Kühen zu schauen. Alle schienen wohlauf und begannen gleichzeitig zu muhen, als sie ihn erkannten. Lui nahm die Gabel in die Hand und begann, Futter in die Krippen zu füllen und dabei beruhigend auf die Tiere einzureden. »Jede von euch bekommt was, nur langsam, ich muss erst noch Nachschub holen.« Er ging zur Luke, um noch mehr Futter vom Heustall herunterzuholen. Die Leiter war verschwunden. Lui wunderte sich und schaute sich um, aber er konnte sie nirgendwo entdecken. »Herrgott nochmal, war das wieder ein Bengel, der irgendwo fensterln wollte und sich meine Leiter ausgeborgt und nicht zurückgebracht hat?«, ärgerte er sich. Gleichzeitig beschlich ihn ein komisches, ungutes Gefühl. Fluchend lief er zur angrenzenden Scheune und holte eine andere Leiter. Seine gute Laune verflüchtigte sich bereits. Die Kühe warteten ungeduldig auf Nachschub und muhten inzwischen allesamt in mehreren Tonlagen.

»Ruhig, ich komm' ja schon«, rief er ihnen zu und stieg die Luke hoch. Da war ja die vermisste Leiter! »Komisch«, dachte Lui noch. Vielleicht hatte es sich ein Liebespaar im Heuschober gemütlich gemacht. Er ging ein Stück weiter.

»Um Gottes Willen«, flüsterte Lui entsetzt. Er sah sofort, wer da baumelte, und dass es zu spät war. Lui hatte im Krieg zu viele Tote gesehen, um sich hier etwas vorzumachen.

»Theo, um Himmels Willen, was hast du bloß getan«, murmelte Lui. Für einen Moment blieb er wie gelähmt stehen. Dann drehte er sich um und kletterte, mehrere Sprossen auf einmal nehmend, hinunter. Er wusste was in diesen Fällen zu tun war.

Unten angekommen, rannte Lui wie von Sinnen in Richtung Küche, wo er Sophie vermutete. Sie bereitete wie immer die Morgensuppe zu, bevor sie zum Melken in den Stall kommen würde. Paul schlief noch.

»Sophie, schnell«, rief er seiner Frau außer Atem zu. »Lauf gleich hoch zum Pfarrer. Der soll sofort kommen und den Bürgermeister und den Gendarmen verständigen.«

»Wieso, was ist denn passiert?«, fragte Sophie erstaunt.

»Frag nicht, lauf los, es pressiert, es ist ein Unglück … der Theo ist tot«, rief er und rannte bereits wieder zum Stall, wo die Kühe inzwischen laut brüllten. Sie wollten jetzt gemolken werden, es war Zeit.

Als Lui wieder im Heustall ankam, klopfte sein Herz wie verrückt. Er beschloss abzuwarten, bis die anderen hier sein würden. Theos Leichnam war bereits kalt und steif, also musste sein Tod schon ein paar Stunden her sein. Lui erinnerte sich an das Muhen in der vergangenen Nacht. Hätte er doch noch einmal nachsehen sollen? Schuldgefühle und ein schlechtes Gewissen machte sich in ihm breit. Und das nicht nur, weil er nicht noch einmal zum Stall gegangen war. Er hatte schon eine Weile Theos Veränderung bemerkt. Man sah ihm an, dass er zu viel trank, und wie man sich erzählte, war er auch dem Glücksspiel verfallen. In letzter Zeit hatte er ihn ein paarmal beobachtet, wie er um den Goldenen Hirsch herumschlich.

»Oh Gott – Klara, ich muss es ihr selber sagen, das bin ich ihr und auch Theo schuldig«, schoss es Lui durch den Kopf, als Sophie mit dem schreienden Paul auf dem Arm in den Stall gerannt kam.

»Der Pfarrer lässt den anderen Bescheid sagen und kommt gleich.«

»In Ordnung, geh du mit dem Jungen ins Haus, ich melke solange.« Er warf ein paar Büschel Heu durch die Öffnung, kletterte wieder hinunter und verteilte es unter den Kühen. Sie fingen sofort an zu fressen, blieben aber unruhig. Seit er Theo gefunden hatte, war kaum eine halbe Stunde vergangen. Aber es kam ihm unendlich lange vor. Viele Gedanken gingen ihm durch den Kopf, während er seine Melkarbeit erledigte.

Da betrat Sophie erneut den Stall. Paul lag nun satt und zufrieden in einem Weidenkorb, den sie in den Futtergang stellte. Sie nahm einen Melkeimer zur Hand und begann, neben Lui zu melken.

»Geh du«, sagte sie nur zu ihm, »die kommen gleich. Ich mach' hier fertig.« Sie schaute Lui auffordernd an und nickte ihm zu. Sophie hatte es so gelernt. Die Pflicht stand immer an erster Stelle, komme was wolle. Ruhe und Ordnung gaben ihr Stabilität. In diesem Moment war Lui ihr sehr dankbar dafür.

»Ist recht«, sagte er, stand auf und stellte seinen Melkeimer ab.

»Wie lange ist er schon tot?«, fragte Sophie ihn noch.

»Genau weiß ich es nicht, aber vermutlich schon seit ein paar Stunden.«

Als Lui gerade zum Haus hinübergehen wollte, kam der Pfarrer angelaufen, den Bürgermeister im Schlepptau. Der sonst so ruhige Pfarrer Bott schimpfte laut vor sich her. »Eine Sünd' ist das. Gott ist der Einzige, der entscheidet, wann wir sterben. Wie kann man nur so eine Todsünde begehen und selbst Hand an sich legen?«

Lui begleitete die beiden zum Heustall. Nachdem der Pfarrer sich wieder unter Kontrolle hatte, sprach er ein paar Gebete. Dann schilderte Lui dem Bürgermeister, wie und wann er Theo gefunden hatte. Der nickte nur und sagte: »Der Gendarm wird gleich kommen. Mein Junge ist auf dem Weg, ihn zu holen.«

XII

»Lasst mich zuerst alleine mit Klara sprechen. Ich möchte ihr selbst die Nachricht überbringen.«

Nach kurzem Überlegen willigte der Gendarm in Luis bitte ein. Als Lui dann an die hintere Küchentür klopfte, war das sein bisher schwerster Gang. Sofort als Klara ihn erblickte, wusste sie, dass etwas Schlimmes geschehen sein musste, denn sie hatte Theo am Morgen nirgends finden können.

»Klara, es tut mir wirklich leid. Ich muss dir eine sehr traurige Nachricht überbringen.«

»Es ist etwas mit Theo, oder?«, unterbrach sie ihn mit außergewöhnlich ruhiger Stimme.

»Ja, Theo ist tot«, sagte Lui und ließ sie dabei nicht aus den Augen. Als Klara in die Knie ging, fing er sie auf, hielt sie fest und sagte nichts. Was hätte er ihr auch sagen sollen?

Klara schlug ihre Hände vors Gesicht und weinte bitterlich. Lui wiegte sie in seinen Armen. Nach einer Weile half er ihr hoch und setzte sich mit ihr auf die Eckbank. Kurz danach trafen Pfarrer Bott und der Bürgermeister mit dem Gendarmen ein. Klara war inzwischen verstummt. Lui machte sich große Sorgen um sie. Frieda kam mit Helene hinzu und der Pfarrer überbrachte ihr die Nachricht vom schrecklichen Tod ihres Sohnes. Wie ein verwundetes Tier schrie sie auf und verlor kurzzeitig das Bewusstsein. Das verängstigte Kind brachte man weg und alles nahm seinen Lauf. Der Gendarm bestätigte den Selbstmord. Was sonst noch an diesem Tag geschah, daran konnte sich Lui im Nachhinein kaum mehr erinnern. Er wusste nur noch, dass man sich darauf einigte, Theos Tod als Unglück im Suff darzustellen. So dass wenigstens Friedas letzter Wunsch, ihrem geliebten Sohn ein einigermaßen würdiges Begräbnis zukommen zu lassen, in Erfüllung gehen konnte. Alle wussten jedoch, es war die Tat eines Verzweifelten, der seit der Rückkehr aus einem barbarischen Krieg nicht mehr in sein Leben zurückgefunden hatte.

Der frühe und schreckliche Tod von Theo war ein großer Schock für Klara und ihre Familie. Während des Trauerjahrs zog Klara sich ganz zurück und ging still ihrer Arbeit nach. Lui sah sie nur, wenn er ihr bei schweren Arbeiten half. Frieda war seit Theos Tod nicht mehr dieselbe. Selbst Helene gelang es kaum noch, sie aufzuheitern. Ihr Nierenleiden wurde immer schlimmer. Kurz vor Weihnachten ging es Frieda so schlecht, dass Klara den Pfarrer holen musste. Der Glaube war jetzt ihr einziger verbliebener Lebensinhalt. Daran hielt sie sich noch fest. Frieda wollte nicht mehr leben, und sie wäre ihrem Sohn freiwillig in den Tod gefolgt, wenn sie keine so große Angst vor der Bestrafung einer derart großen Sünde gehabt hätte. So kam es nicht sehr überraschend, dass Frieda kurz nach Weihnachten 1926 mit siebenundfünfzig Jahren starb.

Nun war Klara mit ihrer Tochter wieder alleine. Ihre Schwester Fine blieb nach der Beerdigung zwei Wochen bei ihr und war ihr eine große seelische Stütze. Aber dann musste sie zurück auf den Feldberg, ins Hotel, wo sie inzwischen unentbehrlich war. Das Leben ging weiter, und Klara musste wieder einmal neu beginnen. Fine hatte ihr vorgeschlagen, es ihr gleichzutun und mit ihr auf den Feldberg zu kommen. Dort würde sie sicher auch Arbeit in einem Hotel finden. Aber Klara wollte nicht weg aus dem Renchtal, es war in all den Jahren zu ihrer zweiten Heimat geworden. Vor allem wusste sie hier Lui immer in ihrer Nähe. Helene hatte ihren Vater anfangs sehr vermisst. Aber sie war noch klein und ließ sich damit trösten, dass er vom Himmel aus auf sie aufpasste. »Ach Theo«, dachte Klara oft. »Wieso ist es nur so gekommen? Wie konnte das alles geschehen?« Sie fand keine Antwort, außer dass der unselige Krieg daran schuld war. Es waren die vielen Grausamkeiten, das Leid und die Sinnlosigkeit, die Theo so zugesetzt und ihn nicht mehr losgelassen hatten. Der Alkohol war lediglich eine Krücke für ihn gewesen, dem allem zu entkommen. Sie trauerte um ihren Mann, er war ihr viele Jahre ein guter Freund gewesen. Auch wenn es später schwierig geworden war. »War es meine Schuld, dass ich ihn nicht so lieben konnte wie Lui? Ahnte er, wie nahe ich Lui stand?«, diese Fragen quälten sie immer wieder. Seit Theos Tod hatte sie sich noch mehr von Lui zurückgezogen. Bei manchen Arbeiten kam sie jedoch nicht umhin, seine Hilfe anzunehmen. »Irgendwie verpassen wir uns immer wieder. Zuerst war er alleine und jetzt ich«, dachte sie traurig und haderte auch manches Mal mit ihrem Schicksal. So vergingen die ersten beiden Jahre nach Theos und Friedas Tod. Klara sehnte sich nach Lui und ging ihm deshalb so gut wie möglich aus dem Weg.

Lui freute sich über die Geburt Rosas im Sommer 1928. Seine Tochter war ihm wie aus dem Gesicht geschnitten, sagten die Leute. Paul geriet mehr nach Sophies Familie. Er war musisch sehr begabt und sang ununterbrochen mit seiner Mutter. Nach Luis Empfinden verhätschelte Sophie ihn ein bisschen zu sehr. Paul war inzwischen drei Jahre alt und fragte ihm allerhand Löcher in den Bauch. Aber er kümmerte sich rührend um seine jüngere Schwester.

Lui hatte die letzten Jahre vergeblich gehofft, dass er und seine Frau sich näher kommen würden. Eine kurze Zeit, nach Theos Selbstmord, hatte es so ausgesehen. Aber leider war diese Verbundenheit nur von kurzer Dauer gewesen. Seit Rosas Geburt wich ihm Sophie wieder ständig aus und hatte allerlei Ausreden – Frauensachen, Kopfweh, zu müde, die Kinder und andere Begründungen –, mit denen sie sich ihm zunehmend entzog. Immer wieder fragte er sich, was er falsch machte, ob es an ihm lag. Dann dachte er mit Wehmut an die Nächte mit Klara zurück. Sophie war eine fürsorgliche Mutter und sehr fleißig. Aber das Aufwachsen unter den strengen, scheinheiligen Fittichen ihrer Mutter und deren Pfaffenfreunden wirkte leider bis ins Ehebett nach. Die körperliche Liebe zwischen Mann und Frau war Sophie eine ungeliebte Ehepflicht, wenn nicht gar zuwider. Es frustrierte ihn zunehmend, dass er auch sonst kaum Zugang zu ihr fand. Über die Jahre hinweg wurde ihre Ehe immer schwieriger. Es herrschte Sprachlosigkeit auf beiden Seiten. Immer öfter dachte er wieder daran, wie sein Leben mit Klara hätte verlaufen können. Er bewunderte, wie sie sich alleine mutig und tapfer mit Helene durchs Leben schlug. Wann immer sie ihn brauchte, unterstützte er sie. Aber wenn er ihr nur nahe kam, konnte er nicht verhindern, dass sich sein Herzschlag beschleunigte. Er vermied es, wann immer er konnte.

Sophie stand in der Küche und formte die letzten Brote. Heute war Backtag. Es war noch früh, aber die Kinder wuselten bereits um sie herum. Rosa konnte schon laufen, fiel aber immer wieder auf den Hosenboden, was ihr nichts auszumachen schien. Paul rannte mit der Katze um den Tisch, obwohl diese drinnen eigentlich nichts verloren hatte. Aber sie ließ ihn gewähren. Solange Lui es nicht sah, drückte sie ab und an ein Auge zu.

Lui war schon früh aufs Feld aufgebrochen, denn es sollte am Nachmittag Regen und Gewitter geben, so zeigte der Barometer es an. Sie musste sich beeilen, um die Brote in den Ofen zu bekommen. Aus dem Rest wollte sie einen Rahmkuchen machen. Danach waren alle ganz verrückt, insbesondere Paul. Nichts Süßes war vor ihm sicher, ob Marmeladen- oder Honigtopf. Sie musste fertig werden, damit sie das Mittagessen noch rechtzeitig auf den Herd brachte. Heute gab es Kartoffelsuppe mit Milch, die mochten alle gerne. Sie schmelzte sie immer mit etwas brauner Butter ab. Jetzt, wo sie mehr Kühe hatten, konnte sie wieder ausreichend Butter für sich selbst abzweigen, bevor sie den Rest der *Geldreichin* brachte. Die Bäckersfrau nahm ihr immer gerne ihre Eier und Butter ab. Ein kleines Zubrot, das sie gut gebrauchen konnten. Im Herbst aßen sie zur Kartoffelsuppe gerne einen Apfel- oder Zwetschgenkuchen, so kannte sie es von zu Hause. Aber heute gab es dazu den Rahmkuchen. Für Lui hatte sie dazu noch eine Wurst. Sophie summte während der Arbeit vor sich hin.

»Mutter, was summst du da?«, fragte der kleine Paul interessiert. »Das ist ein Kirchenlied. Hör, das geht so.«

Sie sang ihm das Lied vor, und der kleine Paul stimmte beim Refrain mit seiner hellen Kinderstimme direkt mit ein.

Den Kindern verdankte sie die meisten glücklichen Momente in ihrem Leben. Sie war auch froh, ihren Hausstand nach eigenem Gutdünken führen zu können. Lui ließ ihr da zum Glück freie Hand. Drinnen hatte sie das Sagen. Ansonsten ordnete sie sich unter, so wie sie es von zu Hause gewohnt war und der Pfarrer es fast jeden Sonntag von der Kanzel predigte. »Die Frau sei dem Manne untertan.« Daran gab es für Sophie keinen Zweifel. Nur mit den ehelichen Pflichten hatte sie so ihre Schwierigkeiten, das Ganze war ihr von Anfang an nicht recht geheuer gewesen. Sie wusste, dass es sein musste, und dass es auch Paul und Rosa sonst nicht geben würde. Zwei Kinder waren aber genug, fand sie. Der neue Pfarrer hatte seine Gemeinde letzten Sonntag wieder strengstens ermahnt. »Hätte Eva Adam nicht verführt, wären wir jetzt noch im Paradies. Frauen, die Männer verführen, machen sich schuldig!« Sophie wollte keine Schuld auf sich laden. Aber es stand noch irgendetwas anderes zwischen ihr und Lui. Außer dem Hof und den Kindern hatten sie wenig gemeinsam. Sophie vermisste die Sonntagnachmittage mit ihren Geschwistern und ihrem geliebten Vater. Wenn sie ehrlich zu sich war, stand es mit ihrer Ehe gerade nicht zum Besten. Und es nagte da noch etwas an ihr. Aber dieses Gefühl konnte sie nicht genau benennen. Sophie vermisste ihre Schwester Ida. Sie lebte weit weg in Eimeldingen, in der Nähe von Lörrach. Sie war mit einem Zöllner verheiratet und war bereits verwitwet. Meist sahen sie sich nur einmal im Jahr. Mit ihrer älteren Schwester hatte sie sich immer gut verstanden und auch reden können.

»Bub«, sagte sie zu Paul, »komm hilf mir, wir bringen jetzt den Rahmkuchen raus zum Backhaus. Die Brote dürften gleich fertig sein.« Eifrig rannte Paul voraus, um der Mutter die Tür zu öffnen. Rosa stolperte auf wackeligen Beinchen hinterher.

XIII

Paul sprang aufgeregt um seine Mutter herum. »Juhu, heute gibt's Rahmkuchen. Die Rosa kann ja sowas noch nicht essen, oder?«

»Doch, deine Schwester kann auch schon davon kosten, Pauli«, antwortete seine Mutter und schaute die beiden lächelnd an. »Aber erst muss er in den Ofen, bevor wir ihn verzehren können. Bis er fertig ist, kannst du mir helfen. Nimm Rosa bei der Hand, wir gehen in den Kartoffelkeller«, forderte Sophie ihren Sohn auf. Der trottete mit seiner kleinen Schwester hinter ihr her.

»Mutter, ist der Vater böse auf uns?«, fragte er unvermittelt. »Wie kommst du denn darauf?« Sophie sah ihn erstaunt an.

»Weil er heute Morgen so geschimpft hat mit dir.«

»Nein, Bub, er hat sich nur über etwas geärgert, und das hat er mir erzählt«, antwortete sie.

»Aber am Sonntag war er auch schon mit mir sehr böse.«

»Das war doch nur, weil du die Katze reingelassen hast und die auf dem Tisch saß. Du weißt doch, das will er nicht. Die soll im Heustall schlafen, das hat er dir doch gesagt.«

»Aber du schimpfst mich doch auch nicht deswegen«, erwiderte Paul.

»Ja, aber ich hab' es dir eigentlich auch verboten, oder?«

»Mit Rosa schimpft er nie«, fuhr ihr Sohn fort.

»Die Rosa ist ja auch noch klein und kann noch nicht so denken wie du«, sagte Sophie und strich ihm mit der Hand sanft über den Kopf. Ihr Pauli, wie sie ihn nannte, war ein aufgewecktes, aber sehr empfindsames Kind. Vielleicht zu gefühlig für einen Bub. Zumindest meinte das ihre Mutter. Und Lui war der Ansicht, sie verhätschele ihn zu sehr. Aber sie konnte nicht anders. Sie liebte ihren Sohn über alles, er war ihr Augenstern, vom ersten Tag an. Es gab eine besondere Nähe zwischen ihnen.

»Komm, jetzt wir müssen die Kartoffeln schälen, du kannst mir helfen, sie klein zu schneiden, sonst sind wir zu spät dran. Dann bekommst du nachher auch ein besonders großes Stück Kuchen«, fuhr sie fort. Damit gab sich Paul zufrieden und fragte nicht weiter.

»Schon der vierte Frühling seit Theos Tod«, dachte Klara. »Wo ist die Zeit nur geblieben?« Inzwischen blickte sie überwiegend dankbar auf ihre Zeit mit ihm zurück. Sonst gäbe es auch Helene nicht. Die letzten, weniger guten Jahre hatten ihren Schrecken verloren. Sie wusste, er war nicht mehr er selbst gewesen. Als sie letzte Weihnachten mit Helene auf Besuch in ihrer alten Heimat gewesen war, hatte sie ihr den prunkvollen Dom in Sankt Blasien gezeigt. Dort waren sie auf Pater Alois getroffen, einen alten Freund der Familie. Mit ihm konnte sie reden. Auch über Theos Selbstmord und ihre Schuldgefühle. Als er dann zu ihr gesagt hatte: »Mach dir keine Vorwürfe, mein Kind, Theo war an der Seele erkrankt, du hast keine Schuld daran. Zahlreiche Frauen tragen das gleiche Schicksal wie du, denn die Kriegsheimkehrer leiden alle an der gleichen Pein«, war Klara ein Stein vom Herzen gefallen.

Helene ging inzwischen zur Schule und konnte sich nur noch schwach an ihren Vater erinnern. Einige Lieder waren ihr jedoch im Gedächtnis geblieben. »Wo sind nur die Jahre hin?«, fragte sich Klara, während sie sich für den Sonntagsgottesdienst umzog. Als sie mit Helene aus der Tür trat, um sich auf den Weg zur Kirche zu machen, sahen sie von Weitem den Georg vom Obertal um die Ecke biegen. Als wenn er sie abgepasst hätte. Schon ein paar Mal hatte es Klara verwundert, dass er immer genau dann zur Stelle war, wenn sie aus der Tür kam.

»So, geht ihr auch in die Kirch'«, sprach er sie an.

»Ja ja, wir müssen uns beeilen, wir sind spät dran. Komm Helene, geh zu«, rief sie Georg nur über die Schulter zu und ging strammen Schrittes Richtung Kirche, so dass Helene beinahe rennen musste, um mit ihrer Mutter mitzuhalten.

Klara bemerkte schon eine Weile, dass der Georg ihr Avancen machte. Er war um einiges älter als sie, verwitwet und wahrscheinlich auf der Suche nach einer Frau, die ihn und seine halbwüchsige Kinderschar versorgen würde. Klara war mit ihren dreiunddreißig Jahren eine bildhübsche Frau, nach wie vor. Die Zeit hatte ihrer natürlichen, erfrischenden und unbefangenen Art Tiefe verliehen, die sie nicht nur attraktiv, sondern auch ein bisschen geheimnisvoll erscheinen ließ. Georg war nicht der Einzige, der sie in den letzten Jahren umworben hatte. Aber sie hatte nie Interesse gezeigt. Auch wenn sie nach der angemessenen Trauerzeit wieder eine Verbindung hätte eingehen können. Fine hatte ihr beim letzten Besuch zugeredet: »Klara, du bist jung genug und kannst noch einmal dein Glück finden.« Aber sie wollte davon nichts wissen. Helene und sie kamen zurecht. Und wenn sie wirklich Hilfe benötigte, war Lui stets zur Stelle. Ansonsten konnte ihr keiner etwas nachsagen. Sie wusste, wie schnell ihm Dorf geredet wurde, und gab nach Möglichkeit keinen Anlass dazu.

»Lui, kannst du mir helfen, die schweren Kartoffelsäcke in den Keller zu tragen? Alleine schaff' ich es nicht.«

Lui schaute überrascht auf. »Bin gleich fertig, dann helf' ich dir.«

Er wunderte sich, denn normalerweise versuchte Klara, alleine zurechtzukommen, soweit es irgendwie ging. Oder sie fragte erst einen der anderen Nachbarn. Es fiel ihr schwer, Hilfe anzunehmen. Vor allem seine. Immer zeigte sie sich erkenntlich, indem sie dafür etwas flickte, einen Holundersirup vorbeibrachte und manchmal auch einen selbst angesetzten Likör.

Lui kam gerade vom Futtermachen und war dabei, die Sense zu richten. »Sag mal, was hast du denn da gemacht?«, fragte er, als er den Verband an ihrer Hand sah.

»Ich bin mit der Sichel ausgerutscht, als ich hinten am Haus Hühnerfutter schneiden wollte. Der Schnitt ist nicht so tief«, wiegelte sie ab. »Aber ich kann jetzt mit der Hand nicht richtig heben.«

»Zeig mal her«, sagte Lui und ging auf sie zu. »Wer hat dir denn den Verband gemacht?«

»Das war Helene. So gut sie halt konnte.«

»Komm mal mit«, forderte er sie auf. Sie folgte ihm ohne Widerspruch in den Hinterhof und dann in die Küche. Dort verharrte sie einen Augenblick und sah sich um. Erinnerungen kamen hoch. Sie konnte beinahe nicht mehr atmen und schon gar nicht reden oder widersprechen.

«Komm, das muss versorgt werden«, sagte Lui. Er hatte sie beobachtet, wie sie stehengeblieben war und gezögert hatte. Er nahm ihre Hand und begann sachte, den Verband abzuwickeln.

»Habt ihr es ausgewaschen und desinfiziert?« fragte er und schaute ihr direkt in die Augen. Einen ganz kurzen Moment schien die Zeit stillzustehen. Beide hingen ihren eigenen Gedanken nach. Klara dachte an ihre erste gemeinsame Nacht in dieser Küche. Der Raum sah fast noch so aus wie damals. Sie räusperte sich.

»Ja, wir haben es gewaschen, aber nicht desinfiziert.«

Lui verließ kurz den Raum und kam mit einer Schnapsflasche zurück. »Zeig mal, ja, zum Glück ist die Verletzung nicht so tief, das gibt eine Narbe, aber das wird wieder. Aber das hat bestimmt stark geblutet, oder?«

»Geht so«, antwortete Klara.

»Beiß mal kurz die Zähne zusammen, gleich brennt's.« Lui schüttete eine ordentliche Menge Schnaps auf ihre Wunde. Klara zog die Luft durch die Zähne, gab aber sonst keinen Mucks von sich.

»Wart' einen Moment.« Er kam zurück mit einem Mulltuch und einer Binde und legte ihr einen neuen, beinahe perfekten Verband an. »So, Klara, das sollte erstmal halten.«

Nun schauten sie einander länger in die Augen. Es war einer der wenigen Momente, in denen sie einander nicht ausweichen konnten. Beide schwiegen, keiner wollte diesen Augenblick vergeuden. Klara war die erste, die sich wieder fing.

»Danke, Lui. Also dann vielleicht bis nachher. Es eilt nicht mit den Säcken. Nur vielleicht bevor es regnet.«

»Keine Sorge, Klara, ich komm' nachher gleich runter und stell sie dir rein.«

»Danke, die Binde bring' ich euch später wieder.«

»Ist schon gut«, erwiderte Lui und schaute ihr nach, wie sie den Hinterhof durchquerte. Er nahm einen Schluck aus der Schnapsflasche, obwohl er sonst nie um diese Zeit schon trank. Aber jetzt brauchte er etwas, das ihn wieder in die Gegenwart zurückbrachte. Dann machte er sich wieder an seine Arbeit.

Es war kurz vor Mittag, als Sophie aus den Reben zurückkam. Sie hatte schon am Morgen das Essen vorbereitet, so dass sie es nur noch warm machen musste. Gleich konnten sie zu Mittag essen. Lui war nicht da. Komisch. Sophie ging in die Küche und wunderte sich über die Blutstropfen im Ausgussbecken. »Vielleicht hat sich Lui geschnitten«, dachte sie und schüttete Wasser hinein. Na ja, er würde schon kommen. Sie fachte das Herdfeuer an und wärmte das Essen auf. Dann ging sie hinaus und rief nach den Kindern. Dabei sah sie, dass Lui unten bei Klara im Hof irgendetwas hin und her trug. »Was macht er denn schon wieder dort unten«, dachte sie. Da Klara keinen Mann im Haus hatte, half er ihr natürlich bei der Heuernte, beim Holzmachen oder Kalben, aber was sollte das jetzt? Misstrauisch blieb sie stehen und versteckte sich hinter dem Misthaufen, damit ihr Mann sie nicht entdecken würde. Aber Klara war nirgends zu sehen. Und jetzt sah sie, dass Lui Säcke hin und her trug. Sie kam aus ihrer Deckung und rief über den Hof: »Das Essen ist fertig.« Lui schaute zu ihr herüber und rief: »Ich komm' gleich.«

Als Lui in der Küche eintraf, saßen die Kinder schon am Tisch und warteten hungrig.

»Hast du dich geschnitten?«, fragte Frieda.

»Nein, wieso?«

»Naja, da war Blut, als ich zurückkam.«

»Ach so, das war Klara, der ist die Sichel ausgerutscht und sie hat sich in die Hand geschnitten.«

»Und du hast sie verbunden?«

»Ja, und ihr dann mit den Kartoffelsäcken geholfen. Sie kann sie ja nicht die ganze Nacht draußen stehen lassen.«

»So so«, erwiderte Sophie und musterte ihn skeptisch. Irgendetwas gefiel ihr daran nicht. Obwohl sie mit Klara ein angemessenes nachbarschaftliches Verhältnis pflegte, auch der Kinder wegen, hielt sie immer eine gewisse Distanz. Und in letzter Zeit kam so ein unbestimmtes komisches Gefühl hinzu. Sie verspürte Eifersucht. Eigentlich eine Sünde, wie sie wusste.

»Was hat die in meiner Küche verloren, wenn ich nicht da bin? Und das am helllichten Tag?«

Lui zog erstaunt die Augenbrauen hoch. So kannte er seine Frau gar nicht. »Sie war verletzt und bat mich um einen Gefallen«, verteidigte er Klara mit scharfer Stimme.

»Weil sie sich ein bisschen in den Finger geschnitten hat?« Sophie lachte verächtlich. »Das glaubst du doch wohl selbst nicht?«

»Hör auf, daraus einen Skandal zu machen«, zischte Lui. So ging es eine Weile hin und her. Sie stritten so heftig wie noch nie und schrien sich gegenseitig an. Um Klara ging es schon lange nicht mehr. Plötzlich knallte es. Lui warf seinen Löffel weg, der krachend auf den Steinboden prallte. Sophie erschrak. Lui sprang auf und stieß dabei mit Gepolter einen Stuhl um. Er lief auf Sophie zu, die aufgesprungen war, und blieb kurz vor ihr stehen. Er packte sie fest am Arm, so dass sie kurz aufschrie. Die kleine Rosa hatte sich derweil unter die Eckbank verkrochen, und Paul rannte jetzt auf seine Mutter zu und schrie: »Aufhören!« Lui stieß ihn zur Seite, und Paul versteckte sich weinend hinter seiner Mutter. Lui und Sophie schauten sich an. Er hielt noch immer ihren Arm fest. Nach einer Weile lockerte er seinen Griff, dann ließ er von Sophie ab und marschierte fluchend zur Küchentür hinaus.

Sie waren am Tiefpunkt ihrer Ehe angekommen. Was er in diesem Moment in Sophies Augen gesehen hatte, war eine Mischung aus Angst und Hass. Er ging hinauf zu der oberen kleinen Scheune. Dort lag noch Holz, das klein gemacht werden musste. Lui nahm die Axt und hieb mit aller Kraft und viel Wut auf den Baumstamm ein. Er ärgerte sich vor allem über sich selbst, sein schlechtes Gewissen meldete sich. Lui fühlte sich irgendwie ertappt und gleichzeitig ungerecht behandelt. Er hatte ja nichts Unrechtes getan. Die nächsten zwei Stunden spaltete Lui einen ansehnlichen Vorrat an Holzscheiten, während er versuchte, seine Gedanken zu ordnen.

Mit dem gemeinsamen Mittagessen war es vorbei. Sophie löste sich langsam aus ihrer Schockstarre. »Was war das gerade?«, dachte sie. »Wollte er mich etwa schlagen?« Auch sie musste sich eingestehen, dass dieser Streit alle bisherigen übertraf. Sie hatten eine Grenze überschritten. Die Kinder heulten und waren verängstigt. Sophie wischte sich eine Haarsträhne aus dem Gesicht und fasste dann hinter sich, wo Paul sich immer noch an ihrem Schürzenband festhielt und weinte. Rosa saß derweil unter der Eckbank und schaute mit aufgerissenen Augen zu ihr hoch. »So«, sagte Sophie in bemüht normalem Tonfall. »Wir essen jetzt erst mal.« Sie zog Paul zu sich vor und wischte ihm mit einem Schürzenzipfel die Tränen vom Gesicht. »Pscht, komm jetzt, Bub. So ein großer Junge wird doch nicht weinen.« Dann rief sie auch

Rosa zu, sie solle unter der Bank hervorkommen und sich wieder hinsetzen.

»Mutter, ist der Vater jetzt weg, so wie bei der Helene?«, fragte Paul seine Mutter.

»Was redest du denn da«, antwortete Sophie. »Nein, der musste noch Holz spalten. Das hörst du doch.«

»Ja, aber ihr habt miteinander gestritten«, antwortete jetzt Paul. »Warum wart ihr denn so böse und wieso habt ihr so geschrien?«

»Das sind Erwachsenensachen, das verstehst du nicht«, erwiderte Sophie. »So, jetzt setzt ihr euch hin, sonst wird das Essen ganz kalt und ihr habt doch großen Hunger, oder?«

Aber Paul aß nur noch lustlos. Als Rosa nach einer Weile anfing, mit dem Essen zu spielen, gab es ein kräftiges Donnerwetter von ihrer Mutter. Es lag keine gute Stimmung in der Luft. Als sie fertig waren und Sophie den Tisch abräumte, waren die Kinder froh, wieder nach draußen gehen zu können. Paul brachte den Eimer mit den Kartoffelschalen zu den Schweinen und Rosa rannte ihrem Bruder wie immer hinterher. Als sie alleine war, setzte sich Sophie für einen Moment hin und atmete durch. Sie hatte kein gutes Gefühl. Wie sollte es nur weitergehen? Außerdem musste sie den Kindern noch einmal deutlich machen, dass alles, was hier zu Hause gesprochen wurde – ob gestritten wurde oder nicht –

nicht nach außen dringen durfte, denn das ging niemanden etwas an.

Lui legte die Axt beiseite. Er schaute auf den Holzstapel und rief seinen Sohn zu sich. »Paul, komm hilf mir, die Scheite zu schichten.« Paul schlich sich an, diesmal ohne Rosa, die bei der Mutter in der Küche geblieben war. Wortlos führte er mit großer Sorgfalt die ihm aufgetragene Arbeit aus. Lui beobachtete ihn und es tat ihm leid, ihn zuvor so angefahren zu haben. Aber andererseits, dachte er, musste der Junge lernen, dass er sich nicht immer hinter der Mutter verstecken konnte, wenn es mal ruppiger zuging. Er bemerkte, wie schön und exakt Paul die Holzscheite gestapelt hatte. Der Junge brauchte zwar immer lange für alles, so dass Lui oftmals der Geduldsfaden riss, aber was er machte, erledigte er gewissenhaft.

»Gut gemacht, Paul, die fallen nicht so schnell wieder um.« Der strahlte ob des sehr seltenen Lobs seines Vaters und sprang hüpfend davon. »Vielleicht wird ja doch wieder alles gut, wenn ich noch besser folge«, dachte er bei sich.

Inzwischen war es schon später Nachmittag. Lui verspürte Hunger. Er hatte immer noch nichts gegessen und holte sich einen Kanten Brot, eine Schwarzwurst und einen Apfel. Er steckte alles in seinen Sack, dazu eine Flasche kühles Brunnenwasser, dem er einen kräftigen Schuss Apfelmost beigefügt hatte. Dann schwang er seinen Sack über die Schulter und ging von dannen. Er wollte im Wald nach dem Rechten sehen, bis es Zeit war zum Füttern. So ging er am Hof und Pfarrhaus vorbei, an Sophie, die dort in den Reben stand. Die Kinder sprangen in ihrer Nähe herum. Lui ging zügig Richtung Kapelle und Wald. Auf seinem Weg kam er wieder am Rebhaus vorbei und setzte sich dort auf die Bank. Zum Glück war keiner in der Nähe, so dass er ungestört sein Vesper zu sich nehmen und auf sein geliebtes Dorf und die umliegenden Ortschaften schauen konnte. Sogar das Straßburger Münster war zu sehen, so klar war es. Das war ein typisches Zeichen dafür, dass das Wetter bald umschlagen würde.

Langsam wurde er ruhiger, seine Wut war verraucht. Das Holzspalten hatte geholfen. Aber wie sollte es jetzt weitergehen? Das schon beinahe intime Zusammentreffen mit Klara, die Berührung ihrer Hand. Ihre Augen so nah vor sich, ihr schön geschwungener Mund. All das hatte ihn mehr aus der Fassung gebracht, als er sich zunächst hatte eingestehen wollen. Es war für sie beide ein Moment großer Versuchung gewesen. Er wusste es und hatte es auch in Klaras Augen sehen können. »Ach Klara«, dachte Lui. »Jetzt, wo ich gebunden bin, bist du alleine. Immer verpassen wir den Moment. Ich kann doch meine Familie, mein eigen Fleisch und Blut nicht verlassen.« Aber in diesem seltenen Moment gestattete er sich, davon zu träumen, was hätte sein können. Was, wenn alles anders gekommen und Theo im Krieg geblieben wäre und er mit Klara zusammen eine Familie gegründet hätte. Wenn sie miteinander statt nebeneinander leben würden. Er nahm einen kräftigen Schluck aus seiner Korbflasche. Dann stand er auf und machte sich auf den Weg in seinen geliebten Wald. Er wollte sehen, wie es um den Rehverbiss stand und wo er noch aufforsten musste. In der Natur fand er immer Ruhe.

XIV

Lui und Sophie hatten am Sonntagmittag Besuch von Bertha, Johann und deren Kindern. Lui stand seiner Schwester immer noch sehr nahe. Sein Schwager Johann war bei der Deutschen Reichsbahn beschäftigt und seinem Arbeitgeber hingebungsvoll verbunden. Lui verstand sich prinzipiell gut mit ihm, aber in letzter Zeit konnte er seine politischen Ansichten nicht mehr teilen.

Der Krieg hatte ihm gezeigt, dass es vorwiegend die kleinen Leute waren, die die Lasten zu tragen hatten. Und dass dies überall so war. Seither war er allen politischen oder kirchlichen Ideologien gegenüber skeptisch. Deswegen stritt er sich in letzter Zeit immer wieder mit seinem Schwager über die politische Entwicklung des Landes. Beide machten sich Sorgen. Die Aufbruchstimmung der Zwanzigerjahre war verflogen. Seit der Weltwirtschaftskrise 1929 ging es überall bergab. Vor allem in den großen Städten herrschte eine hohe Arbeitslosigkeit. Seit Hindenburg den Reichstag aufgelöst und Hitler im Januar 1933 zum Reichskanzler ernannt hatte, ging es auch mit der Freiheit des Einzelnen den Bach runter. Das gefiel Lui, dem persönliche Freiheit mit das Wichtigste war, überhaupt nicht. Auch deshalb war er gerne Bauer. Neben der Arbeit in der freien Natur hatte er keinen über sich, der ihm sagte, wo es langging.

»Kinder, seid froh, dass ihr in eine Bauernfamilie hineingeboren seid. Wir finden immer was zu essen und können weitgehend unsere eigenen Entscheidungen treffen. Auch wenn wir jetzt alle wieder den Gürtel etwas enger schnallen müssen«, sagte er immer wieder. Zudem kam ihm dieser Hitler nicht sonderlich schlau vor. Irgendwie gefiel er ihm nicht. Darüber konnte er sich leidenschaftlich mit Johann streiten. Aber hinterher hatten sie sich bisher immer wieder vertragen.

Gegen Abend fragte ihn Bertha beim Hinausgehen: »Lui, ist alles in Ordnung bei euch?«

Überrascht schaute er sie an. »Wieso, was genau meinst du?«

»Na ja, ich habe ja Augen im Kopf«, erwiderte seine Schwester.

»Geht schon«, antwortete Lui knapp.

»Kommt, Kinder, wir wollen noch auf einen Sprung bei den Großeltern vorbeischauen«, sagte Johann. Lisa und ihre Brüder hätten aber lieber noch länger mit Paul und Rosa Verstecken gespielt. Die Großmutter zwickte sie immer in die Backen zur Begrüßung und nötigte sie zu ewig langen Rosenkränzen in der hauseigenen Kapelle. Das gefiel ihnen gar nicht. Außerdem fragte sie sie immer über alles Mögliche aus. So trollten sie eher missmutig hinter ihren Eltern her, als diese den Rebberg hinaufliefen.

Lui zog seinen Sonntagsanzug aus und stieg in die Stallkleider. »Ich geh' dann schon mal füttern.«

»Ich komm' gleich«, erwiderte Sophie und wies die Kinder an: »Ihr zwei könnt die Hühner in den Stall treiben und den Tisch abräumen. Ich geh' zum Melken«.

Endlich mal wieder einen Sonntag ohne Streit, dachte sie. Besonders die Sonn- und Feiertage waren schwierig, wenn weniger zu tun war und sie aufeinanderhockten. Unter der Woche ging jeder seiner Arbeit nach und die Kinder sorgten für die Gespräche am Tisch. In den letzten Jahren herrschte zwischen ihnen eine Art stillschweigende Übereinkunft. Lui ließ sie größtenteils in Ruhe und wanderte manchen Sonntag hoch auf die Schwend. Im Winter nahm er manchmal auch die Kinder auf dem Schlitten mit. Sophie war froh, wenn sie dann einmal einen Nachmittag zu Hause ihre Ruhe hatte. An so einem Sonntag setzte sie sich gerne auf die Bank unter der Kastanie, erledigte Handarbeiten und sang dabei. Seit jenem letzten großen Streit mit Lui hielt sie zu Klara noch mehr Abstand. Auf die Auseinandersetzung damals war tagelanges Schweigen gefolgt, dann hatte es wieder viele Wortgefechte und Zwietracht gegeben. Bis dann irgendwann so eine Art Waffenstillstand eingetreten war. Sophie hoffte, dass die Kinder davon nicht allzu viel mitbekommen hatten.

Nach dem Vesper ging Lui in den Keller, er musste Platz schaffen für ein neues Eichenfass, das er morgen abholen wollte. In diesen Zeiten vertraute er der Bank immer weniger. Fast alle seine Erträge steckte er in den Ausbau des Hofes und in neue Gerätschaften.

Als er mit seiner Arbeit fertig war, ging er hinüber in den Futtergang. Bei den Kühen im Stall war es zu dieser Jahreszeit am wärmsten, und es war noch nicht ganz dunkel. Er wollte noch einen Weidenkorb fertig flechten. Lui nahm den *Pfriem* und das *Schlageisen*, um die Weiden festzuklopfen. Aber es wollte ihm einfach nicht gelingen. Immer wieder zitterte seine linke Hand, so dass er mehrmals abrutschte. «Zervix«, fluchte er mehrmals. Er hatte Sophie schon lange versprochen, den neuen Wäschekorb fertig zu machen.

Lui stand auf und schüttelte seine Hand aus in der Hoffnung, das Zittern würde nachlassen. Manchmal klappte das. Er nahm wieder Platz und versuchte, mit seiner Arbeit fortzufahren. Doch das Zittern wollte heute nicht aufhören. Diese alte Kriegsverletzung machte sich immer dann bemerkbar, wenn er es am wenigsten gebrauchen konnte. So wie jetzt, wenn es auf ruhige und geschickte Hände ankam.

Frustriert stand Lui auf und ließ das Eisen fallen. Die Kühe wurden jäh aus ihrem lethargischen Wiederkäuen gerissen und schauten erstaunt zu ihm herüber. Immer noch verärgert hob er das Werkzeug vom Boden auf und war froh, dass es keinen sichtbaren Schaden genommen hatte. Lui beschloss, für heute Schluss zu machen. Erst vor ein paar Tagen hatte ihm seine Mutter vorgeschlagen, den neuen Doktor in der Stadt aufzusuchen. Aber was sollte der schon ausrichten?

Lui wollte noch ein Glas warmen Apfelmost trinken. Etwas Wärmendes konnte er jetzt vertragen. Von draußen sah er, dass in der Küche noch Licht brannte. Sophie war also noch nicht zu Bett gegangen und wartete sicher auf den versprochenen Korb. Als er mit leeren Händen die Küche betrat, schaute sie enttäuscht drein und schüttelte missbilligend den Kopf, sagte aber nichts. Lui holte sich aus dem Keller einen Krug Apfelmost und stellte ihn auf den Ofen, um ihn zu erwärmen. Dann setzte er sich ans andere Ende des Tisches, nahm das Lokalblatt in die Hand und begann zu lesen. Als er den Krug holte, um sich ein Glas einzuschenken, begann seine Hand erneut unkontrollierbar zu zittern, so dass einiges daneben ging und auf dem Küchentisch landete.

Sophie grummelte verärgert: »So eine Sauerei.« Sie stand auf, um einen Lappen zu holen. »Mit dem Wäschekorb, das ist heute wohl auch nichts geworden oder?«

»Herrgott noch mal, du siehst es doch, was fragst du dann?«, erwiderte Lui gereizt.

»Man wird ja wohl noch fragen dürfen«, antwortete Sophie beleidigt, packte ihre Strickarbeit weg und verließ die Küche ohne ein weiteres Wort.

Lui atmete tief durch, legte die Zeitung zur Seite und stützte seinen Kopf in die Hände. Er fühlte sich müde und leer. Schon seit Jahren ging das so. Es wurde immer unerträglicher. Er wusste um seinen Jähzorn und nahm sich immer wieder vor, sich zu zügeln. In diesen Momenten dachte er sehnsüchtig an Klara, die so nah war und doch so fern. Sophie widersprach ihm zwar selten und wurde fast nie laut. Aber sie hatte ihre eigenen Methoden, ihn zu strafen. So konnte es nicht weitergehen. Lui hatte sich ein anderes Familienleben vorgestellt. »Nein, ich will nicht mein Leben lang wie Hund und Katz' leben«, dachte er bei sich. Er trank sein Glas aus und merkte, wie er langsam ruhiger wurde und eine Bettschwere eintrat. Lui tat noch einen Schritt vor die Tür und warf einen letzten Blick über den Hof. Dann ging auch er schlafen.

Lui und Sophie hatten in den letzten Jahren weitere Kühe angeschafft, mehr Reben zu bewirtschaften und pflanzten zunehmend Zwetschgen-, Mirabellen- und Kirschbäume. Den Goldenen Hirsch zu ersteigern, war im Rückblick eine mutige, aber auch weise Entscheidung gewesen. Wenn nur sein Eheleben sich auch so gut entwickelt hätte, dachte er manches Mal. Nach dem

Mittagessen wollte er endlich den morschen Balken im Heustall ersetzen. Dabei sollte ihm Paul helfen. Der Junge war jetzt beinahe zwölf Jahre alt und erwies sich als sehr lernbegierig und auch praktisch veranlagt. Er konnte sich regelrecht in Details verbeißen, wollte alles ganz genau wissen. Leider vergaß er darüber oft die Zeit. Das führte dazu, dass Lui manches Mal mit ihm die Geduld verlor. Rosa geriet mehr nach ihm. Er wusste, die Streitereien zwischen Sophie und ihm gingen auch an den Kindern nicht spurlos vorbei. Lui fand, der Junge musste in seinem Alter jetzt ein bisschen mehr rangenommen werden. Am liebsten würde er der Mutter noch beim Kochen und Backen helfen. Aber wie sollte dann ein ernstzunehmender Reb- und Obstbauer aus ihm werden?

»Paul, komm, ich brauch' dich«, rief er seinem Ältesten zu, als er sah, wie dieser hinten vor der Küchentür den Kartoffeln die *Augen* abribbelte.

»Ich muss der Mutter helfen«, antwortete sein Sohn.

»Nein, das kann die Rosa machen, du kommst jetzt, habe ich gesagt.«

Paul verzog das Gesicht und folgte seinem Vater widerwillig zum Schopf. Der stieg die Leiter hinauf.

»Komm, reich mir das Werkzeug hoch«, wies ihn Lui an. Der morsche Balken war ihm schon lange ein Dorn im Auge, auch weil er ihn an Theo erinnerte. Lui sägte den alten Balken an. Die Decke hatte er vorher abgestützt.

»So Paul, jetzt halt mal hier mit beiden Händen fest. Ich stütze dort hinten nochmal ab. Pass aber auf und bleib hier ruhig stehen«, wies er seinen Sohn an. Auf seinem Weg zum anderen Ende des Dachstuhls hörte Lui plötzlich einen dumpfen Schlag und dann einen Schrei. Er drehte sich erschrocken um.

»Herrgott nochmal, ich hab' dir doch gesagt, du sollst dich nicht bewegen«, rief er. Doch dann stockte ihm der Atem, als er erkannte, dass sein Sohn unter dem Deckenbalken lag und sich nicht mehr regte. Er begriff, dass etwas Ernstes passiert sein musste.

»Bleib liegen, Bub, und rühr dich nicht. Ich hol' ein Seil und zieh' den Balken weg und sag' deiner Mutter Bescheid«. Lui kletterte erstaunlich flink nach unten und rannte über den Hof, wo ihm seine Tochter begegnete.

»Rosa, deine Mutter soll sofort kommen, es ist etwas passiert.« Dann nahm er ein Seil und ging nach oben. Aber er schaffte es nicht auf Anhieb, den Balken zu bewegen. Der Junge war offenbar bewusstlos. Als Sophie unter großem Geschrei dazukam, schafften sie es nur mit vereinten Kräften, Paul unter dem Balken hervorzuziehen. Wie es aussah, hatte er noch Glück gehabt. Er hatte nichts am Kopf. Aber sein Bein war etwas verdreht, und vorne an seinem linken Fuß klaffte eine Wunde. Zum Glück blutete sie nicht besonders stark. Sophie musste um Fassung ringen.

»Um Himmels Willen, wie ist das passiert, hast du denn nicht aufgepasst?«, fuhr sie Lui an. »Pauli, gleich wird's besser«, wandte sie sich mit sanfter Stimme an ihren Erstgeborenen. Der war zum Glück wieder ansprechbar.

»Mutter, mir ist schlecht und es friert mich so«, antwortete Paul.

Lui konnte sich nicht erklären, wie das passiert war. War es seine Schuld oder hatte der Junge sich nicht an die Anweisungen gehalten? Er versuchte, ihm so vorsichtig wie möglich aufzuhelfen, dabei sah er, dass ein rostiger Nagel in Pauls Fuß steckte. Wahrscheinlich war bei dem Versuch, dem Balken auszuweichen, in einen der alten Nägel getreten.

»Komm Paul, jetzt hältst du dich an mir fest, dann geht das.« Sein Sohn wimmerte, tat aber, wie ihm geheißen.

Sie brachten ihn in die neben der Küche liegenden Stube und legten ihn dort auf das *Kanapee*. Rosa lief aufgeregt um ihren Bruder herum und wollte helfen. Sophie brachte allerlei Tinkturen, Salben und Tüchern herbei. Jetzt sah auch sie, dass ein großer Nagel in Pauls Fuß steckte.

»Heilige Maria und Josef«, entfuhr es ihr. Mit einer Zange zog sie den Nagel heraus. Paul schrie wie am Spieß. Aber Sophie ließ sich dadurch nicht abhalten.

»Pscht, Bub, gleich ist das Schlimmste vorbei. Ich wasch' nur noch die Wunde und dann verbind' ich dir den Fuß.«

Rosa rannte hin und her und kochte Lappen aus oder brachte frisches Wasser. Lui stand hilflos und etwas überflüssig daneben.

»Paul, hörst du mich?«

»Ja Vater«, kam es schwach, »ich hör' dich, aber mir ist immer noch schlecht.«

»Ja, jetzt bleibst du mal liegen und nachher schauen wir, ob du ein paar Schritte laufen kannst mit dem verbundenen Haxen. Damit ich sehen kann, ob was gebrochen ist. Aber das scheint mir nicht so.«

»Sag mal, bist du jetzt ganz von Sinnen?«, fuhr ihn Sophie scharf an. »Der Junge hat einen Schock und Schüttelfrost und wahrscheinlich auch Fieber, der braucht Ruhe und bleibt liegen.« An ihren Sohn gewandt sagte sie: »Bub, ich mach' dir gleich einen heißen Tee, dann wird's dir wärmer, und dann mach' ich dir einen Sud aus Weidenrinde, das wird dir helfen.«

Paul nickte nur und ließ erschöpft seinen Kopf auf das Kissen fallen. Lui merkte, dass er nichts ausrichten konnte, und trottete wie ein begossener Pudel von dannen. »So ein vermaledeiter Tag«, dachte er und machte sich wieder an seine Arbeit. Erst am späten Nachmittag hörte er, dass Rosa nach ihm rief.

»Vater, du sollst rüberkommen.«

»Was ist los?«, gab er ihr zur Antwort.

»Dem Pauli geht's nicht gut, sagt die Mutter.«

»Ja, ich komm' gleich«, antwortete Lui und legte sein Werkzeug weg. Er wischte sich die Hände an dem alten Kartoffelsack ab, den er sich mit einem Strick als Schürze um die Hüften gebunden hatte. Dann folgte er seiner Tochter ins Haus.

»Mach dir keine Sorgen Rosa, das wird schon wieder«, versuchte er sie zu ermutigen.

»Aber das Fieber steigt, sagt die Mutter.«

Sophie hatte Paul inzwischen ein richtiges Bett in der Stube hergerichtet, damit sie sehen konnte, wie es ihm ging, während sie nebenan in der Küche werkelte. Als Lui hereinkam, sagte sie nur: »Der Bub friert und ist ganz unruhig. Er klagt auch über starke Kopfschmerzen. Selbst trinken will er nichts. Das gefällt mir nicht.« Sophie erinnerte sich wehmütig an ihre kleine Schwester, die mit knapp einem halben Jahr am plötzlichen Kindstod gestorben war. Das saß ihr bis heute in den Knochen.

»Ja, ich seh', der Junge hat Fieber, aber der soll das ausschwitzen, er ist noch jung und morgen sieht das schon wieder ganz anders aus«, stellte Lui fest.

»Nein, mir gefällt das nicht. Es sieht aus, als hätte er Krämpfe. Geh und hol den Doktor.«

»Übertreib jetzt nicht, wegen Fieber und einem rostigen Nagel im Fuß muss man doch nicht gleich einen Arzt holen.« Da hatte Lui im Krieg ganz andere

Verletzungen gesehen. »Jetzt warten wir mal bis morgen, wie es dann ausschaut«, sagte er versöhnlicher, als Sophie ihn mit wütend blitzenden Augen ansah. »Mach ihm Wadenwickel und er soll viel trinken. Was soll der Doktor schon viel anderes machen.«

Seine Frau sagte nichts mehr, schüttelte nur den Kopf und schickte Rosa, frisches, kühles Wasser zu holen. Lui ging, um die Tiere zu füttern.

»Melken musst du heute selber«, rief ihm Sophie hinterher. »Ich bleib' hier.«

»Schon recht«, antwortete Lui und war froh, etwas unternehmen zu können. Als er vor die Tür trat, sah er Helene die Wiese hinaufkommen.

»Was ist bei euch denn passiert?«, fragte sie Lui. »Wir haben es schreien hören.«

»Der Paul hat sich im Heustall verletzt. Es ist ihm ein Balken auf den Fuß gefallen«, gab er Auskunft.

»Oh je, ist es schlimm?«, fragte Helene.

»Das wird schon wieder«, gab sich Lui zuversichtlich.

»Gott sein Dank und gute Besserung für Paul.«

»Ich richt's aus«, antwortete er und ging zum Schweinestall, während Helene wieder nach Hause lief. Lui schaute ihr einen Moment nach. Wie die Zeit vergeht, dachte er, Helene war groß geworden, schon ein richtiges Fräulein. Seit Theos Tod fühlte er sich für sie auch immer ein bisschen mitverantwortlich.

Er erledigte die anstehende Arbeit, war aber nicht richtig bei der Sache. Sein Junge tat ihm leid. Lui sah am Lichtschein, dass Sophie mit den Kindern nebenan in der Stube war. Die Tür war zu, aber er hörte ein leises Brummen. Wahrscheinlich betete Sophie mit Rosa. Dann schau' ich später noch mal nach ihm, entschied er. Er hatte Hunger. Heute würde er wohl selber für sein Nachtmahl sorgen müssen. Lui stieg hoch zur Räucherkammer und schnitt ein ordentliches Stück Speck ab, damit es auch für die anderen noch reichte. Er suchte sein Messer und Speckbrett, nahm das Brot aus dem Korb und setzte sich alleine an den Küchentisch. Als er zu essen begann, ging die Tür auf und Rosa kam herein.

»Vater, der Paul ist ganz heiß und irgendwie schnauft er komisch, die Mutter macht ihm Umschläge, aber das Fieber geht immer noch nicht runter.«

»Wart', ich komm' mit«, sagte Lui und folgte ihr in die Stube. Sophie stand große Sorge ins Gesicht geschrieben.

»Das gefällt mir gar nicht«, sagte sie. »Das Fieber lässt sich nicht senken. Geh und hol Hilfe, oder du versündigst dich, wenn der Bub umkommt.«

»Sophie, beruhig dich. Der Junge stirbt nicht wegen einer Wunde am Fuß. Außerdem, wo soll ich jetzt so schnell einen Doktor herbringen? Aber wenn es morgen nicht besser wird, dann hol' ich ihn, versprochen.«

Sophie schaute zweifelnd, sorgenvoll, aber auch bestimmt zu ihm auf. Lui, nun doch etwas unsicher, legte seine Hand prüfend auf die Stirn seines Sohnes.

»Soll ich ihn hochbringen in sein Bett?«

»Nein, ich bleib' heute Nacht hier unten, da hab' ich alles, was ich brauch'. Ich halte heute Nacht Wache«, sagte sie zu ihm und schaute ihn mit festem, unergründlichem Blick an. »Rosa, bring mir aus der Kammer oben mein wollenes Schultertuch«, wies sie ihre Tochter an, die an diesem Tag alle Anordnungen widerspruchslos befolgte.

Sophie blieb die ganze Nacht bei Paul, der immer noch hohes Fieber hatte. Sie legte ihm Wickel an, wechselte sein durchgeschwitztes Nachthemd und flößte ihm Weidenrindentee ein. Dazwischen betete und flehte sie zu allen Erzengeln, sie möchten ihrem Sohn doch beistehen und helfen.

In den Morgenstunden musste Sophie trotzdem eingenickt sein. Sie fühlte sich steif und gerädert. Als sie jedoch ihre Hand auf Pauls Stirn legte, war sie mit einem Schlag hellwach. Er glühte regelrecht. Sophie blickte aus dem Stubenfenster. Draußen war es noch stockdunkel. Da hörte sie Lui die Treppe herunterkommen. Anstatt wie sonst als erstes nach draußen zu gehen, streckte er den Kopf zur Tür herein. »Geht's dem Bub besser, wie war die Nacht?«

»Nicht gut«, sagte Sophie, »das Fieber will einfach nicht runtergehen.«

Lui trat näher und schaute seinen Sohn an. Der sah nicht gut aus. »Pass auf, ich geh' schnell frisches Futter machen und wenn ich zurück bin, dann holen wir den Doktor.« Er hatte auch nicht gut geschlafen, sondern an die zahllosen im Krieg verletzten und verstorbenen Kameraden denken müssen. Zudem plagte ihn ein schlechtes Gewissen. War er zu hart zu seinem Sohn gewesen? Paul war schlau und wissbegierig, aber bei jedem Kratzer rannte er gleich zu seiner Mutter. Wie sollte da mal ein richtiger Mann aus ihm werden? Er wollte ihn lediglich davor beschützen, von seiner Mutter verweichlicht zu werden. Auch er wollte nur das Beste für seinen Sohn.

Sophie schien ihn gar nicht richtig wahrzunehmen. »Wir können nicht mehr warten!« Sie ging in die Küche und ließ ihren Mann einfach stehen. Lui blieb noch eine Weile bei seinem Sohn, dann verließ er ohne ein weiteres Wort die Stube.

Sophie hatte für sich entschieden: »Ich warte keine Minute länger.« Sie ging entschlossen nach oben und holte ihre Bettdecke aus der Schlafkammer. Sie war übernächtigt und fror. Schnell wusch sie sich flüchtig und zog einen wärmeren Unterrock an. Sophie lief zur *Remise* und holte ihre *Marktchaise,* die sie mit einer Decke auspolsterte. Anschließend versuchte sie, Paul aufzuhelfen. Er war eigentlich nicht schwer, hing aber kraftlos und schlaff wie ein Sack Kartoffeln ihn ihren Armen. Die paar Meter bis zum Hinterausgang schleifte sie ihren Sohn unter gutem Zureden mehr, als dass er ging.

Mit aller Kraft gelang es ihr, ihn in den Wagen zu wuchten. Lui würde bald zurück sein. Sophie nahm einen Bleistift und kritzelte eilig »Sind ins Spital« auf ein Stück Papier. Dann deckte sie den Jungen zu, zog sich ihren Mantel an und schlug sich ein leichtes Tuch um Kopf und Schultern. Die paar Kilometer zum Spital legte sie mehr rennend als gehend zurück. Inzwischen war es zumindest hell. Sie hatte Pauls verletzten Fuß auf ein Kissen gelegt.

Sophie nahm eine Abkürzung über die Feldwege. Als sie im Spital ankam, war sie durchgeschwitzt und außer Atem. Sie klopfte mehrmals an die Tür und als endlich eine ältere Schwester aufmachte, fiel ihr ein großer Stein vom Herzen.

»Schwester, helfen Sie mir, mein Sohn …«, dann brach sie vor Erleichterung in Tränen aus.

»Schon gut, schon gut, was ist denn passiert?«, versuchte die Ordensschwester in Erfahrung zu bringen. Nachdem Sophie ihr berichtet hatte, was geschehen war, und sie selbst einen Blick auf Pauls Verletzung geworfen hatte, rief sie eine Hilfsschwester, die sofort den Doktor holen sollte.

»So, mein Kind«, sagte sie zu Sophie. »Du hast gut getan herzukommen. Das könnte ein Wundstarrkrampf sein oder eine Blutvergiftung. Der Doktor wird tun, was er kann, und du solltest heimgehen und beten. Mehr kannst du hier nicht tun.«

»Aber ich könnte warten und hier beten.«

»Nein, das geht nicht. Komm, nimm deine Chaise und geh wieder nach Hause.«

»Ich würde gerne hier bleiben«, sagte Sophie ungewöhnlich hartnäckig.

»Dann geh rüber in die Kapelle, dort kannst du beten und dich etwas ausruhen. Wenn etwas ist, wissen wir ja, wo du bist«, seufzte die Ordensschwester.

Paul lag inzwischen auf einer Trage und hatte die Augen angstvoll geöffnet. »Pauli, ich bin da und nur nebenan«, sagte Sophie zu ihrem Sohn und strich ihm über die Haare. Die Schwester schob sie freundlich, aber bestimmt nach draußen und schloss die Tür hinter sich.

Sophie merkte nun, wie müde sie war, und ging hinüber zur Kapelle. Sie setzte sich ganz vorne in die erste Reihe vor die Muttergottes und betete mehrere »Gegrüßet seist du Maria«, einige Fürbitten und den Rosenkranz, bei dem sie wohl irgendwann eingenickt sein musste. Als jemand sachte an ihrer Schulter rüttelte, wachte sie auf. Es war die gleiche Hilfsschwester, die sie vorhin schon gesehen hatte.

»Der Doktor ist da, ihr sollt kommen.«

Sophie war sofort hellwach und folgte der jungen Frau, die schnellen Schrittes vorausging. Als sie auf den Arzt traf, einen respekteinflößenden älteren Herrn mit einem langen Spitzbart, näherte sie sich ihm demütig. Die Ordensschwester war auch da, aber von ihrem Jungen war nichts zu sehen.

»Wo ist mein Bub?«, fragte sie und sah die beiden mit erschrockenen Augen an.

»Er schläft jetzt«, antwortete die Schwester.

»Ihr seid also die Mutter«, sprach der Doktor sie nun an. »Das war aber höchste Eisenbahn, dass ihr mit ihm gekommen seid. Wir wissen noch nicht, ob wir den Fuß des Jungen retten können. Er ist jung und wir hoffen, dass er stark genug ist und die Blutvergiftung überlebt. Ihr könnt hier nichts tun. Geht nach Hause und betet für ihn«, wies sie nun auch der Doktor an. »Die nächsten vierundzwanzig Stunden werden entscheiden, ob er durchkommt. Vielleicht müssen wir auch seinen linken Fuß amputieren, mit Glück auch nur ein paar Zehen«, fügte er hinzu.

Niedergeschlagen und erschöpft blickte Sophie zu Boden, den Tränen nahe. »Kann ich ihn denn noch mal sehen?«, fragte sie eingeschüchtert. Erneut antwortete die Schwester.

»Nein, er schläft jetzt, er braucht Kraft und Ruhe. Du kannst morgen wieder nach ihm sehen, mein Kind«, sagte sie und schob Sophie sachte Richtung Ausgang. Sophie war sehr verängstigt, fügte sich jedoch und nahm ihre Chaise.

Erst jetzt bemerkte sie, wie hungrig und durstig sie war. Es war inzwischen warm geworden und später Vormittag. Der Heimweg kam ihr doppelt so lang vor. »Heilige Maria Mutter Gottes und alle Heiligen, macht meinen Sohn gesund«, betete sie unterdessen immer wieder. Je näher sie ihrem Zuhause kam, desto mehr stieg ihre Wut auf Lui. »Wenn der Paul das nicht überlebt, dann ist es seine Schuld. Hätten wir nur gestern schon den Doktor geholt. Warum hab' ich nur auf ihn gehört?«, schimpfte sie sich selbst.

Als sie am Kirchplatz vorbeikam, lief ihr der Pfarrer über den Weg. »Ist etwas passiert?«, fragte er sie, als er ihren etwas derangierten Zustand bemerkte. Sophie schilderte ihm, was passiert war. »Hochwürden, ich habe Angst, ob er das überlebt«, wandte sie sich Trost suchend an den Pfarrer. Der war ehrlich betroffen und sagte, er werde heute Abend eine Messe für ihren Sohn lesen lassen und eine Kerze anzünden.

»Ich muss heute Nachmittag auch noch zum Stadtpfarrer, dann kann ich im Spital vorbeischauen und fragen, ob es Neuigkeiten gibt.« Das war für Sophie seit dem Unfall die erste gute Nachricht. Sie lächelte ihn dankbar an.

»Dankeschön, Hochwürden, wenn ich wüsste, wie es ihm geht, dann wäre ich beruhigter.«

»Jetzt geht nach Hause, mein Kind«, sagte der Pfarrer väterlich. »Im Namen des Vaters, des Sohnes und des Heiligen Geistes«, segnete er sie.

»Amen«, erwiderte Sophie und nahm die letzten Meter bis zu ihrem Zuhause. Dort sah sie Rosa im Hof herumspringen. »Mutter, da bist du ja endlich«, rief sie von Weitem. »Sag, wie geht's dem Pauli?«

Hinten im Hof sah sie Lui, der ihr jetzt auch entgegenkam. Sophie stellte die Chaise unter dem Stalldach ab und ging hinüber zum Kastanienbaum, wo sie sich erschöpft auf die Bank fallen ließ. Ihr taten die Füße weh in den Holzgamaschen, die nicht zum Rennen geeignet waren. barg ihr Gesicht in den Händen und schwieg.

»Geh, Rosa, hol deiner Mutter mal einen Krug Wasser.« Lui setzte sich neben sie auf die Bank. »Und?«, fragte er nur. »Wie steht's?«

Dass sie alleine gegangen war, statt auf ihn zu warten, dazu sagte er kein Wort. Sophie verharrte noch immer regungslos. Dann schaute sie zu ihm auf und sagte ernst:

»Wir können nur hoffen, dass er überlebt, jetzt hilft nur noch Beten.« Anschließend schilderte sie mit wenigen Worten, was sie im Spital gesagt hatten. »Vielleicht müssen sie Paul den Fuß amputieren, wenn er die Nacht überhaupt überlebt«, klagte sie und sah an Lui vorbei.

Als Lui das hörte, zuckte er merklich zusammen. Es war jetzt nicht der Moment, sich zu streiten. Das wussten sie beide. Sophie trank durstig das Wasser aus, das Rosa ihr brachte, und wandte sich an ihre Tochter.

»Heute Abend lässt der Pfarrer eine Messe für Paul lesen. Geh, Rosa, lauf zu den Großeltern und sag ihnen Bescheid.«

Lui fühlte sich nutzlos und irgendwie schuldig. »Komm Sophie, es wird schon gutgehen. Der Bub ist zäh«, versuchte er sie aufzumuntern und legte leicht seine Hand auf ihre Schulter – das hatte er schon lange nicht mehr getan.

Doch Sophie schüttelte seine Hand ab und erhob sich. Es ging auf Mittag zu, sie musste etwas essen und die anderen auch. Als sie in die Küche kam, stand da ein fremder Topf auf ihrem Herd. Sie war erstaunt und lupfte den Deckel. Es war eine noch warme Gerstensuppe. Auf ihren Fragenden Blick hin sagte Lui:

»Helene hatte sich nach Paul erkundigt, und dann kam sie vorhin mit dem Topf.«

»Oh.« Sophie war hungrig und müde. »Dann essen wir die mal«, beschloss sie und ging zum Vorratsschrank, um das Brot herauszunehmen. Dort lag noch eine Scheibe Speck, die sie klein schnitt und unter die Suppe rührte. Dann setzten sie sich zu Tisch. Sie aßen schweigend und danach deckte Rosa den Tisch ab, ohne zu murren.

Sophie räumte derweil die Stube auf. Sie hatte am Morgen alles stehen und liegen lassen, als sie mit Paul davongerannt war, und keine Zeit, sich auszuruhen. Kurz danach kam ihre Mutter herbeigerannt.

Lui werkelte draußen im Hof. Mit ihrem Geschwätz und der Beterei, zu der die Großmutter Rosa seit Stunden nötigte, war sie keine große Hilfe für Sophie. Sie lief unruhig zwischen Keller, Flur und Küche hin und her und wartete immer noch auf den Pfarrer und auf Neuigkeiten. Sie wusste nicht, ob dies ein gutes oder schlechtes Zeichen war.

»Rosa, komm mal mit, ich brauch' dich im Stall«, rief Lui irgendwann in die Küche, um seine Tochter aus den Fängen ihrer Großmutter zu erlösen. Rosa schaute dankbar zu ihrem Vater auf und folgte ihm erleichtert nach draußen. Vor der Kirche mussten noch alle Viecher gefüttert und gemolken werden. Luis Schwiegermutter verfolgte die beiden mit bösen Blicken. »Hoffentlich geht das gut – wenn nicht, bist du schuld«, rief sie ihnen feindselig hinterher.

Es läutete zum Angelusgebet. Die Nachricht, dass der Sohn von Lui und Sophie auf Leben und Tod im Spital lag, hatte sich wie ein Lauffeuer im Dorf verbreitet. Daher hatten sich nicht nur die Familie und Verwandtschaft, sondern auch alle Nachbarn und Schulkameraden von Paul sich heute zum »Engel des Herrn« in der Kirche versammelt. Danach sprach der Pfarrer einige Fürbitten für Paul. Alle beteten dafür, dass er das Unglück überleben möge.

Paul selbst ahnte davon nichts. Er schwebte weiterhin zwischen Leben und Tod. Der Pfarrer überbrachte erst kurz vor der Messe folgende Nachricht. »Paul lebt. Er wurde am Nachmittag operiert und der Doktor hat ihm nicht den ganzen Fuß, sondern erstmal nur zwei Zehen entfernt. Er will eine Totalamputation vermeiden, da Paul noch so jung ist. Ihr müsst also abwarten und weiter auf Gott vertrauen. Diese Nacht wird entscheiden, ob Gott ihn zu sich holt oder nicht. Vorher macht es keinen Sinn, zum Spital zu fahren. Aber Gott ist auch barmherzig, er wird euch helfen«, fügte er noch schnell hinzu.

Da konnte Sophie ihre Tränen doch nicht mehr zurückhalten und weinte in ihre Schürze. Auch Lui erschrak zutiefst und bekam erhebliche Gewissensbisse. Vielleicht hatte seine Schwiegermutter ja recht, und er war an allem schuld. Lui, der zwar gläubig war, aber die Stellvertreter Christi nicht so ernst nahm wie die meisten um ihn herum, betete nun für seinen Sohn aus tiefstem Herzen. »Lieber Gott, hilf meinem Sohn, um seinetwegen, ich habe es nicht verdient. Ich verspreche dir, dass ich künftig nachsichtiger mit ihm sein werde.«

Am nächsten Morgen machten sie sich beide gleich nach der Stallarbeit auf den Weg in die Stadt. Dort erhielten sie die gute Nachricht, dass Paul die Nacht überstanden hatte. Allerdings folgten noch ein paar aufregende Tage und Nächte, in denen unklar war, ob er nicht noch einmal operiert werden musste. Als sie dann nach zwölf Tagen endlich die Klarheit hatten, dass Paul das Gröbste überstanden hatte und bis auf die beiden amputierten Zehen keine Schäden davontragen würde, waren sie alle überaus erleichtert. Sophie schmückte dankbar den Marienaltar und fühlte sich in ihrem Glauben bestärkt und sicher, dass Gott da die Hände mit im Spiel hatte.

Als sie Paul endlich nach Hause holen durften, und je mehr Zeit verging, desto stärker kam ihre verdrängte Wut auf Lui wieder hoch. Sie gab ihm die Schuld daran, dass Paul so um sein Leben hatte kämpfen müssen. Mit Hühnersuppe und Rahmkuchen päppelte Sophie ihn wieder auf. Da er noch nicht gut laufen konnte, saß er in der noch warmen Herbstsonne anfangs oft auf der Bank unter der mächtigen Hofkastanie und zeigte seinen Schulkameraden seinen großen Verband. Aber er war stiller geworden, beinahe erwachsen kam er ihr jetzt vor mit seinen knapp dreizehn Jahren.

Auch Lui bemerkte die Veränderung seines Sohnes. Er ließ seine Frau gewähren, die Paul nun noch mehr umsorgte und ihn nach Strich und Faden verwöhnte. Gelegentlich schien es ihm, als hielte der Junge Hof auf seiner Bank. Von dort aus hatte er einen guten Blick auf den Kirchplatz und sah, was im Dorf vor sich ging, und wurde umgekehrt von manch einem erblickt, der dann kam, um sich nach seinem Befinden zu erkunden. Jetzt, nach dem Herbsten, hätte er seinen Sohn beim Einmaischen und Pressen der Trauben gut gebrauchen können. Aber er hatte sich und Gott geschworen, er wollte Paul in Ruhe lassen, bis er ganz genesen war. Rosa hatte inzwischen die Nase voll davon, ihrem Bruder alles hinterherzutragen. Sie stritten wieder miteinander, ein gutes Zeichen, dass es bergauf ging, fand Lui. Pauls Unfall hatte ihn mit Sophie kurzzeitig näher zusammengebracht. Aber seit ihr Sohn wieder zu Hause war, sprach Sophie wieder nur noch das Allernötigste mit ihm. Zwischen ihnen herrschte eisiges Schweigen.

Dann, Anfang November, teilte ihm Sophie mit, dass sie mit Paul zu ihrer Schwester Ida nach Eimeldingen fahren würde, die sie eingeladen hatte, um für Paul einen passenden Schuh anfertigen zu lassen. Idas Schwager war gelernter Schuhmachermeister, der sich nach dem Krieg auf orthopädische Schuhe spezialisiert hatte.

Sophie, die es nicht gewohnt war, eigene Entscheidungen zu treffen, teilte Lui eines Sonntagmorgens nach der Stallarbeit beiläufig mit: »Nach Allerheiligen reise ich mit Paul nach Eimeldingen. Ida schenkt ihm ein Paar Spezialschuhe, wegen seinem versehrten Fuß.«

Lui schaute sie erstaunt an, kein Wort hatte sie ihm bisher davon erzählt. Als er etwas erwidern wollte, schnitt ihm Sophie das Wort ab.

»Das ist so entschieden. Mein Bruder holt uns nächsten Sonntag ab und bringt die *Zugbillets* mit.«

Lui schüttelte den Kopf und fragte: »Und was ist mit Rosa?«

»Ihr werdet schon zurechtkommen«, erwiderte Sophie. »Sie kann über die Feiertage zu deiner Schwester, Johann nimmt sie mit, wenn er uns abholt. Und danach muss sie ja wieder in die Schule. Wegen Paul habe ich mit dem Pfarrer und dem Schullehrer gesprochen. Sie haben ihn freigestellt.«

»So, mit dem Pfarrer und dem Schullehrer hast du schon geredet, aber ich habe da nichts mehr zu sagen, oder wie?«, empörte sich Lui nun doch.

»Es ist so entschieden«, erwiderte Sophie entschlossen und ließ ihn einfach stehen.

Trotz seiner frommen Vorhaben brodelte es nun doch in Lui. Nicht, weil sie wegfuhr. Er würde schon zurechtkommen. Dass sie ihn und Rosa jedoch einfach so vor vollendete Tatsachen stellte, das gefiel ihm gar nicht. Aber auch er hatte genug von Streit. Er schüttelte den Kopf und schlug den Weg zum Hühnerstall ein. Der nächtliche Herbststurm hatte das Gatter fast aus den Angeln gerissen. Lui machte sich daran, es neu zu richten.

XV

Seit gestern war Lui nun alleine auf dem Hof. Er fühlte sich um Jahre zurückversetzt, als er den Goldenen Hirsch ersteigert hatte. Kaum zu glauben, dass inzwischen so viel Zeit vergangen war. Um diese Zeit im November war draußen wenig zu tun. Die Tage waren kürzer. Aber er musste nun alle Arbeiten alleine bewältigen. Daneben noch die Hauswirtschaft und was Sophie sonst noch so tat. Seine Mutter bestand darauf, dass er zumindest am Sonntag zum Essen kam. Aber er war durchaus immer noch in der Lage, sich selbst ein paar Kartoffeln zu kochen oder ein paar Eier zu braten. Er genoss es sogar, einmal ein paar Tage alleine zu sein.

Als er am Abend mit der Stallarbeit fertig war und auch die Hühner für die Nacht vor dem Fuchs in Sicherheit gebracht hatte, wollte er noch den Henkel an einem Obstkorb ausbessern. Aber dann entschied er sich doch anders und ging in den Keller. Es war ein guter Herbst gewesen. Die Weinfässer waren voll. Lui schenkte sich einen kleinen Krug vom letztjährigen Klingelberger ein – etwas, das er unter der Woche um diese Zeit selten tat. Anschließend briet er sich vier Spiegeleier und setzte sich in die Küche, um ein verspätetes Nachtessen einzunehmen. Ein selten ruhiger, aber friedlicher Moment. Seit dem Unglück mit Paul lebten er und Sophie nur noch nebeneinander her.

Das war kein gutes Leben, kein Miteinander. Er dachte an Klara und all die verpassten Gelegenheiten. Wahrscheinlich hat es nicht sein sollen. Lui wurde ein wenig trübsinnig. »Ich bin in meinen besten Jahren, das ist doch kein Leben«, dachte er und trank aus. Dann stand er auf.

Lui ging zur Küchentür hinaus, um die Fensterläden zu schließen. Er musste sie unbedingt herrichten. Die halbe Nacht hatte einer geklappert. Er nahm ein Stück Schnur und befestigte ihn zusätzlich, in der Hoffnung, dass er so zumindest nicht mehr hin und her schlagen würde.

»Lui«, hörte er es rufen. Es war dunkel, aber er erkannte die Stimme sofort.

»Klara, was ist los?«

»Meine Hilde hat Schwierigkeiten, sie kalbt, aber es geht nicht vorwärts, kannst du mir helfen?«

»Wart', ich komme gleich, ich mach' hier nur noch alles zu.« Er hatte Klara schon ein paar Tage nicht mehr gesehen oder gesprochen. Lui hatte eine ruhige, besonnene Art und sehr selten ging ein Kalb verloren, wenn die Leute ihn holten. Er lief zum Stall, zog seinen Kittel an und nahm noch einen Kälberstrick vom Haken. Dann überquerte er die untere Wiese, stieg die Stufen hinab und schlug den Weg zu Klaras Kuhstall ein.

Im Stall war es warm, und Klara hatte schon Stroh aufgeschüttet und ein Bett für das neue Kälbchen vorbereitet. Lui sah gleich, dass Hilde Schwierigkeiten hatte. Sie war kurz vor der Austreibungsphase, aber noch war nichts von den Vorderbeinen zu sehen. Wahrscheinlich steckte das Kalb fest. »Seit ungefähr einer Stunde ist sie sehr unruhig«, sagte Klara. »Aber es ist ja nicht ihr erstes Kälbchen, sie ist immer etwas nervös. Nur, so langsam kommt es mir doch komisch vor.«

»Blutungen hat sie keine?«, fragte Lui.

»Nein, bisher nicht«, erwiderte Klara.

»Vielleicht dreht sich das Kalb ja noch.« Er fasste der Kuh sachte an den Bauch, die daraufhin ihren Kopf hob und ein lautes, tiefes Muhen von sich gab. »Klara, bleib du vor ihr stehen, dass sie dich sieht, ich probier' mal, ob ich schon einen Huf fassen kann. Das Kalb lebt auf jeden Fall«, sagte Lui, als er dessen Lage überprüft hatte. Es ging noch eine Weile, aber irgendwann konnte er zumindest ein Stück der Vorderhufe sehen.

»Hilde, auf geht's«, versuchte Klara, die Kuh aufzumuntern. Aber die schaute sie nur leidend an.

»Ich glaube, wir sollten es jetzt holen«, sagte Lui nach einer Weile. Zusammen schaffen wir das.« Geschickt band er den Kälberstrick um die Vorderhufe des Kälbchens. »Klara, versuch sie zu beruhigen. Hilde, komm, noch einmal«, forderte Lui nun auch die Kuh auf. Als hätte sie ihn genau verstanden, strengte sie sich an und presste erneut. Lui zog mit aller Kraft und tatsächlich, das

Kälbchen ließ sich herausziehen und fiel auf das Strohbett. Hilde drehte den Kopf, aber sie war schwach. Lui zog das Kälbchen etwas näher an die Mutter, die beschnupperte es und leckte seinen Kopf.«

»Schau, Lui, es kann auch den Kopf ein wenig heben. Wenn auch nicht viel«, sagte Klara, während sie es mit Stroh abrieb und die Eihäute der Mutterkuh entfernte, die noch am Kälbchen klebten. Beide waren froh, dass alles gut ausgegangen war. Lui war inzwischen nicht mehr müde. Im Gegenteil, alles fühlte sich plötzlich leicht und beschwingt an. Die Kuh war von der anstrengenden Geburt noch erschöpft, aber das Kälbchen schien auf den ersten Blick gesund. Beide würden sich hoffentlich bald erholen. Klara holte Wasser für die Mutterkuh. Lui blieb solange bei Hilde und ihrem Nachwuchs. »Wie soll es denn heißen, weißt du das schon?«, fragte Lui, als Klara zurückkam.

»Eigentlich könnten wir es nach dir benennen«, scherzte Klara. »Wer weiß, ob es ohne dich überlebt hätte.«

»Guck mal genau hin«, antwortete Lui, in der ganzen Aufregung hatte Klara gar nicht nachgeschaut. »Es ist kein Bullenkalb«, grinste Lui sie nun an. So plänkelten sie eine Weile hin und her, während sie warteten, ob das Kälbchen aufstehen konnte, um seine *Biestmilch* zu trinken. Derweil pendelte Klara zwischen Küche und

Stall. Einmal brachte sie ein Handtuch und eine Schüssel mit warmem Wasser, damit Lui sich die Hände von Schleim und Blut säubern konnte. Danach kam sie mit einer Flasche Schnaps, um auf das Neugeborene anzustoßen. Lui, dem es inzwischen im Stall warm geworden war, legte seinen verschmutzten Stallkittel ab und krempelte seine Hemdsärmel auf. Er hatte keine Ahnung, wie viel Zeit inzwischen vergangen war.

»Lui, du hast sicher auch noch Hunger. Ich hab' noch Sauerkraut mit Speck und gesottene Kartoffelschnitze, das wärme ich uns auf.«

Lui fühlte sich unbeschwert, glücklich und leicht in Klaras Gegenwart. »Ja, ich könnte noch was vertragen, ich komm' gleich.«

»Paul hat Helene erzählt, dass er mit seiner Mutter nach Eimeldingen fährt und deshalb schulfrei bekommen hat.«

»Ja ja, das stimmt« antwortete Lui kurz und knapp.

»Und Rosa?«, fragte Klara weiter.

»Sie ist über die Feiertage bei Bertha.«

»Dann bist du also gerade Strohwitwer«, scherzte sie, wohl auch etwas ermuntert von den zwei Schnäpsen, die sie inzwischen getrunken hatten. Er spürte ein leises Kribbeln im Bauch und fühlte sich wie ein junger Bursche. Wie magisch angezogen folgte er ihr in die Küche. Das Herdfeuer brannte bereits und Lui setzte sich an den

Tisch. Klara wirbelte in der Küche herum und plauderte nebenbei mit ihm. Sie lachten zusammen.

»Ach, wie habe ich dieses ansteckende Lachen vermisst.« Lui beobachtete von der Eckbank aus, wie sie das Essen in einer gusseisernen Pfanne vermengte und aufwärmte. Klara hatte bereits einen Krug Most auf den Tisch gestellt, dazu die Flasche mit dem guten Kirschwasser, das sie im Tausch gegen Näharbeiten erhalten hatte. Es war für besondere Gelegenheiten gedacht, und das war eine.

Als sie beide so zusammensaßen, spürte Lui sofort wieder die vertraute Nähe zu Klara. Auch sie bemerkte, dass etwas in der Luft lag. Während sie aßen, sprachen sie kaum miteinander. Es war spät, Helene schlief schon lange und es herrschte eine angenehme Stille.

»Danke Lui, dass du mir immer hilfst«, sagte Klara nach einer Weile.

»Dir ist hoffentlich bewusst, dass du immer auf mich bauen kannst.«

»Ja, ich weiß«, antwortete sie und aß weiter. Plötzlich hatte sich die Stimmung gedreht. Die unbeschwerte Fröhlichkeit von eben war weg. Sie aßen schweigend weiter und schauten sich ab und zu in die Augen. Klara war mit ihren neununddreißig Jahren schöner denn je, dachte Lui. In den zurückliegenden Jahren hatte sie viel verkraften müssen und ganz alleine für Helene und sich gesorgt.

»Klara, wie du das alles geschafft hast.« Lui nickte anerkennend.

»Was für eine Wahl hatte ich denn?«, erwiderte Klara ungewöhnlich ernst.

»Na ja, du hättest sicher wieder heiraten können.« Lui spürte einen Stich in seinem Herzen, als er diesen Satz aussprach. Sie sah ihm in die Augen.

»Nach Theos Tod gab es sicher ein paar Möglichkeiten, aber das wollte ich nicht, auch wegen Helene. Zudem hat mir keiner wirklich gefallen. Und du warst ja inzwischen ebenfalls vergeben«, erwiderte sie. Dabei sah sie ihn mit ihren nussbraunen Augen frech an.

»Ach Klara«, antwortete Lui betrübt und schüttelte seinen Kopf. »Wahrscheinlich war es ein großer Fehler, aber Theo war zurück, Helene war da.« Er schaute sie traurig an und erhob sich. »Danke fürs Essen, komm, lass uns nochmal nach Hilde und ihrem Kälbchen schauen, ob alles in Ordnung ist.«

Klara stellte schnell die Teller zusammen und zog sich draußen vor der Tür wieder ihre Stallschürze an. Gemeinsam stiegen sie die hintere Treppe hinunter und gingen schweigend über den Hof hinüber zum Kuhstall. Klara hielt eine Laterne in der Hand und leuchtete ihnen den Weg. Es war stockfinster, kein Mond, keine Sterne waren zu sehen und es nieselte inzwischen.

»In ein paar Tagen gibt's Schnee«, sagte Lui.

»Ja, ich glaub's auch«, antwortete Klara.

Als sie dicht nebeneinander hergingen, konnte Lui ihre Wärme spüren, und in seinem Innern fühlte es sich an, als würde eine kleine, immer dagewesene Flamme plötzlich auflodern. Ein Feuer, von dem er gedacht hatte, es inzwischen gut unter Kontrolle zu haben. Mit seinen langen Beinen überholte er Klara und öffnete die Stalltür. Sie ging an ihm vorbei und leuchtete in den Stall. Drinnen herrschte eine besondere, fast feierliche Stimmung. Alle Kühe waren inzwischen ruhig, als wollten sie das neue Kälbchen und ihre von der Geburt erschöpfte Mutter nicht stören. Sie sahen nach der Mutterkuh und ihrem Kleinen, das immer noch keinen Namen hatte. Beide schienen erschöpft, aber lagen ruhig im Stroh.

»Die erholt sich wieder«, sagte Lui und tätschelte Hilde den Kopf, »und das Kälbchen hat vorhin gut getrunken, ich denke, da brauchst du dir keine Sorgen machen.«

»Lui, halt mal die Lampe, ich hol' noch ein wenig Stroh für das Kleine.«

»Wart', ich helf' dir«, antwortete er und suchte einen sicheren Platz, um das Licht abzustellen. Sie gingen beide zum Strohlager und griffen im selben Moment nach einem Bündel. Dabei rempelten sie einander an.

»Aua«, rief Lui, als Klara ihm dabei den Ellenbogen in die Seite stieß.

»Oh, das wollte ich nicht, aber ein Guter hält's aus«, neckte sie ihn und nahm einen großen Bund Stroh in ihre Arme. Lui fühlte sich nun wieder leicht, unbeschwert und etwas übermütig. Er packte ein Büschel Stroh und schüttete es Klara über den Kopf.

»Nein, hör auf, das juckt«, rief Klara und tat dann das Gleiche, so dass beide schließlich ausgelassen mit Stroh um sich warfen, bis eine Kuh begann, sich muhend über den Lärm zu beschweren.

»Hör auf, Lui«, rief Klara unter Lachen, »ich bekomm' keine Luft mehr.«

Im Schein der Laterne konnte man die herumflirrenden Staubpartikel sehen. Beide hatten inzwischen Stroh auf dem Kopf und in ihren Kleidern. Klara raffte ein großes Bündel zusammen und brachte es zum Kälbchen, um es etwas wärmer zu betten. Lui klopfte sich das Stroh aus den Kleidern und zog es aus seinen Haaren.

Als Klara fertig war, kam sie zu ihm zurück. Er musste lachen. Sie hatte überall Halme im Haar, im Dämmerlicht sah es aus, als hätte sie einen Heiligenschein. Er konnte nicht anders. »Wart' mal.« Er hob seine Hand und zupfte Klara einen besonders großen Strohhalm aus ihren Haaren, dann noch einen und noch einen. Klara war stehen geblieben und rührte sich nicht. Lui fuhr fort, sie vom Stroh zu befreien. Es kam ihm ganz normal vor, und er konnte gar nicht aufhören damit. Erst, als es nichts mehr zu zupfen gab, bemerkte er, was er da tat.

Seine Hand verharrte einen Moment regunglos in der Luft. Klara stand ruhig da und lächelte ihn an. Lui konnte nicht anders und legte die Hand auf ihre Schulter. Sie schauten sich in die Augen und keiner sagte mehr etwas. Dann umfasste Lui mit einer Hand Klaras Hinterkopf und zog sie näher an sich heran. »Oh Klara«, flüsterte er mit belegter Stimme, und nach einer gefühlten Ewigkeit küsste er sie. Endlich. Sie schmiegte sich eng in seinen Arm. Luis Küsse begannen ganz sanft. Es war wie ein Spiel, das sie vor langer Zeit begonnen hatten und das heute, nach so langer Zeit, fortgeführt wurde. Er küsste sie zunächst auf die Stirn, auf ihre Augenlider, ihre Sommersprossen, ihren Hals. Klara erwiderte seine Küsse gleichermaßen. Sie verschränkten ihre Hände ineinander. Endlich fanden sich ihre Lippen zu einem langen, leidenschaftlichen Kuss. So standen sie eine Weile an die alte Stalltür gelehnt.

Dann zog Klara ihn hinüber zur Futterecke. »Komm«, sagte sie nur und nahm ihn an der Hand. Dort lag Stroh und Heu bereit für den nächsten Tag. Daneben hing eine alte Pferdedecke über einem Holzbock. Diese breiteten sie aus und ließen sich darauf sinken. Ohne viele Worte fanden ihre Hände, ihre Körper und ihre Herzen zueinander. Sie hatten nichts vergessen. In dieser Nacht liebten sie sich zunächst verzehrend und leidenschaftlich, später dann zärtlich bis zum Morgengrauen.

Klara erwachte als Erste, sie lag eng an Lui geschmiegt. Auf der alten Decke in einer Heukuhle, wie vom Herrgott geschaffen, hatten sie sich in der Nacht gegenseitig gewärmt. Lui war irgendwann aufgestanden und hatte ein paar Kartoffelsäcke gefunden, die er über sie ausgebreitet hatte. Aber langsam fröstelt es Klara doch. Sie drehte den Kopf, um Lui anzusehen.

»Wie habe ich dich in all den Jahren vermisst«, flüsterte sie leise. Ihr Herz war von Lui besetzt. Das hatte ihr diese Nacht erneut bewiesen. Selbst für diese eine Nacht hatte es sich gelohnt zu warten, dachte Klara. Ihre Seelen waren miteinander verbunden und verstanden sich ohne Worte, und so liebten sie sich auch. Nein, sie wollte sich heute Morgen nicht mit einem schlechten Gewissen quälen. Lui hatte nicht viel erzählt von seiner Ehe mit Sophie. Nur so viel, dass sie nicht zusammenpassen würden, sie mehr nebeneinander als miteinander leben würden. Dass es nicht Sophies Schuld sei. Ihre Erziehung hatte es ihr nicht leicht gemacht. Und dass sein Herz immer von ihr besetzt gewesen sei, hätte nicht zur Verbesserung beigetragen. »Ach Lui, es ist wirklich unendlich traurig, dass wir uns so oft verpasst haben. Wenn du frei warst, war ich es nicht und umgekehrt.«

Bis in den Morgen hatten sie sich flüsternd miteinander unterhalten, bis sie dann doch eingeschlafen waren. Die Kühe hatten sich schon bald nicht mehr um sie geschert. Klara schaute den Mann, den sie liebte, aufmerksam an. Auch er war älter geworden und hatte Linien im Gesicht, die sie so noch nie bemerkt hatte. Aber sie fand ihn nach wie vor sehr anziehend.

Lui gab ein grunzendes Geräusch von sich und zog sie, halb schlafend, wieder näher an sich heran. Klara fuhr ihm leicht mit dem Zeigefinger über die Wange.

»Lui«, flüsterte sie leise. »Ich geh' jetzt rüber. Helene schläft zwar noch, aber ich will das Morgenessen vorbereiten, und du musst sicher auch bald zum Füttern und Melken heim.«

»Können wir nicht die Zeit anhalten«, raunte Lui ihr halb schlafend ins Ohr und zog sie wieder an sich. Sie wehrte sich zunächst lachend.

»Pscht, wir dürfen nicht so laut sein«, seufzte sie und küsste ihn zart auf seine nackte Brust.

»Klara«, sagte Lui mit einem Mal ganz ernst. »Weißt du, was ich gerade gedacht habe? Wenn ich jetzt sterben müsste, dann würde ich glücklich sterben. Ich will so nicht mehr leben.«

»Ach Lui, sag sowas nicht. Ich werde diese Nacht mit dir auch in meinem ganzen Leben nicht vergessen, egal was noch kommt.« Tränen liefen ihr übers Gesicht.

Sie war überwältigt von diesem glücklichen Moment. Aber auch viele ungeweinte Tränen der letzten Jahre waren darunter. Tränen der Trauer, der unerfüllten Sehnsucht, des Alleinseins. Endlich konnte sie ihren Gefühlen einmal freien Lauf lassen.

»Ach Klara, komm her«, Lui setzte sich auf und drückte sie fest an seine Brust. Als ihr Weinen leiser wurde, hob sie den Kopf.

»Es ist gut. Ich geh' jetzt. Wir sehen uns später, oder?«

»Ja, wenn ich alles erledigt habe, komme ich wieder.«

Sie griff nach ihrer Schürze, fand, wonach sie suchte, und schnäuzte sich kräftig. Dann zog sie sich langsam an. Lui beobachtete sie dabei und bewunderte ihre immer noch festen und schönen Rundungen. Wenn das überhaupt möglich war, dann fand er sie heute noch anziehender als früher.

»Du bist so schön«, flüsterte er beinahe ehrfürchtig. Klara war inzwischen fertig angezogen und schaute ihn an, hob eine Augenbraue und lächelte.

»Also dann Lui, und du hast dich übrigens auch nicht schlecht gehalten«, fügte sie noch schelmisch hinzu, bevor sie ging, um nach Hilde und ihrem Kalb zu sehen. Alles schien in Ordnung, das Kälbchen trank. Klara öffnete die Stalltür und trat hinaus in den noch dunklen Morgen. Eine Bäuerin, die bei ihrer kalbenden Kuh gewacht hatte. Eine ganz normale Angelegenheit. Trotz sehr wenig

Schlaf und der Novemberkälte lief Klara beschwingt hinüber in die Küche. Sie wollte gleich Feuer machen, sich waschen und dann das Morgenmahl vorbereiten.

Lui hatte sich inzwischen ebenfalls angezogen. Als er sah, dass das Kälbchen friedlich schlief, freute er sich und tätschelte Hilde den Hals. Die Kühe waren die einzigen Zeugen dieser Nacht. Und was für eine Nacht, dachte er, als er ebenfalls hinaustrat. Lui schaute sich um. Es war ruhig und er konnte noch nirgendwo in der Straße ein Licht ausmachen. Im Winter begannen die meisten erst um sechs Uhr mit der Stallarbeit. So konnte er unbemerkt zu seinem Hof gehen. Er überquerte die Straße, stieg die Treppe hoch und lief über die Wiese nach Hause. Der ehemalige Goldene Hirsch war noch immer gut zu erkennen. Die Anordnung von Badehaus und Scheune, alles war im Wesentlichen so geblieben. Auch die großen Kastanien in der Einfahrt. Nicht ohne Stolz, aber auch mit Wehmut sah er sich um. Klaras Haus war kleiner, aber was hätte er darum gegeben, immer mit ihr dort aufzuwachen. Er ging weiter. Auch er hatte heute noch einiges zu erledigen.

XVI

Paul gefiel es bei seiner Patin in Eimeldingen. Auf der Hinfahrt hatte er sich sehr für den Verlauf der Bahnlinien interessiert.

»Mutter, kann ich auch mal Zugführer werden?«

»Bub, wer soll denn dann unseren Hof übernehmen?«, hatte Sophie halb scherzend geantwortet. Sie war froh und dankbar, dass ihr Sohn das Unglück überlebt hatte. Ida hatte an Paul einen Narren gefressen und verwöhnte ihn nach Strich und Faden. Sie war seit ein paar Jahren Witwe und freute sich über Leben im Haus. Sophie fühlte sich nach langer Zeit zum ersten Mal wieder unbeschwert. Idas Schwager war immer zum Scherzen aufgelegt, und alle zusammen machten sie regelmäßig kleine Ausflüge in die Umgebung. Die Schuhmacherei hatten sie auch schon aufgesucht, um Abdrücke von Pauls Füßen anfertigen zu lassen. Mit der Folge, dass dieser sich nun auch vorstellen konnte, Orthopädiemeister zu werden. So vergingen die Tage in Eimeldingen fast zu schnell.

Lui und Klara hatten sich nach der gemeinsamen Nacht während Sophies Abwesenheit noch ein paar Mal getroffen und waren wie frisch verliebt. Meist konnten sie jedoch nur ein paar heimliche Blicke oder versteckte Zärtlichkeiten austauschen. Trotzdem waren sie dankbar für jeden gemeinsamen Moment. Die Nacht vor Sophies und Pauls Rückkehr verbrachten sie noch einmal zusammen.

Je näher der neue Tag rückte, umso unglücklicher fühlte sich Lui. So wie bisher wollte er nicht mehr weiterleben. Klara brachte Freude und Leichtigkeit in sein Leben. Selbst ungeliebte Arbeiten gingen ihm dadurch einfacher von der Hand.

»Klara, ich will nicht mehr auf dich verzichten«, sagte Lui in dieser Liebesnacht im November 1936.

»Ich auch nicht, aber wie soll das gehen?«, antwortete Klara traurig. »Weißt du, Lui, wenn Theo damals nicht mehr aus dem Krieg heimgekommen wäre, dann hätte ich dich geheiratet.«

»Aber alles ist anders gekommen«, antwortete Lui. Er ergriff ihre Hand. »Klara, wir haben so viele Gelegenheiten verpasst. Mit Sophie und mir, das wird nichts mehr. Ich weiß das schon lange. Aber jetzt kann ich nicht mehr so tun als ob.«

»Lui, ich wollte mich nie in deine Ehe drängen und will das auch jetzt nicht.«

»Das weiß ich, aber das hast du nicht. Wir beide waren von vornherein füreinander bestimmt, und oft frage ich mich, warum das Leben uns immer wieder auseinander gebracht hat. Habe ich etwas verbrochen, ist das irgendeine Strafe oder mein Schicksal? Ich will das nicht mehr.«

Lui schaute Klara entschlossen in die Augen. »Hör zu, ich werde mit Sophie reden, wir müssen eine Lösung finden.«

»Lui, weißt du wie oft ich mir gewünscht habe, mit dir zu leben, wie viele Male ich aber auch überlegt habe, in die Nähe von Fine und meiner Familie zu ziehen?«

»Ich kann es mir denken.«

»Aber ich konnte es nicht. Wegen Helene, die in Thiergarten aufgewachsen ist, zudem ist hier Theos Grab. Vor allem aber wegen dir, Lui.« Klaras Augen funkelten. »Ich wollte dir zumindest nah sein, auch wenn ich nicht mit dir leben konnte. Die unbeschwerten Tage und Nächte mit dir im Goldenen Hirsch damals werde ich nie vergessen. Manchmal, wenn Paul oder Rosa bei uns sind, sehe ich dich in ihnen und ein Stück von dir ist dann bei mir.« Nach einer kurzen Pause fuhr sie fort: »Meinst du, Sophie weiß von uns?«

»Nein, das glaube ich nicht«, antwortete Lui. »Aber vielleicht spürt sie etwas.«

»Lui, ich weiß auch nicht, wie eine Lösung aussehen soll. Vielleicht ist es tatsächlich unser Schicksal.« Klara konnte ihre Tränen nun nicht mehr zurückhalten. Lui legte sachte den Arm um sie und zog sie im Dunkeln an sich. Eine Weile redeten sie nicht mehr und saßen nur still beieinander, bis Lui das Schweigen brach.

»Klara, du kannst nichts tun, das weiß ich. Aber ich will nicht länger ohne dich sein«, sagte er. »Weil ich dich liebe«, fügte er hinzu, zog sie hoch und küsste sie leidenschaftlich auf den Mund. »Es fällt mir schwer, aber ich muss jetzt gehen. Rosa ist alleine zu Hause.«

Klara biss sich auf die Unterlippe. »Aber was genau willst du Sophie denn sagen?«

»Dass ich künftig mit dir zusammenleben möchte wie Mann und Frau«, antwortete Lui entschlossen. Dann sprang er auf und klopfte sich das Stroh von der Hose. »Wenn Sophie morgen zurückkommt, werde ich baldmöglichst mit ihr sprechen. So kann das für uns alle nicht weitergehen.« Plötzlich fühlte er sich ganz ruhig und er wusste, das war der einzige Weg. Er würde mit seiner Frau reden müssen.

»Aber Lui, wie soll das gehen? Was meinst du, wenn das rauskommt? Das Gerede im Dorf und der Pfarrer.«

»Das geht keinen was an. Weder die Leute und den Pfarrer schon gar nicht. Nur dich, mich und Sophie.«

Paul war sehr stolz auf seine neuen Schuhe. Keiner seiner Freunde zu Hause hatte so feine Halbschuhe. Glücklich betrachtete er sie immer wieder. Sophie schaute aus dem Zugfenster. Es hatte inzwischen zu schneien begonnen. Die friedlichen Tage bei ihrer Schwester hatten ihr gutgetan. Sie würde lange davon zehren. Gleichzeitig verspürte sie eine Unruhe, ein komisches Gefühl, wenn sie an zu Hause dachte. Nie zuvor hatte sie solche eigenmächtigen Entscheidungen getroffen, ein Leben lang war sie es gewohnt gewesen, anderen zu gehorchen. Aber seit Pauls Unfall hatte sich etwas in ihr verändert. Irgendetwas war damals in ihr zerbrochen und hatte ihr gleichzeitig Kraft gegeben.

Sie schaute zu Paul herüber, und ein stolzes Lächeln huschte über ihr Gesicht. Der Bub war regelrecht aufgeblüht in den letzten Tagen. In einem Monat würde er dreizehn werden, und seit dem Unfall war viel von seiner Kindlichkeit gewichen. Aufgeschossen und ein hübscher Junge ist er geworden, stellte sie fest. Mit ein wenig schlechtem Gewissen dachte sie auch an ihre Tochter Rosa. Gedanken an Lui schob sie schnell beiseite. Erst als sie Offenburg erreichten, begann sie unruhig zu werden. Als der Zug in den Offenburger Bahnhof einfuhr, sprang Paul auf und schaute aus dem Fenster, um ja nichts zu verpassen.

»Komm, Pauli, wir müssen unsere Sachen zusammenpacken, damit wir den nächsten Zug nicht verpassen.« Sie zogen sich ihre Mäntel an und begaben sich mit ihrem Gepäck zum Ausgang. Paul wusste bereits, welchen Zug sie danach nehmen mussten. Es war jetzt nicht mehr weit. In einer guten halben Stunde sollten sie ihr Ziel erreichen. Dort würden sie dann bei Johann und Bertha einkehren, die im Eisenbahnerviertel wohnten. Lui und Rosa wollten sie dort abholen. So war es ausgemacht.

Sophie war nach der langen Reise durchgefroren und freute sich darauf, endlich ins Warme zu kommen. Ihre gastfreundliche Schwägerin hatte eine wärmende Linsensuppe für sie auf dem Herd. Sie war müde, aber auch außergewöhnlich nervös vor dem Zusammentreffen mit Lui. Natürlich freute sie sich auf ihre Tochter. Dann hörten sie im Hof Räder knirschen.

»Ah, das werden sie bestimmt sein«, unterbrach Paul die Schilderung seiner Reiseerlebnisse. Bertha stand auf, um ihren Bruder und Rosa zu begrüßen. »Kommst du auch, Sophie?«

»Ja gleich«, erwiderte diese und hievte sich etwas schwerfällig aus dem bequemen Sessel. Dann gingen alle zusammen den Ankömmlingen entgegen. Bertha öffnete die Tür, und Rosa rannte als Erste auf sie zu.

»Mutter, Paul, da seid ihr ja wieder. Habt ihr mir etwas mitgebracht?«

»Langsam, Rosa, eins nach dem anderen«, sagte Sophie und legte einen Arm um die Schulter ihrer Tochter.

Als Letzter betrat Lui das Haus. »Sauwetter«, brummelte er, während er den Schnee von seinem Mantel klopfte.

Das Aufeinandertreffen von Lui und Sophie wirkte sehr seltsam auf Bertha. Von Wiedersehensfreude war da keine Spur. Auch wenn sie schon lange bemerkt hatte, dass es mit der Ehe ihres Bruders nicht zum Besten stand, so war sie doch von dieser Kälte überrascht.

Inzwischen war es früher Nachmittag und es fing schon an zu dämmern. Lui drängte darauf, bald aufzubrechen. Er wollte vor Einbruch der Nacht zu Hause sein. Der Schneefall nahm zu, und sie mussten rechtzeitig zur Stallarbeit zurück sein. Paul fragte erwartungsvoll: »Wollt ihr nicht meine neuen Schuhe sehen?«. Er hatte sie ausgezogen, um sie zu trocknen und zu polieren.

»Na, dann zeig mal her, Bub«, ermunterte ihn sein Vater. Das ließ sich der Junge nicht zweimal sagen und führte allen seine nagelneuen Schuhe vor, inklusive seiner Kenntnisse über deren Herstellung. Alle bewunderten das meisterlich gefertigte Schuhwerk. Dann tranken sie aus, lobten Berthas Hefezopf und brachen zur letzten Etappe der Reise auf. Es ging nach Hause.

Auf der Heimfahrt hielten die Kinder die Unterhaltung in Gang. Rosa erzählte von den Ferien bei Bertha, den Tagen alleine mit ihrem Vater und von Klaras neuem Kälbchen. Aber mit Pauls Erlebnissen aus der Stadt konnte sie natürlich nicht mithalten. Als sie zu Hause waren, lud Lui das Gepäck ab und versorgte die Tiere.

»Ich zieh' mich um«, sagte Sophie. Lui hatte bisher noch kein persönliches Wort an sie gerichtet. Während ihrer Abwesenheit schien sich nichts verändert zu haben.

Plötzlich überkam sie eine Wehmut, als sie an die schöne Zeit mit Ida und deren Schwager dachte. Seufzend stellte sie ihren Korb auf der Küchenbank ab.

»Rosa, du musst dich noch kurz gedulden, ich zieh' mich um und geh' zum Melken. Danach bekommst du dein Geschenk. Versprochen.« Sophie tauschte ihr Reisegewand gegen die Stallkleider. Es kam ihr vor, als würde sie von einem Leben in ein anderes steigen.

Zurück in der Küche gab sie ihrer Tochter einen Topf. »Geh und hol Kartoffeln fürs Nachtessen, Kind.«

»Aber im Keller ist es schon dunkel«, antwortete Rosa. »Kann das nicht der Paul machen?«

»Ich weiß nicht, wo der ist«, antwortete Sophie. »Geh, der Paul wird dem Vater im Stall helfen.«

Widerwillig ging Rosa mit dem Korb Richtung Kartoffelkeller. Sie hasste es, in der Erde nach Erdäpfeln zu graben. Nicht selten sprang ihr dabei irgendein Ungeziefer über den Fuß. Nach getaner Arbeit rannte sie schnell zurück zu ihrer Mutter.

»So, Rosa, ich geh' jetzt in den Stall, du kannst derweil schon den Tisch decken und das Salz und saure Milch auf den Tisch stellen.«

»Ist gut, Mutter. Gell, aber danach darf ich mein Geschenk haben.«

»Ja, gleich nach dem Nachtessen«, vertröstete Sophie sie noch einmal und brach auf. Lui war inzwischen schon beim Melken. Paul war nirgendwo zu sehen. Sophie nahm ihren Schemel und setzte sich schweigend unter die nächste Kuh. Beide verrichteten ihre Arbeit, ohne miteinander zu reden.

»So«, sagte Sophie schließlich und stand auf, »das war's, wir können dann essen.«

»Ich fülle nur noch die Milch in die Kannen und komm' dann«, erwiderte Lui. Sophie war müde, es war ein langer Tag gewesen. Als sie alle fertig waren mit dem Nachtessen, zog Sophie die Geschenke aus ihrer Schürzentasche und übergab sie ihrer Tochter. Erst den schönen Rosenkranz mit den kleinen hellblauen Perlen.

»Danke Mutter, der ist aber schön!«

»Schau, hier habe ich noch eine Tafel Schweizer Schokolade für dich von Ida.«

Eine ganze Tafel nur für sich alleine, da konnte Rosa nicht mehr an sich halten und hüpfte freudig durch die Küche.

»Und der Vater, was bekommt der?« fragte sie in ihrer kindlichen Freude. Sophie schwieg.

»Ich brauch' nichts«, antwortete Lui stattdessen. »Weißt du, Rosa, ich bin ja schon erwachsen. Das ist nur was für Kinder.«

»Ach so«, antwortete sie. »Vater, du kannst dann ein Stück von meiner Schokolade haben«, bot sie ihm an.

»Ist schon gut, Kind, die ist für dich.«

»Dann kannst du mir ein Stück geben«, schaltete sich Paul nun in die Unterhaltung ein.

»Du hast ja auch eine bekommen«, ermahnte ihn Sophie. »Die gehört der Rosa. So, wenn ich hier fertig bin, dann geht's ins Bett. Morgen ist ja auch wieder ein Tag und ihr müsst in die Schule«, wies sie die Kinder zurecht, trug das Geschirr zum Ausguss und wischte den Tisch ab. Bis jetzt hatten Sophie und Lui, außer ein paar Belanglosigkeiten, immer noch kein persönliches Wort gewechselt.

Seit Sophies Rückkehr waren inzwischen einige Wochen vergangen. Lui hatte mehrere Versuche unternommen, mit Sophie zu reden. Es fiel ihm schwerer als gedacht, und er bemerkte, dass Sophie kein Interesse an einer Aussprache zeigte. Er schlief seither in einem der früheren Gästezimmer, angeblich, weil er schnarchte. Mit der Zeit hatte sich die Kälte zwischen ihnen zu einer Art stillschweigender Gleichgültigkeit gewandelt. Sie stritten sich jetzt kaum mehr. Keiner von ihnen hatte Schuld. Es war einfach so gekommen.

Lui war unklar, was Sophie dachte oder über sein Verhältnis zu Klara wusste. Er bemerkte nur, dass sie sich ihr gegenüber noch distanzierter verhielt. Nach wie vor widmete sie sich der Kirche und führte lange Gespräche mit ihrem Nachbarn, dem Herrn Pfarrer. Aber Lui war nun nicht mehr bereit, Klara aufzugeben, und so suchten und fanden sie hin und wieder Gelegenheiten der Zweisamkeit. Das waren kostbare Glücksmomente für beide. Klara, seine große Liebe, wusste ihn zu nehmen mit all seinen Macken. Sie konnte das Beste in ihm hervorbringen. Bereits ein vertrauter Händedruck, ein unbeobachtetes Streicheln über seinen Rücken brachte Sonne in Luis Tag. Klara drängte ihn nie zu einer Entscheidung, weil auch sie die Konsequenzen kannte. »Lui, wer weiß was das Leben noch für uns bereit hält«, sagte sie hin und wieder in diesen seltenen und glücklichen Augenblicken. Klara konnte immer das Beste im Leben sehen. »Du hast recht, wer weiß das schon«, pflegte er ihr dann zu antworten.

Sophie war nach dem Aufenthalt mit Paul im Winter 1936 nun jedes Jahr ein- bis zweimal nach Eimeldingen gefahren. Meist abwechselnd hatte eines der Kinder sie zu ihrer Schwester begleiten dürfen. Zusammen mit Idas Schwager hatten sie viel unternommen und neben zahlreichen Kirchen auch das Kloster St. Trudpert besucht. Seither waren etliche Jahre vergangen und die Kinder inzwischen beinahe erwachsen. So reiste Sophie in den letzten Jahren alleine. Ihr war längst klar geworden, wohin Lui manchen Abend verschwand, um oft erst im Morgengrauen zurückzukommen. Luis anfänglichen Versuchen, sich ihr zu erklären, war sie ausgewichen. Nur ein einziges Mal hatte sie zu ihm gesagt: »Lui, hör zu, ich weiß, was hier vor sich geht, und ich will davon nichts hören. Aber ich erwarte von dir, dass du den Anstand wahrst und uns gegenüber weiterhin deine Pflichten erfüllst. Und dass keiner je davon erfährt.« Lui hatte ihr nur stumm zugenickt und sich daran gehalten.

Es war eine schöne, warme Frühlingsnacht. Klara schaute Lui wehmütig hinterher, wie er den kleinen Trampelpfad entlanglief, der seit jeher den Goldenen Hirsch mit ihrem Hof verband.

Sie hoffte, dass er sich noch einmal nach ihr umwenden würde, bevor er aus ihrem Blickfeld verschwand.

Stammbaum

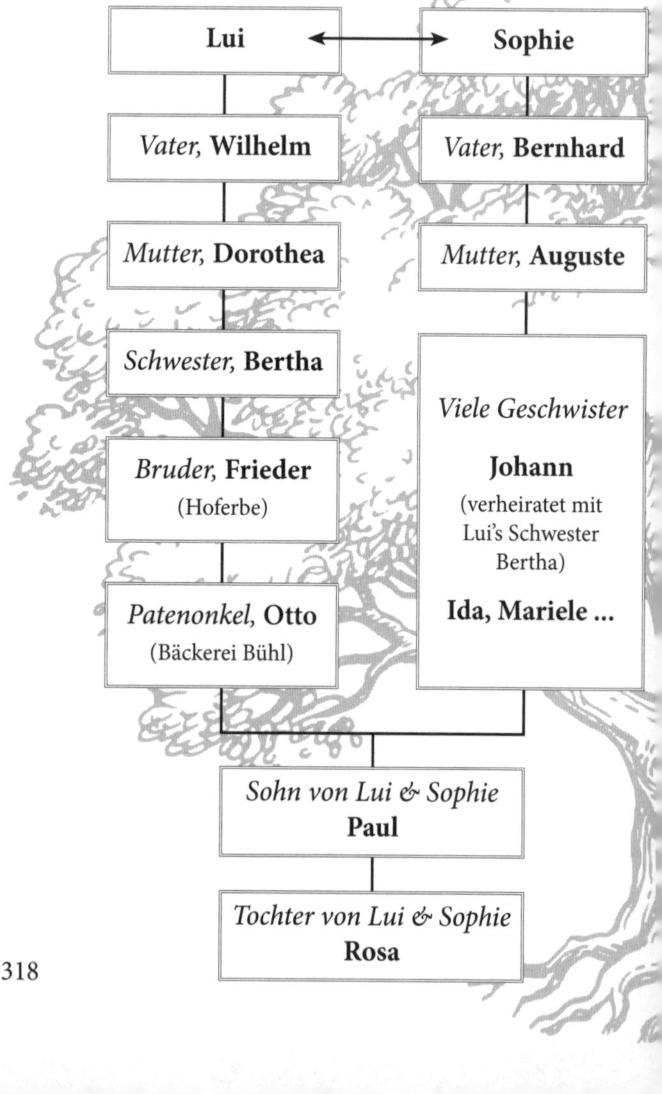
Lui
Sophie
Vater, Wilhelm
Vater, Bernhard
Mutter, Dorothea
Mutter, Auguste
Schwester, Bertha
Bruder, Frieder
(Hoferbe)
Patenonkel, Otto
(Bäckerei Bühl)
Viele Geschwister
Johann
(verheiratet mit
Lui's Schwester
Bertha)
Ida, Mariele ...
Sohn von Lui & Sophie
Paul
Tochter von Lui & Sophie
Rosa

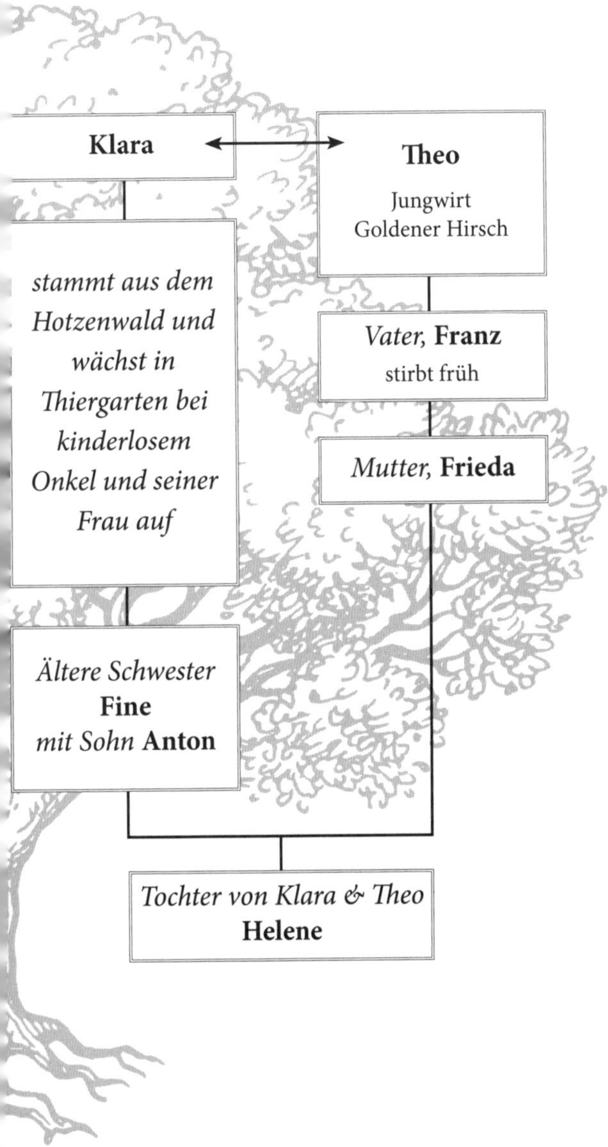
Klara
Theo
Jungwirt
Goldener Hirsch
stammt aus dem Hotzenwald und wächst in Thiergarten bei kinderlosem Onkel und seiner Frau auf
Vater, Franz
stirbt früh
Mutter, Frieda
Ältere Schwester
Fine
mit Sohn Anton
Tochter von Klara & Theo
Helene

Glossar

Reingeschmeckte	Zugezogene
Kohldampf	großer Appetit, Hunger
Schondel	Kerzenhalter
Heuschopf	Scheune, in der Heu gelagert wird
Alla	Komm, auf geht's
»Le facteur était là. La guerre est finie, Théo. Les Français ont gagné.«	»Der Postbote war hier. Der Krieg ist zu Ende. Die Franzosen haben gewonnen.«
Austritt	Toilette
wunderfitzig	besonders neugierig
Zeine	Weidenkorb
Deserteur	Soldat, der sich unerlaubt von der Truppe entfernt.
Sich Hörner aufsetzen lassen.	Sich von der Frau betrügen, entmännlichen lassen.
Filou	Schlingel
Fuggerer	hier: »Synonym für Reichtum und Halsabschneider«; sonst Kaufmannsgeschlecht aus Augsburg
Kadau	hier: Depp
Plaisir	Spaß
Hagestolz	kauziger, eingefleischter Junggeselle

genant	von genieren, unsicher
Fuchtel	strenge Beaufsichtigung
parieren	sich unterordnen, auf jemanden hören
Nachtkrabe	Ein Ungeheuer, mit dem man Kinder dazu brachte, bei Dunkelheit zu Hause zu sein.
Trippel	kleiner hölzerner Austritt, Balkon
nicht lumpen lassen	sich großzügig zeigen
Pfriem und Schlageisen	Werkzeuge der Korbmacherei
Augen (Kartoffeln)	Triebe
Kanapee	Sofa
Remise	Wirtschaftsgebäude mit Unterstand
Chaise	Handwagen, für den Markt
Zugbillets	Fahrkarten für den Zug
Biestmilch	erste Muttermilch der Kuh, nach der Geburt
just	gerade, eben
Deckbett	Bettdecke, Plümo
Geldreichin	namentlich Bäckersfrau einer alteingesessenen Bäckerfamilie

Danke

Zuallererst danke ich dem Badischen Landwirtschafts-Verlag. Hier geht mein ausdrücklicher Dank an die Geschäftsführerin, Barbara Sester, für ihr enormes Vertrauen und ihre wertvolle Unterstützung von Beginn an bis zum fertigen Buch. Gleichfalls danke ich Carolin Karl für ihr großes Engagement und ihre treffsicheren Hinweise als Erstleserin und dafür, dass sie jederzeit alle Organisationsabläufe im Blick behalten hat. Bei Martin Uhlenbrock kann ich mich gar nicht genug bedanken für sein außerordentlich fachkundiges Lektorat und die angenehme wie professionelle Zusammenarbeit. Allen, die ansonsten in irgendeiner Weise zu der Entstehung dieses Buches beigetragen haben, gilt mein ganz besonderer Dank, ohne sie einzeln namentlich aufzuführen. Dies gilt insbesondere auch für meine FreundInnen und meine großartige Nachbarin Susanne Sester. Ein großer, ganz persönlicher Dank geht an meine Schwestern Christa, Renate und Elisabeth mit ihren Familien. Denn ihr seid immer da, wenn es darauf ankommt. An meinen Schwager Dietmar für seine Zeit und die Fotos ein extra Dankeschön. Mein letzter und allergrößter Dank geht an meinen geliebten Mann. »Merci pour tout Christophe.« Du weißt warum.